Robert C. Marley
Inspector Swanson
und der Magische Zirkel

AF197540

Inspector
Swanson

und der
Magische Zirkel

**Ein Kriminalroman
aus dem Jahre 1894
von Robert C. Marley**

**Marley, Robert C.: Inspector Swanson und der Magische Zirkel.
Ein Kriminalroman aus dem Jahr 1894. Hamburg, Dryas Verlag 2021**

2. Auflage 2021
ISBN 978-3-940855-64-0

Dieses Buch ist auch als E-Book erhältlich und kann über den Handel
oder den Verlag bezogen werden.
E-Book ISBN 978-3-941408-82-1

Herstellung: Dryas Verlag, Hamburg
Lektorat: Andreas Barth, Oldenburg
Korrektorat: Birgit Rentz, Itzehoe
Umschlaggestaltung: © Guter Punkt – Sabine Dunst – , München
(www.guter-punkt.de) unter Verwendung von Motiven
von Thinkstock und Stock
Foto: Big Ben © by-studio – Fotolia.com
Graphiken: Street lights © ollomy – Fotolia.com
Satz: Dryas Verlag, Hamburg
Gesetzt aus der Palatino Linotype

Bibliografische Information der Deutschen Bibliothek:
Die Deutsche Bibliothek verzeichnet diese Publikation in der
Deutschen Nationalbibliografie, detaillierte bibliografische Daten
sind im Internet über http://dnb.ddb.de abrufbar

Der Dryas Verlag ist ein Imprint der Bedey und Thoms Media GmbH,
Hermannstal 119k, 22119 Hamburg.

Für meinen Bruder René,
der mich für die Geschichte der Zauberkunst
begeisterte

Und in Erinnerung an
Herbert von der Linden
und
Joachim Hummel,
ohne die der Weihnachtsmann
so manches Mal
mit leeren Händen
dagestanden hätte

„Bücher sind wie Zauberei –
selbst wenn ich eines Tages fort bin,
könnt ihr mich durch sie noch besuchen.
Denn ich bin die Stimme hinter den Sätzen
und das verschwörerische Flüstern
zwischen den Zeilen."

Daddy

„Im schlechtesten Menschen steckt noch
so viel Gutes und im Besten noch
so viel Böses, dass keiner befugt ist,
zu urteilen und zu verurteilen."

Robert Louis Stevenson

Vorbemerkung

Zauberei, die Kunst, den Menschen zu verblüffen, ist so alt wie die Menschheit selbst. Das Gleiche gilt für das Verbrechen. Kriminalfälle und magische Illusionen sind sich im Grunde sehr ähnlich: Was anfangs äußerst kompliziert und fast unlösbar erscheint, ist, wenn man die Lösung erst einmal kennt, immer entsetzlich einfach. Einer der Gründe, weshalb Berufskriminelle und Zauberkünstler niemals ihre Tricks verraten.

Beiden Kunstformen ist jedoch eines gemein – die intelligentesten Menschen lassen sich am leichtesten von ihnen verblüffen.

Es gibt zwei wichtige Regeln in der Zauberkunst. Die erste lautet: Führen Sie niemals dasselbe Kunststück zweimal hintereinander vor. Und die zweite: Fassen Sie sich kurz. An beide habe ich mich bei diesem Roman gehalten.

R.C.M.

Prolog

Draußen vor den schmalen Sprossenfens-
tern fiel leise der Schnee. Drinnen saß Mr
George Pollock aufrecht hinter dem Schreibtisch in seinem Büro. Die Ellenbogen hatte er sorgsam zwischen die
pedantisch angeordneten Papiere, Federhalter und Lineale
auf die polierte Platte des schweren Möbels gestellt, und
seine schlanken, an den Fingerknöcheln fast knorpelig
wirkenden Hände hatten sich vor seinem Gesicht zu einer
einzigen schmalen Faust zusammengeschlossen.

Die asketische Gestalt des Theaterintendanten des
Adelphi bildete einen vollkommenen Kontrast zu dem
kompakten, bronzeverzierten Schreibmöbel, hinter dem
sie emporragte wie ein dünner und doch elastischer
Weidenzweig, der jeden Moment ausschlagen konnte.

Mr Pollock trug eine schwarze, bis an den sehnigen
Hals zugeknöpfte Jacke, unter der lediglich das strenge
Weiß der Manschetten und des Kragens hervorschaute,
und musterte Adam Kershaw und die Bauchrednerpuppe
auf dessen Schoß mit dem Blick eines fanatischen Geistli-
chen, der einem unbekehrbaren Sünder die Beichte abgenommen hat.

„Ihre Arbeitsmoral gefällt mir ganz und gar nicht,
Kershaw", sagte der Theaterintendant barsch. Dann lächelte er herablassend. „Sie bilden sich immer noch ein,
Sie wären der große Bauchredner, nicht wahr? Lassen
Sie mich eines sagen: Sie sind ein Versager, Kershaw. Sie
werden es nie zu etwas bringen, und im Grunde wissen Sie das auch. Sie können sich glücklich schätzen, an
meinem Theater auftreten zu dürfen. Ich stelle weiß Gott

nicht alle Tage einen Nichtsnutz ein; und genau das sind Sie – ein Nichtsnutz. Es war pures Mitleid, dass Sie das nur wissen. Aber wenn Sie nicht gewillt sind, Ihrer Arbeit hier nachzugehen, tja dann …" Mr Pollock ließ den Wink mit den Kündigungspapieren wie gewohnt unausgesprochen im Raum schweben und brachte das Gespräch auf Mr Kershaws Anliegen zurück. Es sei doch wohl die Höhe, ihn angesichts seiner bemitleidenswerten Leistungen auch noch um eine Gehaltserhöhung zu bitten. Und dann gleich zehn Prozent! Ihm dies durch einen eingeschriebenen Brief mitzuteilen, schlage dem Fass ja wohl den Boden aus.

„Aber ich habe mehrfach um eine Unterredung gebeten", verteidigte sich Mr Kershaw kleinlaut. „Und jedes Mal erhielt ich von Ihrem Sekretär dieselbe Antwort: Sie seien zu beschäftigt, sich mit der Angelegenheit zu befassen. Mir blieb einfach keine andere Wahl, als schriftlich um eine Unterredung zu bitten."

Dass ein gewisser Bauchredner – noch dazu ein Stümper und Versager – ihn mit einer solch absurden Bitte behellige, das sei mit seiner Auffassung von Arbeitsmoral einfach nicht vereinbar, betonte der Theaterdirektor wiederholt. „Ehrlich gesagt weiß ich nicht, was Sie sich einbilden." Mr Pollock zischte wie eine giftige Schlange. „Sie sind an diesem Theater ein Pausenfüller. Ihre Aufgabe ist es, für ein paar Lacher zu sorgen, derweil die Bühne für den nächsten Künstler vorbereitet wird. Das war Ihnen doch von Anfang an klar. Und jetzt kommen Sie daher und wollen, dass ich Ihnen das Salär erhöhe? Sie sind krank, schätze ich. Genauso krank und irre wie Ihre Puppe vermutlich."

Es kostete den Bauchredner unendliche Mühe, sich zu

beherrschen. Hätte er seinem ersten Impuls nachgegeben, so wäre er sicherlich aufgesprungen und hätte George Pollock die Faust ins Gesicht geschlagen. Doch Adam Kershaw schloss die Augen und zwang sich zur Ruhe. „Mr Pollock, Sir", sagte er nach einer Weile. „Ich weiß nicht, was meine Puppe damit zu tun hat." Seine Stimme hatte einen bebenden Klang, aber der Grund dafür war nicht die Angst vor einer bevorstehenden Entlassung, sondern unterdrückte Wut. „Ich habe Ihnen meine Situation so gut es geht geschildert und Sie deshalb um ein wenig mehr Geld und einen freien Tag in der Woche gebeten, weiter nichts."

„Wenn Sie mir den Grund dafür nicht sagen wollen, dann sieht es schlecht aus, Kershaw", sagte Mr Pollock mit einem boshaften Grinsen. „Wofür brauchen Sie das Geld denn? Wollen Sie einen Hausstand gründen, oder was? Ich kann mir nicht vorstellen, welches Frauenzimmer mit Ihnen und Ihrer vermaledeiten Puppe in den Ehestand treten würde." Er kicherte. „Oder haben Sie vor, die Frau Mama in Pflege zu nehmen, und schämen sich deshalb? Ah, jetzt habe ich Sie, richtig?"

„Ich erklärte Ihnen schon einmal ...", hob Kershaw an, wurde aber sogleich von Pollock unterbrochen.

„Hören Sie", sagte der in gespielter Milde, „ich bin nicht das Orakel von Delphi, und mir ist es leider nicht gegeben, aus Ihrem unzusammenhängenden Gefasel auch nur die Essenz einer Deutung herauszuziehen. Sie reden von irgendwelchen hochtrabenden Plänen, die ich nicht kenne, schwatzen irgendwas von wichtigen Angelegenheiten, die Sie – gerade Sie, dass ich nicht lache – unbedingt zu regeln hätten. Das klingt für mich nach einer zusammengelogenen Geschichte. Sie hätten ebenso gut sagen können: ‚Ich habe keine Lust, weiter am Adelphi zu arbeiten, und sehe mich nach einem besser bezahlten Engagement um.' Wer sind die Leute, mit denen Sie in Verhandlungen stehen? Um welches Theater handelt es sich. Das ist es, was ich hören will, Kershaw."

In die Puppe auf Mr Kershaws Schoß kam plötzlich Leben. Sie beugte sich vor, rollte genervt mit den Augen und sagte mit ihrer hohen, schnarrenden Stimme: „Der Earl of Inquisitiveness will uns engagieren, du aufgeblasener Hampelmann."

„Geoffrey!" Mr Kershaw gab der Puppe einen leichten Klaps mit der flachen Hand gegen den Kopf, und Geoffrey zuckte sichtlich zusammen. „So redet man nicht mit dem Theaterdirektor. Wie oft muss ich dir das noch erklären?" Dann wandte er sich wieder an Pollock. „Bitte verzeihen Sie, Sir. Geoffrey gibt so leichtfertig Antwort. Ich versuche ständig, ihm das auszutreiben."

„Sie nehmen mich ganz offen auf den Arm, Kershaw." Pollock knirschte vor Wut mit den Zähnen. „Ich habe genau gesehen, wie sich Ihre Lippen bewegt haben."

„Nein, Sir, so ist das nicht", verteidigte sich der Bauchredner. „Und wenn Sie denken, ich würde woanders lieber arbeiten wollen, so irren Sie sich. Das kann ich Ihnen versichern. Geoffrey und ich sind hier am Adelphi sehr glücklich."

„Du vielleicht, du rückgratloser Jammerlappen", versetzte die Puppe und schenkte Mr Kershaw einen verächtlichen Seitenblick. „Ich für meinen Teil sehe das ein bisschen anders. Pollock ist ein Halsabschneider; nur auf seinen eigenen Vorteil bedacht. Lieber früher als später würde ich ihm in seinen arroganten Sklaventreiberarsch treten. Mach du, was du willst, Adam, spiel den kleinen

Kriecher von mir aus, aber ich …" Geoffreys Tiraden verstummten abrupt, als Mr Kershaw ihm die Hand vor den Mund hielt.

„Das reicht, Geoffrey!", sagte er barsch. „Du redest uns noch um Kopf und Kragen", fügte er dann etwas leiser hinzu.

Pollock saß mit offenem Mund und entsetztem Blick hinter seinem Schreibtisch und sah dabei zu, wie die Puppe unter Kershaws Griff hin und her ruckte, fast so, als wolle sie sich aus der Umklammerung des Bauchredners befreien, um noch mehr Boshaftigkeiten von sich zu geben.

„Ich bitte Sie abermals um Verzeihung, Sir", sagte Mr Kershaw in unterwürfigem Ton. „Er ist schon sehr lange unzufrieden. Aber das liegt gewiss nicht an Ihnen. Geoffrey bildet sich sogar ein, er wäre ohne mich weit besser dran. Er schlägt mir dieselben Bösartigkeiten um die Ohren. Sie können sich nicht vorstellen, wie das ist, Sir, wenn man nachts schlafen will und er einfach keine Ruhe gibt."

„Schon gut! Schon gut!" Der Theaterintendant hob abwehrend beide Hände.

„Mir liegt rein gar nichts daran, woanders zu arbeiten", versicherte Mr Kershaw noch einmal. „Dieser eine freie Tag ist für mich indessen sehr wichtig."

„Wenn ich Sie recht verstehe", sagte Mr Pollock, „handelt es sich um eine Angelegenheit, über die Sie wegen der Herkunft Ihres Auftraggebers nicht sprechen dürfen, habe ich recht?"

„Ganz genau, Sir", log Mr Kershaw. Schließlich ging es den Theaterdirektor nicht das Geringste an, dass er den freien Tag allein für seine Treffen mit Miss Abigail Black benötigte.

Abby war das schönste Mädchen, das er je gesehen hatte: feuerrotes, lockiges Haar, das sie während der Arbeitsstunden jedoch züchtig hochgesteckt trug und unter einem weißen Häubchen versteckte. Und makellose, von lustigen Sommersprossen gesprenkelte Haut. Vor gut einem halben Jahr hatten sie sich kennengelernt, als man Abby im Adelphi als Mädchen für alles eingestellt hatte. Da Mr Pollocks Geschäftskodex Liebschaften unter den Angestellten jedoch strengstens untersagte, waren sie gezwungen, sich heimlich zu treffen und ihre Beziehung vor den anderen geheim zu halten.

Und was das zusätzliche Geld betraf, so brauchte er es ebenso dringend, wollte er sich endlich seine eigene kleine Zweizimmerwohnung leisten können. „Ich darf nicht darüber sprechen. Eine haarige Geschichte mit Verwicklungen." Er lächelte entwaffnend.

„Ein Earl, tatsächlich?" Mr Pollock schien mit der Antwort zufrieden.

„Und seine Frau, versteht sich." Mr Kershaw, vom plötzlichen Stimmungsumschwung des Theaterdirektors überrascht, fing an, Akzente zu setzen. „Daher auch meine Diskretion in der Sache."

„Sie bekommen doch sicher ein Honorar, Mr Kershaw", sagte der Theaterintendant und brachte mit seinen plötzlich unruhig gewordenen Händen eine geregelte Unordnung auf dem Schreibtisch zustande, die sich trotz allem immer noch pedantisch ausnahm.

„Sicherlich." Dem Bauchredner war nicht entgangen, dass sein Arbeitgeber das kleine Wort ‚Mister' vor den Namen Kershaw gesetzt hatte. Aus diesem arroganten Mund klang es beinahe wie ein Titel. „Warum fragen Sie?"

„Nichts, nichts weiter", sagte Mr Pollock, und Mr

Kershaw wusste nicht, was er davon halten sollte. „Trotzdem: Was Ihre Arbeitsmoral betrifft …" Der Theaterdirektor erging sich zum wiederholten Male in Vorhaltungen. Diesmal jedoch war unverkennbar ein leiser Unterton darin, der unfreiwillige Anerkennung für die Arbeit des Bauchredners verriet. Allein die Tatsache, dass es nicht mehr der kleine Bauchredner Kershaw war, der ihm dort gegenübersaß, sondern Mister Adam Kershaw, der Bauchredner, für den sich nun augenscheinlich auch der Adel interessierte, schien Mr Pollock einigen Respekt abzunötigen.

Dass er, Adam Kershaw, nicht der schlechteste (allenfalls der am schlechtesten bezahlte) Künstler in dem mit hochkarätigen Zauberkünstlern besetzten Ensemble des Adelphi Theaters war, hatte der Direktor vermutlich von Anfang an gewusst; doch war es ihm offenbar niemals so deutlich vor Augen geführt worden wie heute. „Mr Kershaw, Geoffrey", schnurrte er letztendlich, „möglich, dass sich über eine Gehaltserhöhung und wenigstens einen freien Tag in der Woche reden lässt."

Das gefiel Mr Kershaw schon besser. „Ihr Entgegenkommen freut mich, Mr Pollock." Und selbst Geoffrey, die Puppe mit dem zynischen, hölzernen Gesicht, schien zu lächeln.

„Sehen Sie die heutige Vorstellung als Bewährungsprobe an." Augenscheinlich dachte er nicht im Traum daran, sich anmerken zu lassen, wie sehr er auf ein Fortbestehen des Arbeitsverhältnisses angewiesen war. „Wie wäre es mit Ende nächsten Monats?"

„Ende nächsten Monats?" Adam Kershaw hätte um ein Haar laut herausgelacht. „Ende nächsten Monats ist einen Monat zu spät, Mr Pollock", sagte er mit fester Stimme und stand auf. „So lange kann ich nicht warten. Jetzt gleich muss es sein."

„Setzen Sie sich wieder." Pollock rieb sich nervös den Nacken, dann sagte er: „Hören Sie – ich will ganz ehrlich mit Ihnen sein, Kershaw – den freien Tag können Sie von mir aus sofort haben, aber eine höhere Gage kann ich beim besten Willen erst im Februar zahlen. Sie können sich nicht vorstellen, welche Kosten ich wegen van Dyke und McKinley habe. Die müssen erst wieder eingespielt werden. Vorher sind mir die Hände gebunden."

„Das verstehe ich gut, Sir. Wirklich", sagte der Bauchredner und die Puppe fügte mit ihrer hohen, knarrenden Stimme hinzu: „Wo nichts ist, hat selbst der Teufel sein Recht verloren. Sie stecken mächtig in der Klemme, Pollock, alter Knauser. Nichts mehr auf der hohen Kante, was?"

„Geoffrey!", entrüstete sich Kershaw. „Halt den Mund, verdammt!"

Statt zu schweigen, stieß die Puppe ein lautes Lachen aus und wandte ihren Kopf wieder dem Mann zu, auf dessen Schoß sie saß. „Sag dem Kerl, er soll dir einen Scheck ausstellen und ihn auf den nächsten Ersten datieren, dann hast du wenigstens etwas in der Hand."

„Ich muss mich aufrichtig für ihn entschuldigen, Sir", jammerte Kershaw. „Er meint es nicht so."

„Ich sag dir was, knauseriger Pollock", fuhr die Puppe unbeirrt fort, „überleg dir gut, wem du von deinen Geldproblemen erzählst. Sollte das jemals an die Öffentlichkeit gelangen, wird nicht ein Künstler mehr bei dir auftreten wollen. Er müsste ja um seine Gage fürchten. Also sieh zu, dass du die, die es wissen, nicht enttäuschst."

Pollock starrte die beiden fassungslos an. „Was ... was meint er damit, Mr Kershaw?"

„Ich weiß es nicht, Mr Pollock, ehrlich nicht."

„Das ist unverhohlene Erpressung, Kershaw! Ich sollte Sie anzeigen!"

„Schreib ihm den verfluchten Scheck aus, Pollock", flüsterte die Puppe und beugte sich vor. „Es muss ja niemand etwas davon erfahren."

„Ich habe von solchen Dingen keine Ahnung", sagte der Bauchredner und zog schüchtern die Schultern hoch, „aber vielleicht sollten Sie es wirklich tun. Nicht, dass es mir einfiele, jemandem etwas zu sagen. Doch bei Geoffrey kann ich für nichts garantieren. Sie haben ja selbst erlebt, wie er bisweilen ist."

In nachdenkliches Schweigen versunken zog Pollock eine Schublade des Schreibtisches auf, nahm sein Scheckbuch heraus und legte es auf den Tisch. Dann tauchte er widerwillig die Feder ins Tintenfass, stellte den Scheck aus und hielt ihn noch immer schweigend dem Bauchredner hin.

„Danke, Sir. Sehr freundlich", sagte Kershaw. Und nachdem er das Papier trocken gepustet und zufrieden in die Brusttasche seines Hemdes gesteckt hatte, stand er auf. „Und wegen meines freien Tags – wäre Ihnen der Montag recht?"

Allein die Aussicht auf einen gemeinsamen Tag mit Abby ließ sein Herz höher schlagen. Geoffrey auf dem Arm, stützte sich der Bauchredner mit der freien Hand auf die Lehne des Stuhles, auf dem er eben noch gesessen hatte, und sah Mr Pollock abwartend an. Nach Verstreichen einer Schweigeminute, die den Theaterdirektor augenscheinlich mehr bedrückte als ihn, sagte Mr Kershaw schließlich: „Einmal die Woche werden Sie auch ohne mich zurechtkommen. Und ab Montag eine Vertretung zu finden, dürfte nicht so schwer sein. Was sagen Sie?"

Pollock sagte vorläufig nichts. Er saß einfach da, den Schreibtisch weit überragend, und starrte an Mr Kershaw vorbei auf das Porträt Ihrer Majestät Königin Victoria von England. Es hing, in einen einfachen ovalen Holzrahmen gefasst, unweit der Tür an der Wand, und man konnte den Eindruck gewinnen, der Theaterintendant erhoffe sich von der alten Dame Rat.

„Mr Pollock?" Adam Kershaw sprach ihn so leise an, als wecke er einen Schlafenden.

„Ach ja, ja, nächste Woche." Mr Pollock war aus dem finsteren Gedankenlabyrinth eines Kostenrechners hochgeschreckt. „Sie wollen ja wohl keinen bezahlten Urlaubstag, was?"

„Natürlich nicht", antwortete Kershaw schnell, nahm die Hand von der Stuhllehne und bewegte sich rückwärts auf die Tür zu. „Also ab nächsten Montag, Mr Pollock? Habe ich Ihr Wort darauf?"

Der Intendant und die Königin wirkten gleichermaßen nachdenklich; freilich jeder aus einem anderen Grund. „Wenn es denn nicht anders geht ..." Pollock knirschte mit den Zähnen. „Also schön, montags ist zukünftig Ihr freier Tag, Mr Kershaw."

„Falls Sie es vergessen sollten, werde ich wiederkommen und Sie an unser heutiges Gespräch erinnern." Adam Kershaw konnte den Wert des Schecks in seiner Brusttasche praktisch körperlich spüren. Ihm war, als brenne sich die nicht unerhebliche Summe durch den dünnen Stoff des Hemdes direkt in seine Haut. Es war ein angenehmes Gefühl, und das erheiterte ihn. Er ertastete die Türklinke hinter sich und drückte sie herunter. „Äh – ich werde doch keine Schwierigkeiten haben, den Scheck einzulösen, nicht wahr?"

„Was in drei Teufels Namen soll das nun wieder heißen?" Zwischen den Augenbrauen des Theaterintendanten erschien eine tiefe Falte. „Ich gab Ihnen mein Wort als Gentleman. Vertrauen Sie mir nicht?"

„Nun, man muss heutzutage ja so vorsichtig sein, mit wem man sich einlässt. Und auch ich bin nicht das Orakel von Delphi, Mr Pollock", sagte der Bauchredner und schlüpfte zur Tür hinaus.

Geoffrey, die vorlaute, widerspenstige Puppe auf seinem Arm, schien leise, aber zufrieden zu kichern.

London Hospital, Whitechapel,
London, 07. Januar 1894

Die Krankenschwester, die das junge, in ein dunkles, viel zu großes Kleid gehüllte Mädchen aus ihrem Zimmer im zweiten Stock für die tägliche Spazierfahrt im Rollstuhl abgeholt hatte, hieß Edith Louisa Cavell.

Edith legte dem Mädchen eine zusätzliche Decke über die Beine und schob es auf den Gang hinaus.

Die Korridore waren endlos lang, kalt, eng und grau. Nicht ein Bild hing an den kahlen, rissigen Wänden, von denen allmählich der Putz bröckelte. Im Grunde, dachte Edith manchmal, waren die Wände ein genaues Abbild dessen, was mit den verfallenen, geschundenen Körpern der Kranken hier geschah.

Wohin man auch kam, der beißende Geruch von Äther und Verfall hing in der Luft und machte einem das Atmen zur Qual. Die meisten Türen standen offen und die zermürbenden Geräusche zahlloser Leiden quollen daraus hervor wie giftiger Nebel: Husten, Keuchen, Stöhnen und das leise Wimmern der zum Tode Verdammten, die zum Stöhnen einfach nicht mehr die Kraft hatten.

Edith manövrierte den Rollstuhl mit der zusammengesunkenen Gestalt des Mädchens vor die Gittertür des Aufzugs und legte den messingfarbenen Hebel um.

Rasselnd und ruckend kam der Aufzug aus dem Stockwerk über ihnen herunter.

Edith arbeitete seit einem guten Jahr im London Hospital. Vor etwa vier Monaten hatte sie Mary Rednell kennengelernt, das Mädchen, das sie seither jeden Tag aus der Isolation ihres tristen Zimmers abholte, um mit ihr eine Stunde lang auf dem Grundstück des Krankenhauses herumzufahren. Mehr war Edith nicht erlaubt. Um nicht bloß ein paar Minuten mit dem armen Mädchen verbringen zu können, opferte sie zusätzlich jeden Tag ihre Pausen.

„Sie dürfen sich das nicht so zu Herzen gehen lassen, Kindchen", sagte Mrs Higgins, die Oberschwester, immer zu ihr, wenn Edith sich nach den besonders schlimmen Schichten bei ihr ausweinte.

Es sich nicht zu Herzen gehen lassen!

Das war leichter gesagt als getan. Edith war noch sehr jung, gerade mal neunzehn Jahre alt, und sie hatte sich stets alles, was anderen an Unglücken und Ungerechtigkeiten widerfuhr, besonders schwer zu Herzen gehen lassen. „Sie werden daran zugrunde gehen, wenn Sie jede Patientin wie ihr eigen Fleisch und Blut behandeln."

Aber das tat sie ja gar nicht. Sie ging doch nur ihren Pflichten nach, versuchte auf professionelle Weise den kranken Frauen in ihrem Flügel des Hospitals so viel Mitgefühl und Aufmerksamkeit zu schenken, wie sie das während ihrer Schichten vermochte. Doch als sie Mary kennengelernt hatte, ein Mädchen, das noch jünger war als sie selbst, konnte sie einfach nicht anders, als sich ihrer anzunehmen. Denn Mary hatte, soviel Edith wusste, keinerlei lebende Verwandte mehr, die sich um sie kümmerten. Von Mrs Higgins hatte sie erfahren, dass Mary acht Jahre alt gewesen war, als sie bei einem Brand beinahe das Leben verloren hätte. Die Ärzte hatten sie bereits aufgegeben. Sie sei der schwerste Fall gewesen, den Mrs Higgins jemals gesehen habe, und niemand im ganzen Krankenhaus habe damit gerechnet, dass sie ihre Verletzungen überleben würde. Doch dieses Wunder war geschehen – ein Wunder, das Mrs Higgins gern als „grausames Zeichen Gottes" bezeichnete. Grausam deshalb, weil Mary ihrer Meinung nach tot besser dran gewesen wäre.

„Schauen Sie sie doch an", hatte die Oberschwester erst gestern zu Edith gesagt. „Was hat sie denn noch vom Leben?"

„Wenigstens hat sie eine Freundin", hatte Edith erwidert, und Mrs Higgins hatte über so viel Naivität nur stirnrunzelnd den Kopf geschüttelt.

Aber es stimmte. Mary und sie waren sehr gute Freundinnen geworden. Auch wenn es nicht immer leicht war. Denn Mary hatte bei dem Brand nicht nur sichtbare Verletzungen davongetragen. Sie vergaß auch viel. Manchmal erinnerte sie sich schon ein paar Sekunden später nicht mehr an das, was sie eben noch mit der größten Begeisterung erzählt hatte. Das lag an dem Rauch, den sie bei dem Feuer eingeatmet hatte; so war es Edith von Dr. Treves erklärt worden. Marys Gehirn hatte über einen zu langen Zeitraum nicht genügend Sauerstoff bekommen und war verkümmert.

Verkümmert – das war das schreckliche Wort gewesen, das er benutzt hatte. Als wäre alles andere nicht schon schlimm genug: Marys nasenloses straffes Gesicht. Und ihre zu unförmigen Klumpen verbrannten Hände, aus denen rechts noch Daumen, Zeige- und Mittelfinger und links der kleine Finger fast unverletzt hervorragten wie übrig gebliebene Bäume in einem ansonsten gerodeten Forst. Von den Narben überall auf ihrem Körper ganz zu schweigen.

Mrs Higgins und die Ärzte mochten Marys Erinnerungslücken einem *verkümmerten* Gehirn zuschreiben. Edith fand, dass Mary lediglich ein kleines bisschen vergesslich war.

Nur ein einziges Mal hatte sie Mary nach ihren Eltern gefragt. Ihre Antwort war so fürchterlich traurig gewesen, dass Edith es nie wieder gewagt hatte, das Thema anzusprechen. Ihre Ma sei schon lange tot, hatte Mary gesagt, aber eines Tages würde ihr Vater sie finden und sie zu sich holen. „Mein Pa ist ein richtiger Zauberer, Edith, hast du das gewusst?", hatte sie ihr mit einem strahlenden Lächeln erzählt. „Und wenn er kommt, dann wird er mich wieder ganz heile machen. Und dann werden Joseph und ich endlich heiraten können."

Joseph. Er war beinahe das Wichtigste in Marys Leben. Sie sprach viel und voller Wärme über ihn. Doch Joseph war tot. Eine Tatsache, die Mary wieder und wieder vergaß. In ihrer Welt lebte er noch, zeichnete weiterhin Bilder für sie und zeigte ihr voller Stolz das Modell der Kathedrale, das er mit seiner feingliedrigen linken Hand aus bemaltem Papier und Klebstoff gebastelt hatte. Es verging kaum ein Tag, an dem Mary nicht den Wunsch verspürte, ihn zu besuchen.

Um sie auf andere Gedanken zu bringen, hatte Edith einmal mit Mary in der Teeküche vorbeigeschaut, um ihr ihre beste Freundin Sue vorzustellen. Edith hatte angenommen, es könne Mary gefallen, da sie ja alle drei fast im selben Alter waren, doch das war keine so gute Idee gewesen.

Sue war sehr süß gewesen, sie hatte Mary herzlich begrüßt und ihr eine Tasse Tee angeboten. Doch die junge Frau im Rollstuhl ignorierte den Tee, den Sue ihr hinhielt, und besah sich stattdessen die schmutzigen Teller und Tassen in der Spüle. „Sie haben aber schöne Sachen hier", sagte sie. „Das wäre etwas für Doktor Treves und seine Frau. Ich würde gern etwas davon kaufen, wissen Sie?"

Sue hatte Edith einen erschrockenen Blick zugeworfen und versucht, Mary freundlich zu erklären, dass das Geschirr leider nicht zu verkaufen sei. „Schade", hatte Mary nur sehr traurig erwidert und niedergeschlagen zu Edith gesagt: „Ach, Edith, sag, warum haben Sie mich damals nicht einfach ganz und gar verbrannt?"

Edith schob die Gittertür auf und rollte Mary in den Aufzug.

Rasselnd und stockend bewegte sich der Fahrstuhl abwärts.

„Bitte fahr mich wieder nach oben", sagte die junge Frau, noch ehe der Fahrstuhl das Erdgeschoss erreicht hatte.

„Aber Liebes, wir haben unseren Spaziergang doch noch gar nicht recht begonnen. Willst du denn den Schnee überhaupt nicht sehen, der über Nacht im Garten gefallen ist?"

„Nein", sagte sie und blickte traurig vor sich hin. „Ich habe kein Vergnügen mehr daran. Ich möchte jetzt zu Joseph. Bestimmt hilft es mir, mit ihm zu sprechen. Ihm geht es doch noch schlechter als mir. Weißt du, er wird niemals hier rauskommen."

„Du meinst Mr Merrick, nicht wahr?"

„Selbstverständlich meine ich Mr Merrick", sagte Mary und strahlte plötzlich über das ganze Gesicht. „Er nennt mich Liebes, so wie du." Sie errötete leicht. „Und ich nenne ihn Joseph. Findest du das unschicklich?"

„Nein. Nein, Liebes", sagte Edith. „Ganz und gar nicht."

„Dann bring mich bitte jetzt zu ihm."

„Das kann ich nicht."

„Aber warum denn nicht?"

„Er ist nicht hier."

„Natürlich nicht. Er ist doch in seinem Zimmer."

„Das ist er nicht, Liebes", sagte Edith.

„Ist er denn verreist?", fragte Mary. „Ich hoffe, er ist bald zurück. Ich habe ihm noch so viel zu sagen."

Die Krankenschwester ging vor dem Rollstuhl in die Hocke, nahm Marys entstellte Hände, die gefaltet und wie tot in ihrem Schoß lagen, und strich dem Mädchen sanft über die vernarbte Wange. „Aber Mary, ich habe dir doch schon so oft erklärt, dass er nicht mehr hier ist."

„Wo ist er denn jetzt?"

„Heimgegangen", sagte die Krankenschwester. „Und das schon vor einigen Jahren."

„Ich möchte auch heimgehen", sagte Mary. Sie hatte den Kopf gehoben und sah Edith traurig an. „Ich möchte zu Joseph gehen. Dorthin, wo er auch ist."

„Aber er ist tot, Mary."

„Tot?"

„Ja. Das habe ich dir doch erzählt."

Sie schüttelte den Kopf, entweder weil sie sich nicht mehr daran erinnerte, oder weil sie diese Wahrheit nicht zu akzeptieren bereit war. „Er war immer so nett zu mir."

„Du erinnerst dich noch an ihn? Du warst sehr jung damals. Und sehr krank."

„Weißt du was, Edith?" Sie sah die Krankenschwester mit leuchtenden Augen an. Die schrumpelige, vernarbte Haut der rechten Wange straffte sich, als sie lächelte. „Joseph ist so ein lieber Mensch."

„Ja", sagte Edith. „Ja, das war er tatsächlich."

„Er hat etwas zu mir gesagt, was ich niemals vergessen kann."

„Was denn, meine Liebe?" Eine Frage, die Edith beinahe jeden Tag aufs Neue stellte, wenn das Gespräch mit Mary auf Joseph Merrick, den berühmten Elefantenmenschen, kam.

„Er ist so schön und so liebenswert, weißt du? Und er hat etwas gemacht, was noch niemand vor ihm gemacht hat."

„Was denn, Liebes?", fragte sie, als würde sie die Antwort nicht schon kennen.

„Erinnerst du dich nicht mehr?"

„Nein, Liebes, ich war damals noch nicht hier, als du ihn getroffen hast."

„Das ist sehr schade."

Edith dachte an das Skelett und die Gipsabgüsse von Merricks Kopf und Gliedmaßen, die in einem verborgenen Winkel des Krankenhauses aufbewahrt wurden und die ihr die Oberschwester einmal gezeigt hatte. Sie dachte an den deformierten Schädel und die Hautwucherungen, die

Merrick den Beinamen „Elefantenmensch" eingetragen hatten. Soviel sie wusste, hatte Dr. Treves ihn aus einem Kuriositätenkabinett befreit, wo Joseph Merrick als Ungeheuer ausgestellt gewesen war, und ihm hier im London Hospital Unterschlupf gewährt. Auch wenn er zu einem gewissen Ruhm gelangt und sogar von Vertretern des Königshauses besucht worden war, sprachen die meisten Angestellten des Krankenhauses sehr abfällig über Merrick. Die Oberschwester nannte ihn noch immer ein Ungeheuer und wurde nicht müde, über Josephs ekelerregende Hautgeschwülste zu sprechen, die bestialisch zum Himmel gestunken hätten, wie verrottender Blumenkohl. Niemand hätte es auch nur eine Minute in seiner Nähe ausgehalten, wenn sie ihn nicht mehrmals am Tag mit Seife und Desinfektionsmitteln behandelt hätte. Und wegen seines übergroßen, schweren Schädels habe er im Sitzen schlafen müssen, da er sonst erstickt wäre. Wenn man der Oberschwester glaubte, war es ein Segen für das gesamte London Hospital gewesen, als Merrick sich eines Tages dazu entschlossen hatte, einmal wie ein richtiger Mensch im Liegen zu schlafen. Sein Tod war hier im Krankenhaus – sah man einmal von Dr. Treves ab – von den meisten Ärzten und Schwestern mit größter Erleichterung aufgenommen worden.

„Du sagst ja gar nichts, Edith", meinte das Mädchen im Rollstuhl. „Ich glaube fast, du träumst einfach so vor dich hin, was? Und hörst mir überhaupt nicht zu."

„Doch, doch", sagte sie. „Ich habe zugehört, Mary. Bitte entschuldige."

„Hast du Joseph auch gemocht?", fragte das Mädchen im Rollstuhl. „Ich kann mir nicht denken, dass ihn jemand nicht gemocht hat."

„Ich bin ihm nie begegnet, Liebes, das weißt du doch."

Mary sah überrascht aus. „Du hast ihn niemals gesehen?"

„Nein. Man hat mir aber viel von ihm erzählt."

„Schade. Dann musst du ihn unbedingt kennenlernen. Joseph ist so schön und liebenswert, weißt du?", wiederholte das Mädchen. „Und er hat etwas gemacht, was noch niemand vor ihm gemacht hat."

Edith war den Tränen nahe, als sie, wie so oft bei ihren gemeinsamen Ausfahrten, fragte: „Erzählst du mir davon?"

„Aber ja. Ich kann es einfach nicht vergessen, weißt du? Er ist so schön. Und so liebenswert."

„Ich weiß, Liebes", sagte Edith und wischte sich mit beiden Händen die Tränen aus dem Gesicht, die jetzt haltlos über ihre Wangen liefen. „Was hat er denn zu dir gesagt?"

„Er war so schick angezogen, mit Anzug und allem. Und er sah so edel und schön aus", sagte das Mädchen mit einem verlegenen Lächeln. „Ich kam mir ganz klein vor. Und dann hat er mich angesehen, und er hat mein Gesicht in seine Hände genommen. Ganz sanft hat er das gemacht. Sie waren unterschiedlich groß, aber sie waren unsagbar weich und sie dufteten so schön nach Seife. Und weißt du, was er dann gesagt hat?"

„Spann mich nicht auf die Folter, Mary", sagte sie und versuchte, ihr Schluchzen vor dem Mädchen zu verbergen. „Was hat er denn gesagt?"

„Er hat mich angesehen, und er hat gesagt, ich sei das Schönste, was er jemals in seinem Leben gesehen hätte." Sie lachte laut und glockenhell. „Das Schönste im Leben! Ich!"

„O, das ist etwas wirklich Wunderbares, Mary", sagte

Edith, und ihr Herz machte einen Sprung, als sie in Marys vor lauter Glück leuchtendes Gesicht blickte. „Das hat zu mir noch kein Mann gesagt. Du bist ein echter Glückspilz, wirklich."

„Das denke ich auch", sagte das Mädchen im Rollstuhl begeistert. „Komm, Edith, lass uns gleich hochfahren zu ihm. Du musst ihn unbedingt kennenlernen. Er wird dir sicherlich gefallen. Er ist so schön, weißt du, Edith? Und so liebenswert. Hab ich dir schon gesagt, was Joseph einmal zu mir gesagt hat?"

„Was denn, Liebes?"

„Er hat etwas zu mir gesagt, was ich niemals vergessen kann." Sie lächelte glücklich.

Adelphi Theater, The Strand,
London, 07. Januar 1894, 18:30 Uhr

Der Lagerraum für die Requisiten lag im Halbdunkel. Nur zwei schwache, gelbe Gaslampen an den Wänden spendeten etwas Licht.

Jetzt, gut eine Stunde, ehe die Vorstellung begann, war niemand hier, der ihn störte. Der Mann mit dem schwarzen Krausbart vergewisserte sich, dass niemand ihm gefolgt war, und schlich geduckt und mit eingezogenem Kopf zwischen den hoch aufragenden Kisten bis zum Fahrstuhl.

Der sogenannte Fahrstuhl war eine mechanische Vorrichtung, mit der Gegenstände, die während der Vorstellung auf der Bühne benötigt wurden, lautlos aus der Requisite nach oben gehievt wurden.

Jetzt stand ein gut zwei Meter hoher, zu zwei Dritteln mit Wasser gefüllter, gläserner Kasten darauf und wartete auf seinen Auftritt.

Er krempelte die Ärmel seines Mantels auf und zog sich eine leere Kiste heran, auf die er kletterte, um an den Verschlussmechanismus im Deckel zu gelangen, ein kompliziertes Schloss, das sich nur von innen öffnen ließ und es dem Illusionisten ermöglichte, der mit Wasser gefüllten tödlichen Kammer wie von Zauberhand zu entrinnen.

Doch diesmal würde es ohne schnelle Hilfe kein Entrinnen geben, dachte er. Selbst den besten Zauberkünstlern konnte mal ein Trick danebengehen. Ein tragischer Unfall.

Auch wenn er jeden seiner Schritte noch so oft durchdacht hatte, als er jetzt das Stückchen Blei und die dünne Feile aus der Manteltasche zog, wurde ihm doch ein wenig mulmig zumute. Er sah sich abermals um. Dann nahm er die Feile in die rechte Hand, spießte den Bleiklumpen auf und führte ihn so tief wie nur möglich in das Schloss ein, bis er sich im Innern fest verkeilt hatte. Dann brach er die Spitze der Feile mit einem Ruck ab.

Von außen war nichts zu sehen. Es hatte alles wie am Schnürchen geklappt. Nun würde der Schlüssel nicht mehr tief genug hineingehen und es kein Entrinnen mehr für den Großen van Dyke geben.

Mit zitternden Knien, aber zufrieden mit sich, kletterte er wieder herunter, schob die leere Kiste an ihren ursprünglichen Platz zurück und verließ den Lagerraum.

Es war im Grunde ganz einfach gewesen. Niemand würde ihn oben vermissen. Niemand hatte ihn beobachtet. In der Tür stehend wandte er sich noch einmal um und suchte den Lagerraum ab. Nein. Da war niemand. Er war allein.

Ein Meisterstück, dachte er.

Am Ende würde es der perfekte Mord, die perfekte Täuschung werden.

Ganz ohne Zeugen.

Das dachte er zumindest.

Doch er irrte sich.

ERSTER TEIL

Misdirection

>> Der Zauberkünstler ist ein Mann,
der Dinge von da wegnimmt,
wo sie nicht sind,
und sie dorthin legt,
wo man sie nicht finden kann,
weil sie dort nicht sind. <<

Unbekannt

KAPITEL 1

Eine dünne Schicht aus Pulverschnee lag auf den Dächern der Häuser entlang des Kennington Park, und aus den unzähligen Schornsteinen ringsum stieg Rauch auf, der sich in der abendlichen Kälte gen Himmel kräuselte und die Luft mit dem aromatischen Duft verbrannter Holzscheite schwängerte.

Das neue Jahr war erst wenige Tage alt.

Donald Sutherland Swanson war an diesem Abend besonders guter Laune. Er hatte frei und endlich wieder einmal Gelegenheit, einen Abend mit Annie zu verbringen. Die gute, liebe Annie, die den Haushalt der Swansons klaglos und mit so viel Liebe führte, die Kinder großzog und die ihm niemals Vorhaltungen wegen der vielen Arbeitsstunden machte, und wegen der zahllosen Nächte, die er nicht zu Hause verbrachte.

Wie lange waren Annie und er schon nicht mehr zusammen ausgegangen? Er erinnerte sich kaum. Es musste wenigstens ein Jahr her sein, vermutlich länger. Doch heute war es endlich so weit. Er hatte ihr die Wahl überlassen. Nach all den Monaten der Entbehrungen hätte er Annie beinahe jeden Wunsch erfüllt. Sie hätten im Savoy oder im Rules speisen können (auch wenn ihn das sicherlich ein kleines Vermögen gekostet hätte). Sie hätten ein romantisches Stück im Theatre Royal in der Drury Lane besuchen oder einfach für ein paar Tage nach Brighton fahren können. Doch Annie hatte anders entschieden und sich die Abendvorstellung im Adelphi ausgesucht.

The Great van Dyke, einer der berühmtesten Illusionisten der Welt, trat dort seit einigen Tagen auf. Er hatte sich vor allem wegen seiner spektakulären und gefährlichen Darbietungen einen Namen gemacht. Besonders die Flucht aus der sogenannten Wasserfolter, einer Illusion, bei der van Dyke sich mit Ketten gefesselt in einen bis zum Rand gefüllten Wassertank einschließen ließ, begeisterte die Massen. Swanson war gespannt, ob er ihn heute Abend zu sehen bekam.

„Ich weiß doch, wie sehr du die Zauberei liebst", hatte Annie zu ihm gesagt und ihm dabei zärtlich über die Wange gestreichelt. „Und ich liebe sie auch. Ich kann mir nichts Schöneres vorstellen, als mit dir gemeinsam dorthin zu gehen."

Swanson winkte eine vorüberfahrende Droschke herbei.

Der Einspänner hielt und Swanson half Annie in den Sitz. „Zum Adelphi am Strand, bitte", sagte er und warf Annie und sich die bereitliegende Decke über die Beine, als sich der Hansom ruckelnd und schaukelnd in Bewegung setzte.

„Ich danke dir sehr, Annie", sagte Swanson, legte ihr eine Hand aufs Knie und sah sie liebevoll an. „Es ist ewig her, dass ich einen Zauberkünstler auf der Bühne gesehen habe."

Sie nahm seine Hand, drückte sie und sagte: „Ich weiß, Don. Ich weiß. Und deswegen macht mir dieser Abend besonders viel Freude." Sie streichelte mit dem Daumen seinen Handrücken und kicherte. „Ich kann es an deinen Augen sehen. Du bist aufgeregt wie ein kleiner Junge."

Und genau so fühlte er sich. Schon seit seiner Kindheit hatte er die Zauberkunst geliebt. Wann immer er einen Zauberkünstler auf dem Jahrmarkt gesehen hatte, war er im wahrsten Sinne des Wortes verzaubert gewesen. Eine seiner frühesten Erinnerungen war ein Ausflug mit seiner Mutter nach Inverness. Donald Swanson vermochte sich nicht zu entsinnen, wo genau er den Mann mit dem Zauberstab gesehen hatte; ob auf dem Marktplatz oder vor einem der Geschäfte, die seine Mutter besucht hatte. Doch an eines erinnerte er sich so deutlich, als sei es erst gestern gewesen: Der Mann hatte ihm einen roten Ball in die Hand gegeben und ihn gebeten, ihn ganz fest zu halten. Und dann hatte der Mann drei Mal mit seinem Zauberstab auf Donalds kleine geschlossene Faust getippt und ihn mit einem Lächeln gebeten, die Hand wieder zu öffnen.

Kälte und Schnee um ihn herum waren vergessen, als er daran dachte. Noch immer vermochte Swanson sich an sein Erstaunen zu erinnern, als er die Hand langsam geöffnet hatte und der Ball daraus verschwunden war. Und dabei hatte er ihn ganz genau gespürt. Hatte den festen runden Ball, den seine Finger umschlossen, deutlich gespürt. Er hatte ihn festgehalten. Es war gar nicht möglich gewesen, dass er daraus verschwand. Und doch war genau das geschehen.

Der fremde Mann hatte ihn daraufhin freundlich angesehen, seine Hand ausgestreckt und hinter Donalds Ohr gegriffen.

„Was haben wir denn da versteckt?", hatte er gefragt und plötzlich den roten Ball zwischen Daumen und Zeigefinger festgehalten. „Komisch, was?", hatte der Mann gefragt. „Wie er da wohl hingekommen ist …"

Zauberei …

Seither hatte ihn die Zauberkunst nicht mehr losgelassen. Er hatte Bücher gelesen, sich seine ersten Requisiten selbst aus Papier und Holz gebastelt und sie in bunten

Farben angemalt. Und irgendwann hatte ein Freund seines Vaters ihm ein paar Metallringe geschenkt. Die waren so wunderbar glänzend gewesen.

„Don?" Annies Stimme riss ihn aus seinen Gedanken. „Wir sind da."

Der Hansom hatte The Strand erreicht und hielt schaukelnd an einem Droschkenstand vor dem Adelphi Theater auf der Nordseite der Straße.

Swanson schlug die Decke beiseite, öffnete die niedrige Tür des offenen Einspänners und hielt Annie zum Aussteigen die Hand hin.

Im Schwarm der übrigen Besucher führte Swanson Annie durch die breite Drehtür am Eingang, zeigte seine Billetts vor und gab an der Garderobe seinen Mantel und Annies Umschlagtuch ab. Annie konnte sich gar nicht sattsehen an alledem. Mit großen Augen wandelte sie am Arm ihres Gatten durch das mit rotem Teppich ausgelegte Foyer, durch den eleganten holzgetäfelten Flur hinein in den prunkvollen Saal und schien jedes noch so winzige Detail aufsaugen zu wollen.

Genau wie Annie war Donald Swanson noch nie zuvor im Adelphi gewesen, auch wenn er aus beruflichen Gründen schon einige Theater besucht hatte. Auch ihn beeindruckte die kolossale Größe des Theatersaals. Denn stand man draußen vor dem schmalen Gebäude am Strand, das das Theater beherbergte, bereitete einen nichts auf die fast unmögliche Weite in seinem Innern vor. Für Annie dagegen musste es noch beeindruckender sein; sie war in ihrem ganzen Leben noch in keinem Theater gewesen.

Swanson führte Annie, die mit großen Augen aufgeregt und ehrfürchtig die kostbaren Kristallkronleuchter an der Decke, die Lampen an den tapezierten Wänden und die prachtvolle, reich verzierte königliche Loge links der Bühne betrachte, zu ihrem Platz.

Swanson hatte Billetts für die zweite Reihe gekauft, um ganz nahe am Geschehen zu sein. Wenn ihn diese Zaubervorstellung schon ein halbes Monatsgehalt kostete, so hatte er gedacht, dann würden sie beide auch etwas davon haben. Von dort, wo sie saßen, hatten sie nicht nur einen ganz fabelhaften Blick auf die Bühne, auch den Orchestergraben konnten sie überblicken. Die Musiker saßen auf ihren Stühlen, blätterten in ihren Noten und trafen die letzten Vorbereitungen. Der Dirigent, ein grauhaariger Mann im Frack, stand an seinem Pult und bedeutete den Musikern mit einer ausladenden Geste, das Stimmen der Instrumente einzustellen.

Mit dem Verlöschen des modernen elektrischen Lichts verstummte auch das Gemurmel im Zuschauerraum allmählich, und Stille senkte sich über den Saal.

Der schwere rote Vorhang war noch geschlossen.

Donald Swanson nahm Annies Hand und lehnte sich mit einem glücklichen Seufzer in das Samtpolster seines Theatersessels zurück – gespannt darauf, was der Abend ihnen an Zauberhaftem bescheren mochte.

Zunächst trat der Intendant des Theaters auf die Bühne und hielt seine Begrüßungsrede. Während er davon sprach, wie glücklich er und auch das Publikum sich schätzen könnten, heute so berühmte Zauberkünstler und Illusionisten wie John Maskelyne, Brian Masterton und sogar den Großen van Dyke aus Übersee erleben zu dürfen, wallte hinter ihm der rote Bühnenvorhang.

„Ladies und Gentlemen, tauchen Sie nun ein in die Welt der Magie! Und begrüßen Sie jetzt unseren ersten Künstler! Brian Masterton, den Meister der Manipulation!", schloss er und breitete die Arme aus, ehe er sich verbeugte und hinter dem rechten Seitenvorhang verschwand.

Applaus brandete durch den Theatersaal, als der Vorhang sich langsam hob und das Orchester zu spielen begann. Eine lustige Melodie, zu der ein blonder junger Mann im Robin-Hood-Kostüm auf die Bühne stolperte. Er trug eine Narrenmütze und hielt zwischen Daumen und Zeigefinger einen roten Ball in der ausgestreckten linken Hand.

Die Musik hielt einen Augenblick inne, und als sie wieder einsetzte, begann der Zauberkünstler zu singen: ein komödiantisches Stück, in dem es um einen König und seine sieben missratenen Söhne ging, die sich gegenseitig umzubringen versuchten, weil jeder von ihnen nach dem Tod des Königs den Thron für sich beanspruchte.

Er hielt den Ball in die Höhe, beäugte ihn, als handle es sich um einen besonders seltsamen Gegenstand. Und dann ruckte sein Arm in die Höhe, und plötzlich hatte er einen zweiten Ball zwischen Zeige- und Mittelfinger. Noch eine Bewegung des Armes und ein dritter Ball erschien unter dem tosenden Applaus der Zuschauer zwischen Mittel- und Ringfinger.

Swanson stieß Annie an und lachte. Das war genau die Unterhaltung, die er so liebte. Annie drückte glücklich seinen Arm und strahlte ihn an. Und sie klatschten in die Hände, als der Zauberer auf der Bühne die drei Bälle in die Luft warf, sie mit beiden Händen auffing, sie scheinbar zusammendrückte und dann mit einer übertrieben ausladenden Bewegung ein letztes Mal in die Luft zu werfen versuchte: Natürlich waren sie nun alle verschwunden.

Es gab eine kurze Umbaupause, in der ein Bauchredner

mit seiner frechen Puppe, die sich selbst als Geoffrey vor-
stellte, das Publikum zum Lachen brachte.

Anschließend trat ein Zauberkünstler in einem schlichten blauen Abendanzug auf. Swanson musste zwei Mal
hinsehen, um zu erkennen, dass es sich wieder um Masterton handelte, der nun so gar nichts Tölpelhaftes mehr an
sich hatte. Auf geschickte Weise und in atemberaubender
Geschwindigkeit ließ er während der nächsten zwanzig
Minuten Unmengen von Karten, zahllose Bälle, bunte
Blumensträuße und schließlich sogar einen ganzen Vogel-
käfig samt Kanarienvogel erst erscheinen und dann wieder verschwinden. Am Ende seiner Nummer nahm er ein
großes schwarzes Seidentuch vom Boden auf, hielt es vor
sich, bis nur noch sein lustig grinsendes Gesicht dahinter
hervorlugte, und ließ es dann eine Sekunde später wieder
zu Boden fallen.

Annie stieß einen leisen Laut der Überraschung aus und
hielt sich die Hand vor den Mund, als der Mann nun nicht
mehr im blauen Anzug, sondern im schwarzen Frack und
mit einer Blume im Knopfloch vor ihnen auf der Bühne
stand!

Der Vorhang senkte sich wieder und der Bauchredner
nahm auf einem eigens dafür hereingebrachten Barhocker
Platz – Geoffrey wippte mit rollenden Augen auf seinem
Knie vor und zurück und verkündete mit krächzender
Stimme, man dürfe nun gespannt sein auf den ersten
Höhepunkt der Show. „Der Große van Dyke persönlich
gibt sich die Ehre!" Und sehr zum Missfallen des Bauchredners, der ein übertrieben entsetztes Gesicht machte,
fügte Geoffrey hinzu: „Verstehe einer diese Amerikaner –
schwimmen den ganzen Weg über den großen Teich, nur
um sich in England ersäufen zu lassen!"

Der Bauchredner verschwand unter verhaltenem Lachen, der Hocker wurde weggetragen und sofort hob sich der Vorhang wieder.

Auf der Bühne stand, von mehreren Strahlern angeleuchtet, ein mächtiger Kasten aus Glas. Daneben eine Leiter. Zwei kräftige Männer, die Feuerwehruniformen trugen, standen breitbeinig rechts und links des Kastens mit schweren Äxten in den Händen.

Auf Hector van Dykes Auftritt war Donald Swanson besonders gespannt gewesen. Seine Darbietungen entbehrten nicht eines gewissen Nervenkitzels, wenngleich die äußerst gefährlichen Kunststücke, für die er bekannt war, natürlich auch auf nichts weiter als auf ausgeklügelten Trickprinzipien beruhten. Swanson wollte unbedingt den Mann sehen, dessen Namen in Amerika jedes Kind kannte, jenen Mann, der aus einem Heißluftballon verschwunden war, um in einem anderen wieder aufzutauchen; der über den Grand Canyon geschwebt war und sich von einem Pottwal hatte verschlucken lassen, ehe er nur Minuten später unversehrt im Krähennest einer vorbeisegelnden Brigg wieder aufgetaucht war.

Die Musik wurde lauter und van Dyke erschien in einem langen schwarzen Mantel auf der Bühne. Er sprach nicht ein Wort. Stattdessen warf er theatralisch den Mantel von sich, wirbelte im Smoking herum und ließ sich von einem der beiden Feuerwehrmänner eine Zwangsjacke anlegen. Mehrere schwere Ketten wurden um seinen Körper geschlungen und mit Vorhängeschlössern gesichert, ehe er erhobenen Hauptes die Leiter erklomm, die Beine über den Rand des Wassertanks schwang und sich hineingleiten ließ. Wasser schwappte über den Rand. Dann wurde der Deckel des Tanks geschlossen. Swanson konnte noch sehen, wie van Dyke zum Boden des Behälters sank, ehe ein mächtiges schwarzes Tuch darübergeworfen wurde und die beiden Männer mit ihren Äxten wieder ihre Positionen rechts und links der Wasserfolter einnahmen.

Von dramatischen Trommelwirbeln begleitet, vertickten die Sekunden. Jeder im Saal schien den Atem anzuhalten.

Fasziniert starrte Swanson den verhüllten Kasten an. Wie lange mochte es dauern, bis van Dyke sich aus diesem Gefängnis aus Wasser befreite? Er nahm seine Taschenuhr heraus.

Zwei Minuten vergingen.

Die Spannung im Saal war beinahe körperlich zu spüren. Mit offenen Mündern beobachteten die Zuschauer das Geschehen auf der Bühne. Wann würde van Dyke dem gläsernen Sarg entsteigen?

Drei Minuten.

Swanson begann unruhig zu werden. Und er bemerkte, wie auch die beiden Männer mit den Äxten nervös von einem Bein auf das andere traten und anfingen, sich fragende Blicke zuzuwerfen.

Fünf.

„Da stimmt etwas nicht", flüsterte Swanson und berührte Annie, die begeistert nickte, an der Schulter.

„Nein, Annie. Ich meine es ernst." Und er musste an die Bemerkung der Bauchrednerpuppe mit der hämischen Stimme denken.

… nur um sich in England ersäufen zu lassen …

Annie lächelte ihn an und schüttelte den Kopf. „Das ist doch alles nur ein Trick, Don. Gerade du solltest das wissen."

Swanson zweifelte daran. Er hatte von jungen Perlentauchern gehört, denen es durch jahrelange Übung gelang, bis zu fünf Minuten am Stück zu tauchen. Doch dieser Mann dort in der Zwangsjacke war kein Perlentaucher, und er musste die fünfzig schon weit überschritten haben. Außerdem musste ihn die Anstrengung, sich aus seinen Fesseln zu befreien, weiteren Sauerstoff gekostet haben. Swanson schüttelte den Kopf. „Er schafft es nicht, Annie. Ich muss etwas unternehmen."

„O, bitte sei nicht kindisch, Don." Sie stieß ein hilfloses kleines Lachen aus.

Der Trommelwirbel hielt an.

Swanson warf wieder einen Blick auf seine Taschenuhr. Schon elf Minuten. „Ich sage dir, da stimmt was nicht." Und er machte Anstalten, sich zu erheben. „Man muss ihn rausholen."

„Don!", flüsterte Annie ihm zu und versuchte, ihn am Ärmel festzuhalten. „Don, bitte bleib sitzen. Du störst die Vorstellung."

„Ich muss etwas tun", sagte er.

„Du machst uns zum Gespött der Leute, Don." Sie sah ihn flehentlich an. „Bitte!"

„Tut mir leid." Er streifte ihren Arm mit einem entschlossenen Ruck ab, stand auf und bahnte sich hastig seinen Weg durch die murrende Reihe von Zuschauern. Schob Beine beiseite und erreichte schließlich den Gang, der auf der rechten Seite entlang der Sitzreihen führte, und eilte der Bühne entgegen.

Mit einem Satz sprang Swanson über das Geländer, das den Gang vom Bühnenbereich trennte, und hastete die Stufen der kurzen Treppe hinauf.

Viele der Zuschauer hatten ihn mittlerweile bemerkt. Und es ging ein Raunen durch den Saal, das immer lauter wurde. Einige Männer waren aufgestanden und deuteten mit dem Finger auf ihn. Er konnte nicht verstehen, was sie riefen, nahm aber an, dass sie die Assistenten auf der Bühne warnen wollten, da sie vermutlich dachten, er sei irgendein Irrer und würde die Vorstellung absichtlich stören wollen. Er achtete nicht weiter auf sie. Das Leben des Zauberkünstlers dort in dem Wassertank war weit wichtiger als ein paar aufgebrachte Schreihälse.

Die zwei Männer, die breitbeinig rechts und links des abgedeckten Glaskastens standen, bemerkten ihn jedoch erst, als Swanson bei ihnen anlangte.

Ohne zu zögern ergriff er den Aufschlag des schwarzen Tuches, das den Kasten vollständig verhüllte, und zog es mit einem Ruck zur Seite. Doch es fiel nicht herunter, sondern gab nur den Blick auf die Seite des Glaskastens frei.

Swanson hatte damit gerechnet, Hector van Dyke in wilder Panik um sein Leben kämpfen zu sehen, doch in dem wenigen Licht, das nun von der Seite her in den Glasquader fiel, konnte er zunächst nur die auf dem Boden liegende Zwangsjacke und die schweren Ketten mit den Hand- und Fußfesseln erkennen.

Offensichtlich war es van Dyke also doch gelungen, sich ihrer zu entledigen. Für eine schreckliche Sekunde dachte er schon, einer peinlichen Fehleinschätzung erlegen zu sein, dann jedoch sah er im dunklen oberen Teil des Glaskastens einen schlaff im Wasser treibenden Arm, aus dessen schwarzem Smokingärmel eine bleiche weiße Hand hervorlugte.

Die Männer mit den Äxten standen wie steinerne Ölgötzen da. Sie glotzten ihn schweigend und mit offenen Mündern an; offensichtlich unschlüssig, was sie nun tun sollten.

Swanson wandte sich zu dem ihm am nächsten stehenden Mann um und riss ihm die Axt aus der Hand, hob sie hoch über den Kopf und wollte eben zu einem ersten kraftvollen Hieb gegen die Glasscheibe ansetzen, als der Theaterintendant mit wutverzerrtem Gesicht aus den Falten des Seitenvorhangs hinter ihm auftauchte und sich schreiend und mit fuchtelnden Armen zwischen Swanson und den Glaskasten stellte.

„Sind Sie wahnsinnig geworden, Mann?", brüllte er gegen den anhaltenden Trommelwirbel an. Das glatte schwarze Haar hing ihm nun in Strähnen in die Stirn. „Sie ruinieren ja alles! Legen Sie die Axt aus der Hand!"

Durch die Unruhe aufgeschreckt kam nun Bewegung in die beiden Assistenten. Offensichtlich hatten sie begriffen, dass der panische Auftritt des Theaterintendanten nicht zur Showeinlage gehörte. Sie beide waren breitschultrige Kerle, die auf dem Jahrmarkt gut und gerne als Gewichtheber und Eisenverbieger durchgegangen wären. Swanson war augenblicklich klar, dass ihnen nicht mit vernünftigen Argumenten beizukommen wäre.

Der Mann, dem er die Axt aus den Händen gerissen hatte, kam als Erster auf ihn zugerannt – die Fäuste erhoben und offenbar zu allem entschlossen. Statt etwas zu sagen, ergriff Swanson blitzschnell die Handgelenke des Mannes, drückte sie ruckartig nach unten und schlug ihm mit beiden Handballen gleichzeitig gegen das Kinn. Der Kerl taumelte rückwärts, stolperte und fiel auf den Rücken. Dann bückte sich Swanson nach der Axt, trat entschlossen vor und ließ sie über dem Kopf des schreienden Theaterintendanten auf die Glasscheibe niedersausen, ehe der zweite Mann bei ihm anlangte und ihn von hinten bei den Schultern packte. Swanson tauchte unter dessen Armen hinweg und stieß ihn beiseite.

Aus dem Publikum erschollen entsetzte Schreie. Mittlerweile musste jeder im Saal mitbekommen haben, dass dieser Teil der Vorführung nicht zur Show gehörte.

Swanson schwang abermals die Axt. Und beim zweiten Schlag brach endlich die dicke Glasscheibe des Kastens und gut zwanzig Kubikmeter Wasser ergossen sich auf die Bühne und in den Orchestergraben.

Der Theaterintendant, der sich schützend die Hände über den Kopf hielt, wurde wie ein nutzloses Stück Holz davongespült, während der Chief Inspector weiter auf die Wasserfolter einschlug. Als das Loch in der Glasscheibe groß genug war, ergriff Swanson das schwarze Tuch, das noch immer den größten Teil des Wasserbehälters vor den Augen der Zuschauer verbarg, und riss es vollständig herunter.

Jetzt war für jedermann ersichtlich, was mit Hector van Dyke geschehen war. Sein schlaffer, lebloser Körper lag am Boden des Behälters. Und nun veränderte sich auch das Verhalten des Theaterintendanten.

Völlig kopflos lief er auf der Bühne umher und begann lautstark und wild gestikulierend nach einem Arzt zu schreien.

KAPITEL 2

Der Schnee fiel in dicken, schweren Flocken und tanzte in den diffusen gelben Lichtkegeln der Gaslampen wie eine riesige Schar Spätsommermücken, als Swanson Annie zur Droschke brachte und ihr versicherte, er würde heimkommen, sobald er hier mit ein paar Leuten gesprochen und die Angelegenheit an den diensthabenden Chief Inspector übergeben hatte.

„Es tut mir so leid, Annie", sagte er.

Sie streckte ihre Hand nach seiner Wange aus. „Geh rasch wieder hinein, Don. Du bist ja völlig durchnässt. Du wirst dir den Tod holen."

Er schaute sie an. Suchte nach einer Spur Enttäuschung in ihrem Gesicht, doch konnte nichts davon entdecken. „Wir holen das nach, ja? Versprochen."

„Du hast dem Mann das Leben gerettet, Don", sagte sie, den Kopf schief gelegt und mit einem leisen Lächeln. „Du brauchst dich nicht bei mir zu entschuldigen." Sie schlang ihre Arme um seinen Hals und küsste ihn leicht auf die Wange. „Ich liebe dich."

„Danke, Annie", sagte er.

Er half ihr beim Einsteigen und blickte den Lichtern des schaukelnden Wagens nach, bis dieser im Schneegestöber verschwunden war. Dann ging er ins Foyer des Theaters zurück.

Die Ärzte hatten van Dyke auf eine Pritsche gelegt und redeten mit ernsten Gesichtern auf ihn ein. Swanson konnte nicht hören, worüber sie sprachen, aber offenbar ging es van Dyke bereits wieder besser, denn er schüttelte immer wieder lebhaft den Kopf. Einem der Ärzte schien es schließlich zu bunt zu werden. Er wandte sich von der Pritsche ab und kam auf Swanson zu.

Der hielt ihn an und fragte: „Wie geht es ihm, Doktor."

„Den Umständen entsprechend gut", sagte der Arzt. „Er hat verdammtes Glück gehabt. Wahrscheinlich ein Laryngospasmus. Das hat ihm das Leben gerettet."

„Entschuldigen Sie, Doktor", fragte Swanson, der fand, dass das Wort nicht sonderlich nach etwas klang, das einem das Leben rettete. „Was bitte ist ein Laryngospasmus?"

„Die meisten Menschen ertrinken, weil sie Wasser in die Lungen bekommen", erklärte der Arzt. „Kein schöner Tod, das kann ich Ihnen sagen. Doch es gibt Fälle, in denen sich bei Eintritt des Wassers in die oberen Atemwege die Stimmritzen des Kehlkopfes verkrampfen. Schotten dicht, Sie verstehen? Das Wasser gelangt gar nicht erst bis in die Lungenflügel. Trotzdem wäre es besser für ihn, man würde ihn rüber ins Krankenhaus bringen, denn er war eine ganze Zeit lang bewusstlos und ohne Sauerstoff. Aber er weigert sich standhaft. Will unbedingt hierbleiben. Eigensinniges Volk, diese Amerikaner. Bei denen ist Hopfen und Malz verloren." Er setzte sich seinen Zylinder auf, schob ihn zurecht und verabschiedete sich.

Swanson ließ ihn gehen und ging zu den beiden Helfern hinüber, die mit den Äxten auf der Bühne gestanden hatten. Sie saßen sichtlich mitgenommen in einer Ecke und konnten kaum fassen, was während der letzten Minuten geschehen war. Wie sich herausstellte, waren sie tatsächlich Feuerwehrmänner, die sich damit ein paar Shilling zusätzlich verdienten, und vor der Vorstellung nicht einmal in die Nähe des Zauberrequisits gekommen. Swanson entschuldigte sich für sein rüdes Eingreifen und schickte sie beide los, um Scotland Yard zu verständigen. Er nahm an, dass es ihnen besser ginge, wenn sie etwas zu tun hatten. Und er irrte sich nicht. Eilfertig machten sie sich auf den Weg.

Swanson kehrte auf die Bühne zurück.

Die Wasserfolter stand noch immer dort. Die Leiter, über die van Dyke in den Wassertank geklettert war, lehnte am Bühnenrand. Er schob sie zu dem großen Glaskasten und stieg hinauf.

Es musste einen Grund dafür geben, dass es van Dyke nicht gelungen war, dem mit Wasser gefüllten Behältnis zu entkommen. Da er das Trickprinzip kannte, auf dem die Illusion beruhte, nahm er an, irgendetwas musste ihn daran gehindert haben, das Schloss mit dem am Boden liegenden Schlüssel zu öffnen. Doch was mochte der Grund dafür gewesen sein. Hatte van Dyke, nachdem er sich der Ketten und der Zwangsjacke entledigt hatte, im letzten Moment die Kraft verlassen? Er konnte es sich kaum vorstellen. Diese Tricks waren sehr ausgeklügelt und basierten nicht auf Zufälligkeiten. Als van Dyke in den Wassertank gestiegen war, hatte er sehr genau gewusst, wie viel Zeit ihm dafür blieb, Zwangsjacke und Ketten abzulegen, den Schlüssel vom Boden aufzuheben und das Schloss aufzusperren.

Irgendetwas war dennoch falsch gelaufen, dachte Swanson. Aus irgendeinem Grund hatte sich das Schloss nicht geöffnet. Dessen war er sich sicher. Er klappte den massiven, an zwei Scharnieren befestigten Holzdeckel der Wasserfolter auf und besah sich das Schloss. Von außen war auf den ersten Blick nichts zu erkennen. Er würde es entfernen und öffnen müssen, um zu sehen, was damit nicht stimmte.

Swanson stieg von der Leiter herunter und ging um

den Kasten herum. So, wie er die Sache sah, war van Dyke dabei gewesen, das Schloss mit dem Schlüssel zu öffnen, und daran gescheitert. Doch warum? War es der falsche Schlüssel gewesen? Hatte er nicht gepasst?

„Entschuldigen Sie, Mister, kann ich Ihnen irgendwie helfen?" Ein junger, vielleicht zwanzig Jahre alter Mann mit tiefschwarzen Locken und unverkennbar osteuropäischem Akzent war neben ihm aufgetaucht. „Sie dürfen da nicht einfach rangehen."

Swanson stellte sich vor und sagte: „Ich habe Grund zu der Annahme, dass dieser Zwischenfall absichtlich herbeigeführt wurde."

Der Junge sah schockiert aus. Er strich sich mit der Hand durch das dichte Haar und zog die buschigen Augenbrauen zusammen. „Das …", stammelte er. „Das ist unmöglich."

„Darf ich erfahren, wer Sie sind, mein Junge?"

„Erich", sagte er. „Erich Weiß. Ich arbeite hier."

„Als Zauberkünstler?"

„Nein. Das wohl nicht. Obwohl ich gewisse Ambitionen hege", sagte er.

„Und was ist Ihre Aufgabe im Adelphi?"

„O, eigentlich alles, Sir." Er breitete theatralisch die Arme aus. „Ich kümmere mich um die Künstler, richte ihre Zimmer her und sehe zu, dass jeder Bescheid weiß, wann er mit seinem Auftritt dran ist."

Also ein regelrechter Laufbursche, dachte Swanson bei sich. Das schlecht bezahlte Mädchen für alles. „Woher stammen Sie?", fragte er. „Deutschland?"

„Großer Gott – nein!" Erich sah ihn an, als sei die Frage eine Beleidigung gewesen. „Ich bin Ungar."

„Sagen Sie, Erich, ist Ihnen heute Abend irgendetwas

Ungewöhnliches aufgefallen? Etwas, das zu dem hier geführt haben könnte?" Und er nickte in Richtung der Wasserfolter.

„Nein, Sir. Es war alles wie immer." Er schüttelte kurz und ungläubig die schwarzen Locken. „Sie denken doch nicht – das ist mit Absicht geschehen?"

„Nehmen wir mal für einen Moment an, es wäre so", begann der Chief Inspector vorsichtig, „würde Ihnen spontan jemand einfallen, der ein Interesse daran hätte, Mr van Dyke Schaden zuzufügen?"

„Nein, Sir. Wirklich nicht." Erich sah ehrlich schockiert aus. „Wir sind alle unglaublich stolz, ihn hier bei uns zu haben. Er ist schrecklich berühmt und alle verehren ihn."

„Was ist mit den anderen Zauberkünstlern?", fragte er. „Gab es eventuell mal Meinungsverschiedenheiten? Jemanden, der sich möglicherweise zurückgesetzt fühlte, weil Mr van Dyke die ganze Aufmerksamkeit bekam?"

„Das weiß ich nicht, Sir", sagte Erich mit baumelnden Armen. „Kann ich mir aber nicht vorstellen. Ich hab noch nie was von Futterneid mitbekommen. Nicht bei dieser Truppe. Sie scheinen sich alle sehr gut zu verstehen. Sind manchmal richtig knuddelig untereinander."

„Aus wie vielen Leuten besteht das Ensemble?"

„Warten Sie mal." Erich nahm die rechte Hand zu Hilfe und fing an, seine Finger zu zählen. „Da ist erst mal Mr van Dyke natürlich. Und dann Mr Masterton, der Taubenmann, er tritt immer am Anfang der Show auf."

„Heute jedoch nicht", stellte Swanson fest, der sich nicht daran erinnern konnte, ein Kunststück mit Tauben gesehen zu haben. „War er nicht da?"

„Doch, doch", versicherte Erich. „Soviel ich weiß, gab es

neulich ein Problem mit den Vögeln. Deshalb tritt er zurzeit mit Manipulationen auf. Karten, Bälle, Zigaretten und so was. Man muss flexibel sein."

„Der Mann mit dem lustigen Lied über den König und seine Söhne, was?"

„Ganz recht, Sir."

„Und wer ist noch dabei?"

„Adam, der Bauchredner, und Mr Maskelyne", sagte Erich.

Swanson war nicht entgangen, dass Erich lediglich den Bauchredner beim Vornamen genannt hatte. Ganz offensichtlich standen sie sich näher; zumindest schien er ihn zu mögen. „Sind das alle?"

„Alle außer Abigail, unser Mädchen, und Mr Pollock natürlich", sagte Erich. „Und morgen fängt noch ein anderer Zauberer an."

„Wer ist das?"

„Edward McKinley", sagte Erich und zuckte die Achseln. „Hab ihn noch nicht getroffen. Soll aber ausgesprochen brillant sein."

„Sagen Sie, würden Sie mir einen kleinen Gefallen tun?", fragte Swanson.

„Klar, wenn ich kann."

„Ich bräuchte einen Schraubendreher. Könnten Sie mir den besorgen?"

Hector van Dyke lag noch immer auf der schmalen Pritsche im Foyer, als Swanson mit einem Stück Blei und der abgebrochenen Spitze einer kleinen Nagelfeile in der Hand zu ihm ging. Einer der Ärzte saß auf einem Schemel daneben.

Van Dyke sah blass aus, fand Swanson, und er würde

ihn nicht über Gebühr anstrengen wollen. Trotz allem musste er mit ihm sprechen. Er warf dem Arzt auf dem Schemel einen fragenden Blick zu, und als der zustimmend nickte, ließ Swanson sich vor der Pritsche in die Hocke sinken und stellte sich dem Zauberkünstler vor.

„Wie geht es Ihnen?", fragte er dann.

Der berühmte Illusionist verzog gequält das Gesicht. „Na, großartig", sagte van Dyke und hustete. „Könnte nicht besser sein, Chief Inspector."

„Ich muss Ihnen einige Fragen stellen", sagte Swanson. „Denken Sie, das geht?"

„Sicher. Alles halb so wild. Schießen Sie los."

„Sagen Sie, Mr van Dyke, wer kümmert sich eigentlich um Ihre Requisiten, wenn Sie ein Engagement wie dieses haben? Machen Sie das selbst?"

„Normalerweise meine Assistenten und ich", sagte van Dyke. Er war noch immer sehr schwach. Man hatte ihm die nassen Kleider ausgezogen und mehrere Decken über ihn gebreitet. „Die letzten Präparationen führe ich allerdings stets allein durch. Niemand aus dem Ensemble kennt alle Geheimnisse meiner Kunststücke."

„Verstehe. Ihre Assistenten reisen mit Ihnen?"

„Für gewöhnlich schon. Nur diesmal habe ich auf sie verzichtet." Er hustete wieder. „Die haben ganz ausgezeichnete Leute hier. Absolut vertrauenswürdig. Einer meiner Leute brachte mein Equipment her. Den Rest mache ich selbst."

„Und außer Ihnen?", wollte Swanson wissen, „wer hat sonst noch Zugang zu den Requisiten?"

„Nun, wenn es jemand darauf anlegt, kann jeder sie sich ansehen, der im Theater arbeitet", meinte van Dyke. „Bis die Requisiten gebraucht werden, stehen sie unter der Bühne bereit. Aber ich versichere Ihnen, niemand hier würde sich daran zu schaffen machen."

„Sie vermuten selbst, es könne sich jemand an der Wasserfolter zu schaffen gemacht haben?", fragte Swanson.

„Ich habe einfach den Schlüssel nicht in das Schloss bekommen", sagte van Dyke mit leiser Stimme und räusperte sich mehrmals. „Ich war ungeschickt, nichts weiter."

Swanson war sich da nicht so sicher. Er zog die beiden kleinen Metallstücke, die er beim Auseinanderschrauben des Schlosses gefunden hatte, aus der Innentasche seines Mantels, legte sie sich in die Handfläche und hielt sie dem Zauberkünstler wortlos hin.

„Was … was ist das?"

„Das hier", sagte Swanson. „Das hier hat verhindert, dass Sie das Schloss von innen öffnen konnten."

Van Dyke betrachtete es mit gerunzelter Stirn. Dann ließ er sich wieder in die Kissen sinken. „Zwei kleine Stückchen Metall? Und was bedeutet das?"

„Es bedeutet, dass Sie in Gefahr sind, Mr van Dyke", sagte Swanson sehr ernst. „Denn ich bin sicher, dass diese Metallstücke nicht zufällig in das Schloss des Deckels gelangt sind."

„Ich verstehe nicht." Van Dyke starrte ihn an.

„Mr van Dyke", sagte Swanson. „Jemand hat ein Stückchen Blei und eine dünne Feile absichtlich in das Schloss eingeführt und es damit blockiert. So war es Ihnen unmöglich, es von innen mit dem Schlüssel zu öffnen, wenn es erst mal geschlossen worden war. Ich fürchte, das war ein Anschlag auf Ihr Leben."

„Sie wollen damit sagen, jemand hätte es auf mich abgesehen?", fragte van Dyke. Er lachte kurz auf und musste abermals husten. Aber es klang schwach und so seltsam schief wie der Ton aus einem verstimmten Instrument. „Das ... das kann ich nicht glauben. Das will ich nicht glauben. Wer sollte das tun wollen? Ich komme mit jedermann stets bestens aus."

„Nun", sagte Swanson und steckte das kleine Metallstück wieder ein, „ich will Ihnen gerne abnehmen, dass Sie kein Problem mit jemandem haben. Ich würde Ihnen trotzdem raten, in Zukunft achtzugeben, mit wem Sie allein in einem Zimmer bleiben. Denn ich fürchte, es gibt da jemanden, der hat ein ziemliches Problem mit Ihnen."

Von dem jungen Ungarn ließ Swanson sich anschließend in das Büro des Theaterdirektors führen. Er konnte nur hoffen, dass Pollock sich unterdessen ein wenig beruhigt haben mochte.

Der Mann war dünn wie ein Draht. Er hatte die Physiognomie und den Körperbau des typischen Sanguinikers. Die ruhelose Nervosität drang ihm aus allen Poren. Swanson war sofort klar, dass er Schwierigkeiten mit ihm haben würde.

„Wer soll mir den Schaden bezahlen?" George Pollock marschierte wie ein kopfloser Hahn im Zimmer auf und ab. Sein Gesicht war ein einziges Bild der Sorge. „Sie haben das Requisit kaputt geschlagen, Mr Swanson. Ist Ihnen das eigentlich bewusst? Was denken Sie, wie ich van Dyke erklären soll, dass seine Wasserfolter zum Teufel ist?"

Swanson seufzte. „Ich könnte mir vorstellen, er ist für den Augenblick froh, überhaupt noch am Leben zu sein, meinen Sie nicht?"

„Sie wollen mir erzählen, jemand hat es auf Mr van Dykes Leben abgesehen?" George Pollock sah fassungslos auf das kleine Metallstück in Swansons Hand. „Das kann doch nicht Ihr Ernst sein, Chief Inspector."

Swanson blickte ihn an. Er wurde aus dem Mann nicht schlau. Er vermochte einfach nicht zu sagen, ob er wegen des Mordanschlags so niedergeschmettert war oder weil ihm möglicherweise Verluste ins Haus standen, wenn er die Zaubershow nicht weiterführte. Außerdem fragte er sich, weshalb Pollock nicht an van Dykes Seite geblieben war. Auch wie es dem Amerikaner ging, schien ihn nicht sonderlich zu interessieren. „Es ist mein voller Ernst", sagte Swanson schließlich. „Zumindest sieht es für mich ganz danach aus."

Pollock stieß ein unglückliches Lachen aus. „Aber warum sollte jemand so etwas tun?"

„Ich weiß es nicht, Mr Pollock", sagte Swanson wahrheitsgemäß. „Noch nicht. Aber seien Sie versichert, ich werde es herausfinden. Nichts geschieht ohne Grund, habe ich recht?"

Pollock sank kraftlos auf den Stuhl hinter seinem Schreibtisch. „Wenn es stimmt, wird uns das den Hals brechen, Chief Inspector. Die Presse wird uns wegen der verpatzten Vorstellung ohnehin die Hölle heiß machen. Wenn ich die Illusionisten nicht weiter auftreten lassen kann, bin ich in drei Tagen pleite. Können Sie sich vorstellen, was es allein an Versicherung kostet, jemand so Bedeutenden wie van Dyke aus den Vereinigten Staaten nach England zu holen? Die Show kann ich vergessen. Sie machen sich kein Bild davon, wie viel Geld ich verlieren werde."

Damit hatte Swanson also die Antwort. Natürlich ging es um Geld. Er sagte: „Immerhin lebt van Dyke noch, da können Sie sich glücklich schätzen. Ein paar Minuten später und Sie hätten Ihren großen Star verloren. So, wie er mir vorkommt, ist der Mann ziemlich hart im Nehmen. Wahrscheinlich wird er schon in einigen Tagen wieder auf der Bühne stehen können."

„Aber das Gerede." Pollock schüttelte den Kopf und raufte sich die Haare.

„Ist nur gut für Ihr Theater", meinte Swanson, der sich im Stillen fragte, ob Pollock das insgeheim nicht vielleicht ebenso sah. „Denn machen wir uns nichts vor: Die Leute lieben den Nervenkitzel und erhoffen sich doch im Grunde solche Katastrophen. Glauben Sie allen Ernstes, die meisten kommen her, um tatsächlich zu sehen, wie der Illusionist sich mit Leichtigkeit aus der Wasserkammer befreit?"

„Es ist eine Panik ausgebrochen!", rief Pollock. „Wir werden morgen vor leeren Stuhlreihen spielen!"

„Sie wollen die Vorstellung morgen nicht ausfallen lassen?"

„Sie ausfallen lassen? Sind Sie wahnsinnig, Mann?" Pollock war wieder aufgesprungen. „Da kann ich mir ja gleich einen Strick nehmen."

Swanson warf einen Blick auf seine Taschenuhr. Es war bereits zwanzig nach zehn. „Es ist spät, Mr Pollock", sagte er und erhob sich. „Ich werde morgen wiederkommen, um mich mit den übrigen Mitgliedern des Ensembles zu unterhalten. Doch einmal abgesehen von Ihren finanziellen Sorgen ..."

„Ich habe keine finanziellen Sorgen, Chief Inspector!", platzte der Theaterdirektor eine Spur zu schnell heraus. „Was für eine infame Unterstellung!"

„Ich möchte mich entschuldigen, falls ich mich etwas unglücklich ausgedrückt habe, Sir", meinte Swanson. „Was ich sagen wollte, war: Auch wenn Sie verständlicherweise die Finanzen Ihres Theaters im Auge behalten müssen, vergessen Sie die Menschen nicht, Mr Pollock. Kümmern Sie sich um sie. Fragen Sie sie, wie sie sich heute Abend fühlen." Der Theaterdirektor sah ihn so verständnislos an, als spräche er in einer längst vergessenen Sprache. „Sie würden es sehr beschwerlich finden, Ihr Publikum ganz allein zufriedenzustellen. Ohne Zauberkünstler keine Zaubervorstellung, habe ich recht?"

KAPITEL 3

Als Donald Swanson wieder ins Foyer trat, war die Pritsche leer und von van Dyke und dem Doktor keine Spur. Dafür saß nun jemand anders auf dem kleinen Schemel und blickte gedankenverloren die Pritsche an. Swanson erkannte ihn als Kershaw, den Bauchredner. Die Puppe, die auf der Bühne noch so lebendig gewirkt hatte, lag mit baumelnden Armen und Beinen schlaff auf seinem Schoß und sah aus wie eine Kinderleiche.

Als er den Chief Inspector bemerkte, hob Kershaw den Kopf, warf das eine Ende seines dünnen Schals, den er um den Hals gewickelt trug, nach hinten, und fragte mit zittriger Stimme: „Sie sind der Mann vom Yard, stimmt das?" Und als Swanson bejahte: „Wie geht es Mr van Dyke? Ist er über den Berg? Geht es ihm gut?"

„Er wird es überstehen", sagte Swanson, dem nicht entging, wie aufgewühlt der junge Mann war. „Er hat Glück gehabt. Die Ärzte sagen, er sei nicht ernstlich verletzt."

Mr Kershaw stieß einen erleichterten Seufzer aus. „Da bin ich aber froh. Ich weiß nicht, ob ich noch hätte weiterarbeiten können, wenn er gestorben wäre. Vor allem wegen Geoffreys dummem Witz über das Ersäufen." Er schüttelte den Kopf „Nicht auszudenken."

„Sie mögen den Mann?"

„Alle hier mögen ihn", sagte Kershaw. „Er ist schrecklich berühmt."

„Das eine hat mit dem anderen eigentlich nicht viel zu tun, oder?"

„Nein. Sie haben ja recht", sagte er. „Er ist auch so ganz in Ordnung. Kehrt seinen Ruhm nicht groß heraus, wissen

Sie? Und an den meisten Abenden lädt er uns alle nach der Vorstellung zum Essen ein. Nicht, dass es mir bloß darum ginge", fügte er rasch hinzu.

„Sicher nicht." Swanson nickte freundlich. „Ihre Vorstellung hat mir übrigens besonders gut gefallen. Muss ein schönes Gefühl sein, das Publikum zum Lachen zu bringen."

„Harte Arbeit, das kann ich Ihnen versichern", entgegnete Kershaw, der sich die Puppe auf den Arm setzte und nun wieder etwas entspannter aussah. „Das ist Geoffrey. Geoffrey, sei ausnahmsweise mal ein lieber Junge und sag dem Chief Inspector guten Tag."

Die Puppe schlug die Augen auf, lehnte sich ein Stück nach vorn, als könne sie Swanson so noch besser erkennen, und sagte mit einer knarzenden Stimme, die sich von der Kershaws deutlich unterschied: „'n Abend, Bobby. Schön, dich kennenzulernen." Und er streckte zur Begrüßung die Hand aus.

„Ich heiße Donald", sagte Swanson, der sich entschied, das lustige kleine Spielchen mitzuspielen, nahm die kleine kalte Holzhand zwischen Daumen und Zeigefinger und schüttelte sie. „Freut mich, dich kennenzulernen, Geoffrey."

„Wie läuft es denn so, Bobby?"

„Ganz gut, danke."

Die Puppe stieß ein böses, meckerndes Lachen aus, das Swanson gegen seinen Willen erschreckte. „Und ich hörte, Sie sind hier, weil jemand diesen Aufschneider van Dyke ersäufen wollte."

„Geoffrey!", entrüstete sich Kershaw. Er sah ehrlich bestürzt aus. „Rede nicht so. Tut mir leid, Chief Inspector. Er ist immer so respektlos."

Doch Swanson reagierte nicht darauf. Stattdessen fragte er: „Du hältst van Dyke für einen Aufschneider, Geoffrey?"

Im selben Moment schwang jedoch die Tür auf und ein ziemlich verschneit aussehender Sergeant Peter Phelps betrat das Foyer. „Hallo, Sir!", rief er, stapfte auf sie zu und klopfte sich dabei den Schnee aus den Kleidern. Die beiden Feuerwehrmänner, die Swanson losgeschickt hatte, waren nicht bei ihm. „Verfluchter Winter, Sir. Kann ich gut drauf verzichten."

„Schön, Sie zu sehen, Phelps", sagte Swanson. „Aber haben Sie nicht Urlaub?"

„Genau wie Sie, Sir", sagte Phelps und zog eine Augenbraue hoch. „Spielte mit Wilson und Penwood eine Partie Pachisi, als ich hörte, was im Adelphi passiert ist. Dummerweise ist kein anderer außer Ihnen verfügbar. Tut mir leid, aber ich glaube, Sie haben die Sache am Hals, Sir – wenn es denn eine Sache ist. Und da dachte ich mir, Sie könnten mich unter Umständen gebrauchen."

Swanson vermochte nicht sicher zu sagen, was er an Detective Sergeant Peter Phelps mehr schätzte – seinen Arbeitseifer oder seine kompromisslose Aufrichtigkeit; wenngleich Letztere manchmal noch an pure Naivität grenzte. Doch das würde sich mit den Jahren und der wachsenden Erfahrung geben. Dessen war er sich sicher. Phelps war auf dem richtigen Weg.

„Sie sind der Beste, Phelps", sagte Swanson und klopfte dem Sergeant anerkennend auf die Schulter. „Kommen Sie, ich möchte Ihnen Mr Kershaw, den Bauchredner, und seine Puppe, den frechen Geoffrey, vorstellen."

„Sir", sagte Kershaw, blinzelte unglücklich und wickelte sich die Fransen seines Schals um den Zeigefinger.

„Hi, Bobby", sagte die Puppe. „Ihr komischen Vögel heißt alle gleich, was?"

„Äh ..." Phelps warf Swanson einen Hilfe suchenden Blick zu.

„Ich war eben dabei, mich mit Geoffrey zu unterhalten, als Sie hereinschneiten, Phelps." Er wandte sich wieder der Puppe zu. „Wir waren bei Hector van Dyke", sagte er. „Du denkst, er ist ein Aufschneider?"

„Lassen Sie es doch gut sein, Mr Swanson", mischte sich Kershaw ein, wurde jedoch sogleich von Geoffrey unterbrochen. „Ein aufgeblasener Wichtigtuer ist er", krächzte die Puppe. „Schmeißt mit seinem Geld um sich, als wäre es Konfetti."

Sergeant Phelps schwieg und staunte.

„Denkst du", fragte Swanson, „einer von den anderen aus dem Ensemble könnte ihm was Böses wollen?"

Geoffrey stieß wieder das meckernde Lachen aus. „Er verdient zehnmal so viel wie jeder andere", schnurrte die Puppe mit leiser Stimme. „Sein Name steht in riesigen Buchstaben auf allen Plakaten. Und er bewohnt auf Kosten des Adelphi eine Suite im Savoy, die so groß ist, dass man sich darin verlaufen könnte. Wer aus dem Ensemble würde ihm deswegen schon was Böses wollen?" Die Puppe hob die Hand. „Wenn van Dyke abkratzt, macht er Platz für den nächsten Star am Zauberhimmel, Bobby. So einfach ist das."

„Geoffrey, bitte", jammerte Kershaw.

Phelps sah den Bauchredner streng an. „Bitte lassen Sie ihn reden, Sir."

„So ist es doch", fuhr die Puppe fort. „Außer dem lieben, süßen, unschuldigen Adam hier, der nichts weiter will, als mit der hübschen Miss Abigail vor den Traualtar zu treten, wünscht sich jeder von uns, van Dyke würde wieder in der Versenkung verschwinden."

„Das reicht!", rief der Bauchredner und hielt der Puppe die Hand vor den Mund. „Das reicht ein für alle Mal." Er nahm Geoffrey vom Schoß und warf ihn grob auf die Pritsche. Jetzt war die Puppe nichts weiter mehr als ein lebloses, aus Holz und Stoff zusammengebasteltes Etwas mit verrenkten Gliedmaßen, das aus großen toten Augen zur Decke starrte.

In die entstandene Stille hinein fragte Phelps: „Und Sie, Mr Kershaw, Sir. Was ist Ihre Meinung dazu?"

„Ich weiß nicht, was in Geoffrey gefahren ist."

Swanson ergriff das rechte Handgelenk des Bauchredners und hielt es fest. „Ist das so, Mr Kershaw?", fragte er und sah ihm dabei unverwandt in die Augen. „Hasst jeder hier den Mann? Hassen Sie ihn?"

„Nein, Sir, ich ..." Er verstummte und blickte zu Boden.

„Alles, was die Puppe sagt, kommt von Ihnen", sagte Swanson. „Sie sind Geoffrey." Doch er fragte sich auch, ob das gleichzeitig bedeutete, dass es Mr Kershaws Meinung widerspiegelte.

Sergeant Phelps stand mit offenem Mund daneben. Er tastete seine Taschen ab, zog Bleistift und seinen Block hervor und klappte ihn auf. „Bitte beantworten Sie die Frage, Mr Kershaw."

„Sie müssen mir glauben! Das, was Geoffrey sagt, ist nicht das, was ich denke", sagte Kershaw. „Ich weiß nicht, wie ich es Ihnen erklären soll."

„Versuchen Sie es", sagte Swanson und ließ seine Hand los.

„Wenn Geoffrey etwas sagt", begann er, „dann ist das ... eben Geoffrey. Er hat seinen eigenen Kopf."

„Das überzeugt mich nicht", sagte Swanson.

„Haben Sie schon mal einen Kriminalroman gelesen, Chief Inspector?", fragte Kershaw und schaute flehentlich zwischen ihm und Sergeant Phelps hin und her. „Der Autor schreibt über die schlimmsten Verbrechen. Er genießt es geradezu, die brutalsten Morde zu verüben. Beschreibt sie in allen Einzelheiten. Aber doch nur auf dem Papier. Sie würden nicht etwa auf die Idee kommen, die Gedanken des Mörders wären die wahren Gedanken des Autors, stimmt es nicht?"

Swanson musste zugeben, dass das stimmte. „Nein, Mr Kershaw. Das würde ich nicht."

„Und genau so verhält es sich mit Geoffrey und mir. Es passiert ganz automatisch. Ich bin oftmals selbst überrascht, was da aus ihm herauskommt." Der Bauchredner schenkte der leblos daliegenden Puppe einen fast angewiderten Seitenblick und biss sich auf die Lippen. „Das hat nichts mit mir zu tun. Er ist ganz anders als ich."

„Also schön." Swanson strich sich nachdenklich über den Schnurrbart. Er hatte gesehen, wie niedergeschmettert der Bauchredner gewesen war. Der vermeintliche Unfall während der Show schien ihn wirklich mitgenommen zu haben. Entweder war er ein besonders guter Schauspieler, oder seine Erklärung stimmte. Man musste kein Krimineller sein, um glaubhaft einen Verbrecher darzustellen. Stevenson hatte das mit Jekyll & Hyde bewiesen. Und Swansons Lieblingsbuch *Die falsche Kiste*, in der es um das Verschwindenlassen einer unliebsamen Leiche ging, spiegelte trotz ihres offensichtlichen Genusses am Verbrechen keinesfalls die persönliche Sichtweise Stevensons wider. „Für den Moment bin ich geneigt, Ihnen zu glauben, Mr Kershaw. Für den Moment." Er hielt ihm den erhobenen

Zeigefinger hin. „Aber ich weiß auch, dass der Romanschriftsteller ohne eine gewisse Anregung nichts zustande bringt. Was er schreibt, entspringt im weitesten Sinne seinem Erfahrungsschatz. Und daher möchte ich noch einmal auf Sie zurückkommen."

„Was meinen Sie?", fragte Kershaw.

„Gibt es diese Eifersüchteleien, von denen Geoffrey sprach? Oder haben Sie die frei erfunden?"

„Natürlich gibt es die", sagte Kershaw mit einem Lächeln. „Leider. An jedem Theater. Vordergründig lächelt man sich an. Und hinten herum gönnt man dem anderen das Schwarze unter den Fingernägeln nicht."

„Sie sagen das so amüsiert", meinte Sergeant Phelps. „Warum?"

„Weil es Geoffrey und mich nicht betrifft, ganz einfach", antwortete er. „Wir sind viel zu kleine Lichter, um irgendjemandes Eifersucht hervorzurufen."

Swanson spitzte die Lippen. „Können Sie sich vorstellen, wer aus dem Ensemble einen solchen Groll Mr van Dyke gegenüber hegt, dass er bereit wäre, dafür zu töten?"

„Hier im Adelphi?" Kershaw schüttelte den Kopf. „Jeder wäre gern an seiner Stelle. Aber so weit zu gehen, dafür einen Mord zu verüben? Nein, das traue ich niemandem zu. Allerdings …"

„Allerdings?" Swanson sah ihn fragend an.

„Wahrscheinlich hat es gar nichts zu bedeuten", sagte der Bauchredner. „Aber heute am frühen Abend glaubte ich, jemanden unter der Bühne gesehen zu haben. Das war etwa eine Stunde vor Beginn der Show."

„Jemanden, der dort nichts zu suchen hatte, meinen Sie?", wollte Phelps wissen.

„Ja. Ich denke schon."

„Wen?", fragte Swanson.

„Ich habe keine Ahnung. Jemanden, den ich noch nie zuvor gesehen hatte. Ich machte mir auch weiter keine Gedanken darüber. Nach der Sache heute Abend jedoch ..."

Phelps leckte seinen Bleistift an. „Wie sah der Mann aus?"

„Ich konnte ihn kaum erkennen", sagte Kershaw und zuckte mit den Schultern. „Alles, was ich gesehen habe, war, dass er einen Vollbart hatte."

„Niemand aus dem Adelphi?", fragte Swanson. „Sind Sie sich da sicher?"

„Ganz sicher. Niemand hier trägt einen solchen Bart."

Die Nell Gwynne Tavern lag unweit des Theaters in einer schmalen, als Cutthroat Alley bekannten Gasse, die die Bedford Street mit dem Strand verband. An gewöhnlichen Tagen waren die meisten Besucher vermutlich Schauspieler und Bühnenpersonal, die in den umliegenden Theatern arbeiteten. Doch heute war keine gewöhnliche Nacht. Es hatte ein Unglück im Adelphi gegeben, möglicherweise sogar einen Mordanschlag. Das hatte natürlich sofort die Presse auf den Plan gerufen, und so wimmelte es im Pub von Presseleuten auf der Suche nach Augenzeugen.

Swanson und Phelps, die das Glück hatten, noch einen runden Tisch ohne Stühle bei der Eingangstür zu ergattern, zogen ihre durchweichten Mäntel aus und hängten sie über eine der niedrigen Holzwände neben sich.

„Hatte ich Ihnen nicht versprochen, im Pub einen auszugeben, Phelps?"

„Soviel ich mich erinnere, war das vor sechs Jahren,

Sir", sagte Phelps, zog die Augenbrauen hoch und steckte die Hände in die Taschen seines Jacketts.

„Tatsächlich?" Swanson war erstaunt, wie schnell die Zeit verging. „Na, besser spät als nie, was?"

Im Nell Gwynne war einiges los. Swanson bemerkte, wie unbehaglich Phelps sich fühlte. „Entspannen Sie sich", sagte er.

„Aber wir sind im Dienst, Sir."

„Versuchen Sie, es sich nicht anmerken zu lassen." Swanson sondierte die Umgebung. An der Theke saß ein breitschultriger Kerl mit Mütze und ohne Haare, der wortlos sein Bier trank. Daneben standen zwei Männer in zerlumpten und verdreckten Kleidern zusammen. Sie tranken Whisky und schlugen sich im Minutentakt abwechselnd mit den Fäusten gegen die Schultern. Ein Pulverfass, wie Swanson auf Anhieb erkannte. Noch ein paar Gläser mehr, und aus dem anfänglichen Spaß würde eine handfeste Prügelei werden. Daneben redete ein schnurrbärtiger Mann, der einen Notizblock in der Hand hielt, auf eine junge Dame im Abendkleid ein. Unverkennbar ein Journalist auf der Jagd nach Informationen.

„Sollten wir nicht auch was trinken, Sir?", fragte Phelps, der immer wieder sehnsuchtsvoll zur Theke blickte, wo der Wirt ein Pint nach dem anderen zapfte. „Nicht, dass ich mir besonders was aus Bier machen würde, aber ..."

„Sie haben recht", sagte Swanson und kramte in seinen Taschen nach den Münzen. „Wir würden verteufelt verdächtig aussehen, wenn wir nichts bestellten." Er lächelte und drückte Phelps das Geld in die Hand. „Na, gehen Sie schon. Ich nehme ein Bitter."

Drei Minuten später kam Phelps mit zwei überschwappenden Gläsern zurück und stellte sie auf den Tisch. „Hier,

Sir. Und vielen Dank", sagte er und hob das Glas. „Auf Ihr ganz persönliches Wohl, Sir."

„Auf das Ihre, Phelps."

„Was genau ist denn heute Abend in dem Theater überhaupt passiert?", wollte Phelps wissen.

„Es hat einen Anschlag auf den Großen van Dyke gegeben."

„Bitte entschuldigen Sie, Sir –" Der Sergeant wackelte mit dem Kopf, als würde ihm das dabei helfen, seine krausen Gedanken zu ordnen. „Wer ist der Große van Dyke? Einer von den Zauberern?"

„Hector van Dyke. Ein amerikanischer Illusionist", erklärte Swanson. „Ein Zauberkünstler. Ich bin erstaunt, dass Sie noch nie von ihm gehört haben. Man berichtet in allen Zeitungen über ihn. Er ist unglaublich bekannt. Letztes Jahr hat er den Grand Canyon auf einem Besen überflogen. Ganz London ist verrückt nach ihm."

„Auf einem Besen? Wirklich?", fragte Phelps sichtlich beeindruckt. „Noch nie von ihm gehört. Alles, was ich mitbekam, war, dass jemand fast auf der Bühne gestorben wäre. Sie waren also dabei?"

„Das kann man wohl sagen. Eigentlich hatte ich vor, einen friedlichen Abend mit meiner Frau zu verbringen. Ich liebe die Zauberkunst, wissen Sie? Und wir besuchten die Vorstellung. Leider endete sie in einem Desaster."

„Tut mir leid, Sir", sagte Phelps salbungsvoll. „Ich hätte es Ihnen gegönnt."

„Weiß ich doch." Swanson nahm einen Schluck von seinem Bier. „Was halten Sie von Mr Kershaw, dem Bauchredner?"

„Der Kerl selbst scheint nett zu sein. Aber diese Puppe ist mir etwas unheimlich, Sir", sagte Sergeant Phelps und sah sich unbehaglich um. „Sie scheint ein völlig eigenständiges Leben zu führen."

Donald Swanson legte dem Sergeant väterlich die Hand auf die Schulter und sagte: „Das ist alles nur ein Trick, Phelps. Kein Grund, sich zu fürchten. Alles, was die Puppe von sich gibt, kommt aus dem Mund des Bauchredners."

„Sie meinen, es kommt aus seinem Bauch, Sir", sagte Phelps. „Ich habe ganz genau auf seine Lippen geachtet. Und sie bewegen sich kein bisschen. Ich finde das sehr unheimlich."

„Wissen Sie, weshalb Kershaw einen Schal trägt?", fragte Swanson.

„Weil ihm kalt ist, Sir?"

„Damit man nicht sieht, wie sich sein Adamsapfel bewegt", erklärte Swanson. „Der Mann hat gelernt zu sprechen, ohne dabei seine Lippen zu bewegen – der Adamsapfel würde ihn verraten."

„Aber das kann nicht stimmen. Ich habe ganz genau darauf geachtet."

„Ich sage Ihnen was: Stecken Sie sich einen Viertelpenny zwischen die Zähne und probieren Sie ein bisschen herum. Vermeiden Sie beim Sprechen Wörter, in denen Bs und Ps vorkommen, und Sie haben das Wesentliche gelernt."

„Und das ist alles, Sir?" Phelps sah enttäuscht aus.

„Nun, es ist zumindest ein Anfang, Phelps", sagte Swanson. „Ich habe Bauchredner gesehen, die tranken ein Ale aus, ohne es abzusetzen, oder rauchten eine Zigarre, während die Puppe weitersprach."

„Das funktioniert?"

„Es ist nichts als eine Illusion, die man mit ein wenig Übung durchaus meistern kann."

70

„Tatsächlich?" Phelps kräuselte nachdenklich die Stirn. „Hätten Sie vielleicht einen Viertelpenny für mich? Nur zum Ausprobieren?"

„Tut mir leid, Phelps." Swanson klopfte in gespielter Hilflosigkeit seine schottischen Taschen ab. „Ich fürchte, so viel habe ich nicht bei mir."

Annie schlief bereits, als Donald Swanson, den Kopf voller düsterer Vorahnungen, weit nach Mitternacht nach Hause zurückkehrte, ins Schlafzimmer schlich, sich seiner Kleider entledigte, sie über den Bettpfosten hängte und leise unter die Bettdecke schlüpfte.

Die Welt war voller böser Menschen, die böse Dinge taten, dachte er und betrachtete liebevoll Annies entspanntes Gesicht, so weich und friedlich auf dem vom Vollmond beschienenen Kissen.

Er hauchte ihr einen Kuss auf die Wange.

„Ich liebe dich", flüsterte er. Dann drehte er sich auf die Seite, zog die Bettdecke über die Schulter und schlief vor lauter Erschöpfung fast augenblicklich ein.

KAPITEL 4

Chief Inspector Donald Swanson hatte Sergeant Phelps gleich am Morgen damit beauftragt, Erkundigungen bezüglich Mr Pollocks finanzieller Situation einzuholen, und begab sich anschließend selbst erneut zum Strand.

Das Theater war an diesem Vormittag dunkel und verlassen. Nur auf der Bühne tat sich etwas. Offenbar fand gerade eine Probe statt.

Ein großer dunkelhaariger Mann mit Hakennase und Walrossbart bereitete eben seine Requisiten vor. Wenn Swanson nicht alles täuschte, handelte es sich dabei um einen Kasten, den man dazu konstruiert hatte, den Kopf des Zauberkünstlers verschwinden zu lassen.

„Bitte entschuldigen Sie, Sir", rief Swanson ihm zu. „Darf ich Sie einen Moment stören?"

Der Mann auf der Bühne, der ihn im Gegenlicht der modernen elektrischen Scheinwerfer wahrscheinlich nicht sehen konnte, verdrehte genervt die Augen und stieß einen zentnerschweren Seufzer aus. „Wer ist denn da?", rief er, beschirmte mit der Hand seine Augen und stemmte, als er zwischen den finsteren Stuhlreihen nichts erkannte, unwirsch die Arme in die Hüften. „Hier findet eine Probe statt. Gehen Sie! Gehen Sie!" Nochmaliges Seufzen. „So kann ich beim besten Willen nicht arbeiten."

Swanson war unterdessen um den Orchestergraben herumgegangen und hatte die Bühne über die kurze Seitentreppe betreten.

„Bitte entschuldigen Sie die Störung", sagte er, und der Mann, der noch immer geradeaus in die Zuschauerränge spähte, fuhr erschrocken zusammen, als der Chief Inspector plötzlich neben ihm auf der Bühne stand.

„Wer zum Teufel sind Sie?", fragte der große Mann mit der Hakennase und sah den Chief Inspector so despektierlich an, als habe man ihm einen gefüllten fremden Nachttopf hingestellt. „Und was wollen Sie hier?"

„Chief Inspector Swanson, Scotland Yard", sagte er.

„Vom Yard?" Der Mann sah irritiert aus. „Die Sache war doch ausgestanden. Ich habe diese Frau nicht angerührt. Und wenn Sie jetzt wieder das Gegenteil behauptet …"

Der Chief Inspector unterbrach ihn mit einer Handbewegung. „Deswegen bin ich nicht hier."

„Oh – sind Sie nicht?" Die Erleichterung war ihm anzumerken.

„Nein, Sir. Darf ich fragen, mit wem ich es zu tun habe?"

„Maskelyne", antwortete der Mann und hielt Swanson seine schlanke Hand auf eine Weise hin, als erwarte er einen Handkuss. „John Neville Maskelyne. Ich bin der Star dieser Show."

Swanson ergriff die Hand. „Ich nahm an, der Star sei Mr van Dyke", sagte er. „Ihren Namen kann ich auf den Plakaten nirgends entdecken."

„Ach was – bloß ein äußerst geschickter Marketingtrick", sagte Maskelyne. „Pollock ist ein ausgebuffter Fuchs, mit allen Wassern gewaschen. Versteht seine Sache. Aber ich merke schon, Sie haben von derlei Dingen keine Ahnung. Sie sind ein Laie."

„Ich habe Sie gestern bei der Vorstellung gar nicht gesehen", sagte Swanson und überging damit Maskelynes Bemerkung. „Wären Sie nach van Dyke aufgetreten?"

„Ganz genau." Maskelynes Nase ruckte hoch. „Ich wäre der Überraschungsgast gewesen. Der Höhepunkt des Abends, wenn Hector mir mit seiner übertriebenen Nummer nicht die Show gestohlen hätte."

Swanson, von so viel schamlos zur Schau getragener Egozentrik angewidert, meinte: „Es hat nicht viel gefehlt, und Mr van Dyke wäre nie mehr irgendwo aufgetreten."

Maskelyne winkte ab. „Das hat er doch absichtlich getan, um mich auszubooten. Hector ist für eine gute Show schon immer über Leichen gegangen. Aber na ja – ich sehe die Zauberei ohnehin nur als Sprungbrett zu etwas weit Größerem an. Eigentlich bin ich Erfinder, Mr Swanson."

„Was Sie nicht sagen. Dann kennen Sie sich sicher bestens mit komplizierten Mechaniken aus."

„Das will ich meinen", warf sich Maskelyne in die Brust.

Swanson nickte. „Darf ich fragen, woran Sie gegenwärtig arbeiten, Sir?"

„Da kann ich selbstredend nicht allzu sehr ins Detail gehen – Sie verstehen? Zu viele Aasgeier, die herumschwirren und einem die Ideen klauen", sagte er und beäugte Swanson von oben bis unten; vermutlich um abzuschätzen, ob der Chief Inspector womöglich jener verachtenswerten Spezies angehörte. Er schien jedoch zu dem Schluss zu kommen, einem Beamten von Scotland Yard zumindest halbwegs vertrauen zu können, denn er legte eine Hand an den Mund und sagte mit gesenkter Stimme: „Ich nehme an, ich verrate nicht zu viel, wenn ich Ihnen sage, dass es eine öffentliche Münztoilette ist, in die ich meine größten Hoffnungen setze."

„Eine öffentliche Münztoilette?" Swanson, dem im Allgemeinen nichts Irdisches fremd war, hatte arge Schwierigkeiten, sich überhaupt etwas darunter vorzustellen.

„Sagen Sie nichts, Chief Inspector." Maskelyne streckte mit hoch erhobener Nase beide Handflächen vor. „An

Ihrem Gesichtsausdruck erkenne ich genau, dass Sie sich fragen, weshalb nicht Sie schon längst auf diese Idee gekommen sind."

„Lassen wir Ihre Erfindung für den Augenblick beiseite", sagte Swanson, der das Gespräch wieder auf vertrauten Boden zurückführen wollte. „Sie erwähnten vorhin, Ihr Auftritt sei nach van Dykes Wasserfolter geplant gewesen."

„Das stimmt."

„Können wir uns vielleicht irgendwo in Ruhe unterhalten, Mr Maskelyne? Falls Sie etwas Zeit für mich erübrigen können."

„Ich würde ungern meine Requisiten allein lassen." Er sah sich hektisch nach rechts und links um. „Die ganzen Aasgeier, Sie verstehen?"

„Selbstverständlich." Der Mann litt offensichtlich an Verfolgungswahn. Doch wie alle Menschen mit paranoiden Zügen verfolgte er sicherlich alles, was um ihn herum geschah, mit besonderer Aufmerksamkeit. „Sagen Sie, Mr Maskelyne, haben Sie sich zufällig gestern in der Nähe des Requisitenraums unter der Bühne aufgehalten?"

„Ich?" Er sah Swanson entsetzt an. „Sie denken doch nicht etwa …"

„Ich frage nur, weil Sie dort unter Umständen etwas beobachtet haben könnten. Eine fremde Person vielleicht. Jemanden, der dort nichts zu suchen hatte."

„Ich bin der Letzte, der sich da unten bei den Mäusen herumtreibt", murrte Maskelyne. „Ich müsste ja absolut wahnsinnig sein, meine Requisiten da unterzustellen."

„Die Aasgeier, denke ich mir."

„So ist es. Ich habe mir einmal die Idee zu einem Zaubertrick stehlen lassen. Ich werde es gewiss nicht ein zweites Mal tun. Nein, nein. Meine Requisiten bleiben in meiner Nähe."

Swanson horchte auf. „Gäbe es denn eine bestimmte Person im Theater, der Sie einen solchen Diebstahl zutrauen würden?"

„Nein." Maskelyne schüttelte den Kopf. „Aber man kann nicht vorsichtig genug sein. Wie wollen Sie Leuten über den Weg trauen, die sich ihr halbes Leben lang hinter falschen Namen verstecken?"

„Ist das so?"

„Oh, ja! Sie haben alle Künstlernamen", sagte Maskelyne. „Jedenfalls die meisten von ihnen. Im Augenblick sind die Amerikaner und Holländer stark im Kommen. Aber ich nehme an, es wird einmal eine Zeit geben, da werden sie mit Vorliebe italienische tragen. Houdini. Marvelli. Wondini." Er kicherte. „Seien wir mal ehrlich – niemand möchte einen Hugo Miller über die großen Bühnen der Welt stolpern oder auf einem Reisigbesen über den Grand Canyon fliegen sehen."

„Und wie lautet Ihr bürgerlicher Name?"

„John Neville Maskelyne natürlich", sagte er. „Ich halte nicht sehr viel von falschen Namen. Mir reicht es schon, wenn ich im Nachhinein feststellen muss, dass mein Lieblingsautor in Wirklichkeit Mary Ann Evans heißt." Er wirbelte herum und machte sich an den Hebeln seines Zauberapparates zu schaffen. „Wollen Sie mir nicht bei meiner Probe zusehen?"

„Vielleicht später, Mr Maskelyne", sagte Swanson. „Erst die Arbeit, dann das Vergnügen." Der Chief Inspector bedankte sich und suchte das Büro des Theaterintendanten im ersten Stock auf. Da die Tür verschlossen war, klopfte er an und trat ohne abzuwarten ein.

Zunächst nahm er an, er sei in eine geschäftliche Besprechung zwischen Pollock und Hector van Dyke geplatzt. Doch als der bärtige Mann, der mit dem Rücken zur Tür gesessen hatte, sich bei Swansons Eintreten herumdrehte, stellte der Chief Inspector fest, dass er ihn noch nicht kannte.

„Mr Swanson, Sie kommen mehr als ungelegen", sagte Pollock unwirsch und erhob sich von seinem Stuhl hinter dem Schreibtisch.

„Das scheint mein Schicksal zu sein." Swanson bemühte sich um ein freundliches Lächeln.

„Sie sehen doch, dass ich beschäftigt bin." Pollock kam hinter dem Schreibtisch hervor, während sein Besucher still und stumm sitzen blieb. „Was wollen Sie denn noch?"

„Ich hätte da noch die ein oder andere Frage, Sir", sagte Swanson. „Wegen gestern Abend."

„Wegen gestern Abend?" Pollock fuhr sich fahrig durchs Haar. „Haben Sie heute schon Zeitung gelesen, Chief Inspector?" Er griff über den Tisch, schnappte sich eine zusammengerollte Ausgabe des Star und knallte sie Swanson vor die Brust. „War es ein Mordversuch? Beinahetragödie im Adelphi! Es steht überall!"

Swanson blieb ungerührt stehen und sah Pollock seelenruhig an. „Deswegen bin ich hier, Sir."

„Dann ist es also wahr, George?", meldete sich der Bärtige zu Wort und sah zu Swanson herüber. „Man hat versucht, van Dyke zu ermorden."

„Ich muss davon ausgehen, Mister ..."

„McKinley. Edward McKinley", sagte er und erhob sich. Das also war der neue Zauberer, von dem Erich gesprochen hatte. Swanson war überrascht, wie hoch und dünn seine Stimme klang. Bei einem Mann von seiner Statur hätte er eher einen dröhnenden Bass erwartet. „Ich kam heute Morgen erst an und hörte die Gerüchte. George meinte jedoch …" Die dünne Stimme wehte davon.

Der Theaterdirektor knirschte mit den Zähnen. „Mr Swanson, bitte lassen Sie mich erst diese Vertragsangelegenheiten hier mit Mr McKinley zu Ende bringen. Dann können wir uns unterhalten."

„Ich hoffe, das wird sich alles schnellstens aufklären, George", sagte McKinley, hielt das Blatt mit der rechten Hand auf der Schreibunterlage fest, damit es nicht verrutschte, und unterzeichnete den Vertrag.

Sichtlich zufrieden nahm Pollock das Papier entgegen. „Ich werde nach Harry läuten. Er wird dir dein Zimmer zeigen, Edward. Und dein Gepäck hinauftragen."

Nachdem Erich, der junge Ungar, den Pollock hartnäckig Harry nannte, gekommen und mit McKinley davongegangen war, fragte Swanson: „Wann genau ist Mr van Dyke eigentlich in London eingetroffen?"

„Er ist seit einer Woche hier", sagte Pollock. Schnaufend ließ er sich auf den Stuhl hinter seinem Schreibtisch fallen. „Er kam letzten Samstag direkt aus New York mit einem Cunnard-Liner in Southampton an und wurde dort von uns in Empfang genommen."

„Mit dem Wagen?"

„Nein, Harry und ich holten ihn mit dem Zug ab."

„Und die Wasserfolter", fragte Swanson, „wie wurde die ins Theater geschafft? Brachte van Dyke sie auf dem Schiff nach England mit?"

„Oh, nein, selbstverständlich nicht", erklärte Pollock. „Das ist alles schon viel früher geschehen. Vor mehr als einem Monat. Van Dyke führt ja nicht nur dieses eine

Kunststück vor. All seine Requisiten über den großen Teich zu bringen, sie nach London zu transportieren und hier zusammenzusetzen, war eine logistische Meisterleistung, das kann ich Ihnen sagen." Allein die Erinnerung daran ließ die Falten auf seiner Stirn tiefer werden. „Er schickte extra einen persönlichen Assistenten her, der dafür sorgte, dass die größeren Requisiten, wie die Wasserfolter, bereits einsatzbereit waren, als van Dyke bei uns eintraf."

„Demnach könnte schon dieser Assistent den Trick-apparat manipuliert haben", überlegte Swanson laut. „Ich muss dringend mit ihm sprechen."

„Er hat England längst verlassen, Chief Inspector", sagte Pollock. „Da müssten Sie schon nach Amerika reisen. Schicken Sie mir eine Karte, wenn Sie dort sind."

„Wer ist hier für van Dykes Requisiten zuständig?"

„Er selbst", gab Pollock zur Antwort; immer noch ein wenig patzig, wie Swanson fand. „Jeder hier ist für den reibungslosen Ablauf seiner Kunststücke selbst verant-wortlich."

„Sie haben dabei keine Hand im Spiel?"

„Nein, Chief Inspector. Ich habe weiß Gott genug damit zu tun, das viele Geld aufzutreiben, um die Show am Laufen zu halten."

„Ein Mann wie van Dyke ist nicht ganz billig, könnte ich mir denken", sagte Swanson.

„Da denken Sie richtig", sagte Pollock. „Allein sein Equipment nach England zu schaffen, kostete mich ein Vermögen. Von seiner Gage will ich gar nicht erst anfan-gen." Er sah Swanson durchdringend an, die Augen zu schmalen Schlitzen zusammengezogen. „Worum geht es hier eigentlich?"

„Ich verstehe nicht recht."

„Sie kommen in unsere Vorstellung. Wie ein ganz normaler Besucher", sagte der Theaterdirektor und stieß ein verzweifelt klingendes Lachen aus. Swanson konnte sehen und hören, welche Anstrengung es ihn kostete, die Worte über seine Lippen zu bringen. Pollock hatte die Zähne zusammengebissen und es klang, als kaue er auf einem besonders großen und besonders zähen Stück Karamell herum. „Und kaum, dass Sie da sind, machen Sie aus einem Unfall gleich einen Mordanschlag. Das ist doch nicht normal."

„Es war ein Anschlag auf Mr van Dykes Leben", beharrte Swanson. „Ich habe Ihnen gestern das Stück Blei und die Feilenspitze gezeigt, die ich in dem Verschlussmechanismus der Wasserfolter gefunden habe. Wollen Sie mir allen Ernstes weismachen, beides sei ganz zufällig da hineingelangt?"

Pollock schüttelte unwillig den Kopf. „Ich bin sicher, es gibt eine ganz harmlose Erklärung dafür."

„Das bezweifle ich."

„Hören Sie, Chief Inspector Swanson", sagte Pollock. Und er sprach dabei jede Silbe so langsam und überdeutlich aus, als habe er es mit einem Schwachsinnigen zu tun. „Ich weiß nicht, was Sie sich einbilden. Aber wenn Sie weiterhin behaupten, mein Theater sei ein gefährliches Haus, ein Haus, in dem meine Künstler ihres Lebens nicht sicher sind, dann muss ich Sie warnen."

Das waren Worte, die Donald Swanson im Laufe seiner Polizeikarriere schon aus berufenerem Munde gehört hatte; und dies so oft, dass er sie fast auswendig mitsprechen konnte. Nur ein einziges Mal in all den Jahren hatte jemand wirklich ernst gemacht und versucht, ihn zu töten. „Warten Sie, Mr Pollock", sagte er und hob mit einem gespielten Lächeln die rechte Hand. „Wenn das eine Drohung sein soll, muss ich Ihnen sagen, Sie bewegen sich auf sehr dünnem Eis."

„Ich habe Freunde in wichtigen Positionen", sagte Pollock.

„Nun, die habe ich auch. Und wir sollten uns beide darüber freuen", entgegnete der Chief Inspector, der sich allmählich fragte, ob Pollock einen Wettkampf anstrebte. „Ich kann Ihnen nur empfehlen, mir keine Steine in den Weg zu legen."

„Ach, tatsächlich?"

„Sie wollen bestimmt nicht dafür verantwortlich gemacht werden, falls einem Ihrer Leute etwas geschieht?" Und als Pollock nichts darauf erwiderte: „Ich kam übrigens nicht umhin zu bemerken, dass Masterton, der Taubenzauberer, ohne seine Tauben auftrat. Stimmt etwas nicht mit den Tieren?"

„Was? Nein. Sie waren krank, glaube ich."

Etwas in Pollocks erschrockenem Tonfall machte Swanson allerdings klar, dass deutlich mehr dahinterstecken musste. „Ist Mr Masterton im Haus? Ich würde mich nämlich gern mit ihm unterhalten."

„Er ist ausgegangen. Keine Ahnung, wohin er wollte." Pollock schien es – wie alles abseits von Zahlen, Profit und Kosten – auch reichlich egal zu sein. „Der Skandal wird mich ein Vermögen kosten."

„Aber er wohnt doch hier im Haus?", fragte Swanson.

„Alle Künstler bis auf Mr van Dyke wohnen hier", sagte Pollock. „Er ist der Star der Show. Selbstredend hat er eine Suite drüben im Savoy."

Das machte es deutlich schwieriger, dachte Swanson bei sich. Wären sie alle im Adelphi untergebracht, wäre es leichter gewesen, sie im Auge zu behalten. So würde er neben einem Mann im Savoy auch noch jemanden im Theater brauchen, der die Kollegen und das Personal im Auge behielt. Möglichst jemanden, den keiner der Angestellten kannte. Jemanden, der nicht weiter auffiel.

Wenn er Wilson, Penwood oder Walter Dew mit der Aufgabe betraute, würden sie sich früher oder später durch ihre Polizeiausbildung verraten. Einmal Copper, immer Copper. Selbst als Bettler verkleidet würden sie noch immer strammstehen und die Hacken zusammenschlagen, wenn ein ranghöherer Beamter zufällig an ihnen vorüberspazierte. Ihnen fehlte es schlicht und einfach an schauspielerischem Talent. Es musste jemand her, der über die nötigen Kenntnisse verfügte, vollkommen vertrauenswürdig war und der die Polizeischule in Hendon niemals von innen gesehen hatte. Kurzum: jemand Unverdorbenes. Und da fiel dem Chief Inspector nur eine einzige Person ein.

Frederick Greenland.

Er hatte ihn während der Ripper-Morde vor sechs Jahren kennen- und schätzen gelernt, und im Fall des Hope-Diamanten war er ihm eine große Hilfe gewesen. Auch wenn Swanson für das, was sie miteinander verband, noch nicht das Wort Freundschaft benutzt hätte, so kam ihr Verhältnis dem doch schon ziemlich nahe. Swanson schätzte Frederick Greenland als wandlungsfähigen, toleranten Menschen, der sich im Dienste der guten Sache auch für einen Abstieg in die Slums des East End nicht zu schade gewesen war.

Als Swanson das Theater durch den Haupteingang verließ, traf er draußen auf dem Gehsteig John Maskelyne wieder. Der lehnte lässig an einer Laterne und rauchte eine Zigarette. Erstaunlicherweise hatte er keinen seiner Zauberapparate bei sich.

„Chief Inspector! Sie gehen schon? Ich dachte, Sie würden sich meine Probe ansehen wollen."

„Ein andermal sehr gerne", sagte Swanson. „Ich bin leider schrecklich in Eile. Sie lassen einfach so Ihre Requisiten im Stich? Ich bin erstaunt."

„Nein, nein, Chief Inspector. Da irren Sie sich", sagte Maskelyne. „Ich habe sie Harry zur Aufbewahrung gegeben."

„Haben Sie keine Sorge, dass er hinter das Trickprinzip kommt?"

„Harry? Ich bitte Sie, Chief Inspector. Er ist Ungar. Fast noch ein Wilder. So ein kleiner Ausländer würde die komplizierte Funktion meiner Apparate nicht einmal begreifen, wenn man sie ihm direkt auf die Augen tätowierte." Maskelyne lachte mitleidig und reckte die Nase in die Luft.

Noch ein bisschen höher, dachte Swanson, und es würde hineinschneien.

ZWEITER TEIL

Der Vorhang hebt sich

>> Wenn nun die Vertreter
der Wissenschaft
wirklich Klarheit schaffen wollen,
so dürfen sie in erster Linie
nicht übersehen,
dass viele Experimente
der Wundermänner
auf Geheimnissen beruhen,
welche dieselben um keinen Preis
verraten. <<

Carl Willmann
(„Moderne Wunder",
dritte Auflage 1897)

KAPITEL 5

Swanson kehrte zum Yard zurück und suchte jenen Teil des Norman-Shaw-Gebäudes auf, in dem die Türen Sterne statt Namensschilder hatten und es auch zwei Jahre nach dem Einzug noch nach frischer Wandfarbe roch.

Er fand Police Constable Stewart Evans wie immer in dessen Büro. Wie eine Spinne in ihrem Netz hockte er zwischen deckenhohen Regalen, in denen uralte Aktenordner verstaubten, und inmitten von Bergen von Papieren. Der Mann schien niemals nach Hause zu gehen. Das hatte er mit Stedman, Collins und Hunt gemein. Echte Leidenschaft für den Beruf, wie man sie sonst nur noch selten fand.

Als der Chief Inspector kurz anklopfte und gleich darauf eintrat, ohne auf ein „Herein!" zu warten, ließ Evans gerade einen mit Berichtspapieren gefüllten Schuhkarton unter dem Tisch verschwinden.

„Oh – Chief Inspector Swanson", sagte Evans, und Swanson konnte selbst im schwachen Licht der Gaslampe noch erkennen, wie der ertappte Evans vor Verlegenheit errötete, als habe er sich nicht die Ripper-Akten, sondern eine der vor Jahrzehnten konfiszierten Fanny-Hill-Ausgaben aus der Asservatenkammer stibitzt. „Wie schön, Sie zu sehen, Sir."

„Immer noch dabei, die Ripper-Morde aufzuklären, Constable?" Swanson schenkte ihm ein verständnisvolles Lächeln.

„Nun ja –" Er räusperte sich. „Aber nur in den Pausen, Sir."

„Ich fürchte, Sie werden den guten alten Jack bisweilen in den Nebel der Geschichte zurückschicken müssen,

Evans. Ich brauche Sie vorübergehend hier bei uns in der Gegenwart."

„Klar, Sir. Was kann ich für Sie tun?"

„Kennen Sie sich mit der Zauberei aus, Constable Evans?", fragte Swanson und nahm auf dem wackeligen, alten Schemel vor Evans' Schreibtisch Platz.

„Zauberei, Sir?" Der junge Constable zog die Augenbrauen hoch. „Sie wissen, dass der Witchcraft Act zur Verurteilung von Zauberern und Hexen seit 1735 weitestgehend außer Kraft gesetzt ist?"

Swanson, über die Einschränkung „weitestgehend" einigermaßen verwundert, schluckte eine diesbezügliche Bemerkung im letzten Moment herunter und sagte stattdessen: „Ich denke, so weit müssen wir gar nicht in die Vergangenheit gehen. Ich spreche von Zauberkünstlern und Illusionisten. Sie treten im Varieté auf."

„Ah, verstehe", meinte Evans. „Dann sieht es natürlich etwas anders aus. Wenn einer von ihnen vorgibt, er könne tatsächlich zaubern, stehen Ihre Chancen noch immer ziemlich gut, würde ich sagen."

Der Chief Inspector blinzelte gegen den Staub und die Dunkelheit an. „Meine Chancen, Evans?"

„Ihn deswegen dranzukriegen, Mr Swanson", erklärte der Constable. „Ich war in dem Glauben, es ginge darum, jemanden der Hexerei anzuklagen."

„Gott behüte!" Swanson fragte sich nicht zum ersten Mal in seinem Leben, warum Beamte, die ein Spezialgebiet bearbeiteten, einen so häufig missverstanden; ob das eine unvermeidliche Berufskrankheit war oder nicht doch pure Absicht? „Es geht um die Sache im Adelphi. Sie haben sicherlich davon gehört."

„Ah", machte Evans wieder. „Der Unfall von diesem

Amerikaner van Dyke, was? Ich las heute in der Times davon."

„Nur, dass es kein Unfall war", sagte Swanson, der bezweifelte, dass die unteren Ränge je etwas anderes als die Sun oder den Star zu Gesicht bekamen.

„War es nicht?" Evans schien einigermaßen verblüfft zu sein.

„Nein."

„Nun je – die Times ist auch nicht mehr das, was sie mal war, Sir." Und der Constable strich beinahe liebevoll über die uralten, verlässlichen Akten, die sich auf seinem Schreibtisch türmten. „Man kann sich wirklich auf nichts mehr verlassen heutzutage."

„Auf Sie kann ich mich verlassen, Evans."

„Natürlich, Mr Swanson, Sir", meinte der Constable und schlug im Sitzen die Hacken zusammen.

„Ich möchte, dass Sie für mich etwas in der Vergangenheit wühlen. Vielleicht graben Sie etwas aus, was uns weiterhilft." Er zog einen zusammengefalteten Zettel aus der Innentasche seines Mantels, auf den er eine Liste mit Namen geschrieben hatte. „Stellen Sie fest, ob einer von ihnen schon mal mit dem Gesetz in Konflikt geraten ist. Vorstrafen, Anzeigen oder sonst wie in Erscheinung getreten. Irgendetwas. Finden Sie einfach so viel heraus wie nur eben möglich. Jedes kleine bisschen könnte von Wert sein."

Constable Evans nahm den Zettel entgegen und warf einen Blick darauf. „Das sind eine ganze Menge Leute, Sir. Und Sie wollen über jeden von ihnen so viel wie möglich wissen?"

„Alles, was Sie mir geben können", meinte Swanson mit einem Nicken und breitete die Arme aus. „Wenn Jack the Ripper so lange warten kann …"

„Aber sicher, Sir", sagte Evans. „Wann brauchen Sie die Ergebnisse?"

Doch eine Antwort des Chief Inspectors erübrigte sich. Diese ganz bestimmte Art von gequältem Lächeln auf dem Gesicht eines Vorgesetzten vom CID sagte bereits alles.

„Ob ich es tatsächlich noch bis vorgestern schaffe, kann ich nicht versprechen, Mr Swanson", meinte Evans und kniff vertraulich das linke Auge zu. „Aber ich halte mich ran."

„Gut, der Mann", sagte Swanson, schnalzte anerkennend mit der Zunge und entfernte sich.

Zur selben Zeit saß Mr George Pollock in seinem Büro hinter dem Schreibtisch. Ihm war alles andere als nach Feiern zumute. Und nach Gesellschaft schon gar nicht. Der Tag war nicht nach seinem Geschmack verlaufen. Man hatte seine Pläne durchkreuzt. Und Mr Pollock mochte es nicht besonders, wenn man seine Pläne durchkreuzte. Es waren Dinge geschehen, die er nicht kontrollieren konnte. Das konnte und wollte er nicht dulden. Immerhin war er drauf und dran, ein Vermögen zu verlieren. All die Jahre der Arbeit, der Entbehrungen, der Klinkenputzerei und des Speichelleckens durften nicht umsonst gewesen sein. All das wollte er um keinen Preis noch einmal durchmachen müssen.

Die vermeintlichen Unfälle waren eine Sache, doch dass nun auch noch dieser Chief Inspector Swanson vom Yard hier herumsuchte und ihm mit seinen Beamten das Leben unnötig schwer machte, war eindeutig zu viel des Guten. Dagegen musste etwas unternommen werden. Und zwar jetzt gleich. Die Angelegenheit duldete keinerlei Aufschub.

Pollock öffnete die oberste Schreibtischschublade,

nahm einen frischen Bogen Briefpapier heraus und legte ihn sorgsam auf die Schreibunterlage. Dann tauchte er die Feder ins Tintenfass und begann in hastigen, fast unleserlichen Sätzen an einen seiner Logenbrüder zu schreiben.

Mein lieber Sir Edward,

ich weiß, Sie haben den Aufstieg unseres Theaters immer mit Wohlwollen begleitet. Nun muss ich Ihnen mitteilen, dass wir nach einem bedauerlichen Unfall einen vorwitzigen Chief Inspector der Metropolitan Police im Hause haben. Er sorgt mit seinen Beamten für enorme Unruhe, bildet sich ein, man habe einen Anschlag auf das Leben eines unserer Künstler verübt, und legt beinahe den Betrieb des Theaters lahm.

Die Anwesenheit der Polizei in meinem Haus wirft nicht gerade ein gutes Licht auf uns. Es hat übertriebene Presseberichte über diesen bedeutungslosen Zwischenfall gegeben. Und ich muss nun ernsthafte Verluste sowohl finanzieller als auch persönlicher Natur befürchten. Mein guter Ruf steht auf dem Spiel.

Dieser vermeintliche Anschlag war, so kann ich Ihnen versichern, nichts anderes als ein bedauernswerter Unfall, wie er bei spektakulären Vorführungen nun einmal vorkommen kann; verursacht durch nichts weiter als pure Unachtsamkeit des Künstlers selbst.

Ich möchte der Hoffnung Ausdruck verleihen, dass Sie dies dem betreffenden Beamten erklären werden und sich diese unangenehme Angelegenheit schnellstmöglich aus der Welt schaffen lässt.

Ihr ergebener Bruder,
George Pollock

Pollock zog den Klingeldraht, und wenige Augenblicke später erschien der kleine Ungar in seinem Büro.

„Harry", sagte Pollock in gebieterischem Ton, „dieser Brief hier muss noch heute zur Post." Er leckte die Lasche des Umschlags ausgiebig an, verschloss den Brief und reichte ihn dem Jungen. Der nahm den Umschlag schweigend entgegen und wollte eben den Raum verlassen, als der Theaterdirektor ihn noch einmal zurückrief: „Ach, Harry?"

„Erich, Sir."

„Was?"

„Ich heiße Erich."

„Ach Gott, ja." Pollock fuchtelte mit den Händen. „Besser noch, Sie gehen gleich zu Scotland Yard und geben das Schreiben dort persönlich ab. Und zu niemandem ein Wort."

„Natürlich nicht, Mr Pollock."

„Das, was hier in letzter Zeit passiert ist, waren Unfälle, nichts weiter", sagte der Theaterdirektor. „Ich möchte nicht, dass außerhalb dieses Theaters auch nur ein Wort darüber verloren wird. Hast du verstanden, Harry?"

„Ja, Mr Pollock", entgegnete Erich. „Ich schon." Und er eilte schleunigst davon.

Die Welt steckt voller Geheimnisse. Ihnen allen auf den Grund zu gehen, wäre eine langwierige und reichlich ermüdende Aufgabe. Aber jeder Einzelne von uns hat sicher ein paar Fragen, auf die er gerne eine Antwort erhalten würde. Was Mr Frederick Greenland betraf, so gab es lediglich zwei Dinge, die ihm schlichtweg Rätsel aufgaben, und er hatte sich geschworen, zumindest eines davon vor Ablauf seiner Zeit zu lüften.

Was in drei Teufels Namen fand sein Onkel Henry Justice bloß so interessant an der Vergangenheit seiner Familie, dass er seine Tage und Nächte damit verbrachte, die Nase in uralte Papiere zu stecken und nach längst verstorbenen Großmüttern und Urgroßvätern zu suchen, wo ihm doch selbst höchstens noch ein, zwei Jahrzehnte blieben?

Die Hoffnung, auf die zweite wichtige Frage in seinem Leben eine hinreichende Antwort zu bekommen, hatte Frederick allerdings fast aufgegeben: Was geschah mit dem Käse von einer halben Tonne Gewicht und neun Metern Durchmesser, den Königin Victoria am Tag ihrer Hochzeit bekam?

Als Morton mit dem Sherry hereinkam und das Ebenholztablett auf dem niedrigen Tisch zwischen den Sesseln beim Kamin abstellte, war es draußen bereits stockfinster. Den ganzen Tag über war der Himmel über Bloomsbury grau und wolkenverhangen gewesen, und gegen Nachmittag hatte schließlich ein heftiger Schneeschauer eingesetzt, der mittlerweile in schwächeren, aber beständigen Niesel übergegangen war.

Onkel Henry war gleich nach dem Abendessen auf sein Zimmer gegangen und Frederick hatte sich in die Behaglichkeit des Wohnzimmers zurückgezogen. Im Kamin prasselte ein Feuer, in dem er ab und an gelangweilt mit dem Schürhaken herumstocherte, die Lampen waren heruntergedreht und die hellroten Flammen spiegelten sich im Silber der Teekanne und auf dem Porzellan der Tassen wider.

„Ich glaube, wir bekommen Besuch, Sir", sagte Morton. „Es ist eine Droschke vorgefahren."

„Wirklich? Wie schön!" Er hörte auf, die Funken sprühenden Holzscheite durcheinanderzubringen, erhob sich und ging zum Fenster neben der Balkontür hinüber, das auf die kleine Parkanlage des Gordon Square hinunterblickte, und schob die Gardine beiseite. Er konnte nicht viel erkennen. Der dünne Schnee wirbelte noch immer gegen die Scheiben. Und es war windiger geworden.

„Fragt sich, wer das so spät noch sein kann", sagte Morton.

„Egal, wer es ist, bringen Sie ihn her. Ich langweile mich zu Tode."

„Ich sehe gleich mal nach, Sir."

Die ungeliebte Arbeit, liegen gebliebene Berichte in mehrfacher Ausfertigung zu verfassen und an die verschiedenen Abteilungen zu schicken, hatten Chief Inspector Swanson den größten Teil des restlichen Tages aufgehalten, und so war er erst am späten Abend aus dem Büro gekommen. Er hatte Walter Dew, der in der Pförtnerloge seinen Dienst verschlief, eine gute Nacht gewünscht, einen Hansom herangewinkt und sich nach Bloomsbury fahren lassen.

Morton, der scheinbar alterslose Butler, öffnete ihm, als Swanson um kurz vor zehn den Klingeldraht von Nr. 49 Gordon Square zog. Sein ansonsten regloses Gesicht zeigte eine Spur Überraschung. „Mr Swanson, Sir."

„Guten Abend, Morton", sagte Swanson, nahm seinen Bowler ab und deutete eine leichte Verbeugung an. „Ich bin mir bewusst darüber, wie spät es bereits ist, aber ich würde gern Mr Greenland sprechen. Ist er noch wach?"

Morton zog eine Augenbraue hoch und sagte: „Mr Greenland pflegt niemals vor Mitternacht zu Bett zu gehen." Er wies mit der Hand in die Halle. „Treten Sie ein, Sir. Er wird sich freuen, Sie zu sehen."

Bildete er sich das ein, oder hatte er eben ein kleines amüsiertes Lächeln um den Mund des Butlers spielen sehen?

„Liebe Zeit, Sie habe ich so früh nicht wieder zurückerwartet!", rief Frederick Greenland erfreut, als Swanson ins Zimmer trat und ihn begrüßte. „Was führt Sie her?"

„Ich habe mich gefragt, ob ich Sie womöglich um einen Gefallen bitten kann, Mr Greenland", kam Swanson unumwunden zum Grund seines Besuchs.

„Solange es mich aus der abscheulichen Langeweile herausbringt, liebend gerne", meinte Frederick. „Das Nichtstun bringt mich noch um. Selbst Onkel Henry sagt das. Und der verbringt den lieben langen Tag im Hausmantel mit seiner Ahnenforschung." Frederick war aufgestanden, zog nun sein Zigarettenetui aus der Tasche und klappte es auf. „Mögen Sie auch eine?"

Swanson hob kopfschüttelnd beide Hände. „Danke. Ich versuche, gerade, es mir abzugewöhnen." Er strich sich über den Schnurrbart und lächelte.

„Ich frage mich, wie Onkel Henry überhaupt so alt werden konnte", sagte Frederick. „Er tut rein gar nichts. Und ich beginne allmählich auch schon zu verrosten."

„Dann wird Ihnen mein Vorschlag vielleicht gefallen. Haben Sie von der Sache im Adelphi gehört?"

„Der Unfall von diesem Amerikaner van Helsing, um den sich in London alle reißen?"

„Van Dyke", korrigierte ihn Swanson.

„Genau. Ich kam nicht umhin, davon zu hören. Es stand ja in allen Zeitungen. Ein Beamter der Metropolitan Police soll ein wertvolles Zauberrequisit mit der Axt zerschlagen haben." Er grinste. „Das waren Sie, hab ich recht?"

„Nur war es kein Unfall", sagte Swanson und nickte. „Jemand hat versucht, den Mann umzubringen."

Frederick blieb am Kamin stehen. Trotz seines Alters sah er mit den wirren blonden Locken, die ihm in die Stirn hingen, wie ein zu groß geratener Lausejunge aus, den es nach Abenteuern dürstete. „Was kann ich dabei tun? Wieder ein bisschen herumschnüffeln?"

„Das ist ganz genau das, was mir vorschwebt", sagte Swanson.

„Schießen Sie los", sagte Frederick. Er sank in den großen Ohrensessel am Kamin und streckte genüsslich die Beine aus, während Donald Swanson zu erzählen begann.

„Abby, Liebling", sagte Adam Kershaw und nahm Abigails weiches, erstauntes Gesicht in beide Hände. „Wir sind gemachte Leute. Ich habe etwas herausgefunden, das uns reich machen wird."

Ihre schlanken Finger griffen nach seinen Handgelenken. In Ihrem Gesicht spiegelte sich eine Mischung aus Angst und Hoffnung. „Adam", sagte sie leise. „Es ist doch nichts Ungesetzliches, oder?"

Er grinste. „Na, ganz einwandfrei ist es nicht. Aber mach dir mal keine Sorgen, Abby. Ich habe das im Griff."

„Hat es mit den Anschlägen auf Mastertons Tauben und van Dyke zu tun?"

Er nickte. „Du bist ein helles Köpfchen, Abby."

„Und du hast was darüber rausgefunden?"

„Yep!", sagte er. „Und wenn wir es richtig anstellen, haben wir bald keine Sorgen mehr."

Sie drückte seine Hände herunter. „Ich bin mir nicht sicher, ob mir das gefällt."

„Natürlich gefällt es dir", sagte er, noch immer ihre Handgelenke festhaltend. „Wir tun ja nichts Schlimmes. Das Schlimme ist das, was er tut. Sieh es mal so. Nicht das, was ich tue, ist ungesetzlich, sondern das, was er vorhat."

„Du meinst, du weißt, wer das Blei in Mr van Dykes Schloss getan hat?" Ihre Augen waren vor Schreck ganz groß.

„Ja, Abby", sagte er, als sei das die einfachste Sache von der Welt. „Und ich weiß auch, wer die Kaminklappe in Mr Mastertons Zimmer geschlossen hat, damit seine Tauben ersticken."

„Warum gehst du dann nicht zur Polizei?", fragte sie.

„Zur Polizei?" Er lachte und ließ sie los. „Sei bitte nicht dumm, Abby. Was hätten wir denn davon?"

KAPITEL 6

„Sie haben mich rufen lassen, Sir?" Swanson sah in das ruhige, unbewegte Gesicht von Sir Edward Bradford. Nachdem die Commissioner Warren, Monroe und McNaughton in wichtigere Positionen anderswo in der Welt versetzt worden waren, hatte Bradford die Leitung des Yard übernommen. Die einen hassten ihn, weil er mit seinen neuen Ideen den alten Yard umzukrempeln drohte. Die anderen liebten ihn aus demselben Grund – denn er war ein Mann mit Visionen. Ein Mann, der sich durch eigene Kraft und seine Verdienste vom Constable zum Commissioner hochgearbeitet hatte. Swanson selbst setzte die größten Hoffnungen in ihn.

„Ich habe Post erhalten", sagte Sir Edward.

„Sir?" Swanson fragte sich, was die Zuverlässigkeit der Royal Mail mit ihm zu tun haben konnte.

„Ein mehr als rüdes Schreiben", sagte Bradford. „Es ging um Sie."

„Tatsächlich?"

„Können Sie sich vorstellen, wer sich über Sie beschwert haben könnte?"

„Die halbe Unterwelt Londons vermutlich", entgegnete Swanson und bemerkte zu seiner Erleichterung, dass der strenge Blick Sir Edward Bradfords allmählich milder wurde. Ein leichtes Schmunzeln umspielte die Lippen des Commissioners.

Bradford nahm einen Stoß Berichtsformulare auf, überflog sie und das angehängte Schreiben und ließ sie dann Blatt für Blatt wieder auf den Schreibtisch fallen. „Sie haben für diese Sache im Adelphi neulich Beamte angefordert?"

„Es gab einen Zwischenfall während der Vorstellung", erklärte Swanson. „Ich habe Veranlassung, von einer absichtlichen Manipulation auszugehen."

„Man hat in den Zeitungen darüber berichtet", sagte Bradford. „Sie haben mit Ihrem Eingreifen die Vorstellung geschmissen."

Swanson straffte sich. „Hätte ich nicht eingegriffen, würden wir jetzt in einem Mordfall ermitteln, Sir."

„Sie sind sich da ganz sicher?"

„Ich habe keinerlei Zweifel daran, Sir", sagte Swanson. „Hector van Dyke, der Star der Show, wäre ohne mein Eingreifen gestorben."

„Mr Pollock, der Intendant des Adelphi, sieht das etwas anders", sagte Bradford. „Unangenehme Geschichte."

„Ich bin mir nicht sicher, ob es Ihnen bekannt ist, aber ich selbst beschäftige mich seit meiner Jugend mit der Zauberkunst und habe daher einige Erfahrung auf dem Gebiet. Selbstverständlich ist mir das Prinzip hinter dem Trick mit der Wasserfolter bekannt. Und so war mir sehr rasch klar, dass van Dyke ein Problem haben musste. Warum Mr Pollock das nicht sehen will, ist mir schleierhaft."

„Sie kennen den Trick?", fragte Bradford.

„Er ist nicht allzu schwer zu durchschauen", sagte Swanson. „Und die im Schloss abgebrochene Feile bestätigte meinen Verdacht vollends." Er stieß einen Seufzer aus und runzelte die Stirn. „Van Dyke wäre es unmöglich gewesen, sich aus dem mit Wasser gefüllten Kasten zu befreien. Ohne mein Eingreifen wäre er ertrunken. Und ich habe die Vermutung, dass weitere Anschläge geschehen werden."

„Wissen Sie bereits den Grund dafür?"

„Nein", sagte Swanson, der ein Freund von Aufrichtigkeit war. „Das Motiv kenne ich noch nicht. Aber wir arbeiten daran, es herauszufinden. Sergeant Phelps nimmt die im Adelphi unter Vertrag stehenden Künstler unter die Lupe, und ich werde einen Mann ins Theater einschleusen."

„Aus welcher Abteilung?"

„Es ist keiner von unseren Männern, Sir", sagte Swanson, der sich fragte, wie er dem Commissioner seine Vorgehensweise verdeutlichen konnte, ohne ein allzu schlechtes Licht auf die Polizei zu werfen. „Die Person, die ich bat, ein paar Nachforschungen im Adelphi vorzunehmen, ist ein Freund von mir."

„Das kann nicht Ihr Ernst sein." Bradford blickte ihn an, als habe er den Mann im Mond engagiert, um die Vorgänge im Adelphi zu überwachen. „Sie haben doch nicht irgendeinen Zivilisten eingeschleust."

„Genau genommen wird sich heute erst herausstellen, ob die Sache funktioniert, Sir." Swanson beugte sich über den Schreibtisch. „Es muss ein Amateur sein. Es gab keine andere Möglichkeit. Ich brauchte jemanden von außerhalb. Jemanden, der nicht wie ein Scotland-Yard-Beamter denkt."

Sir Edward zog irritiert die Augenbrauen hoch. „Und ich ging immer davon aus, das sei ein Vorteil."

„In unserem Fall leider nicht", versicherte Swanson. „Ich benötige jemand Unverdächtigen vor Ort. Mr Greenland, der Mann, den ich dafür in Betracht gezogen habe, hat mir schon mehrfach gute Dienste geleistet. Er wird sich unter die Angestellten des Theaters mischen und uns über die dortigen Geschehnisse Bericht erstatten."

„Ist er denn vertrauenswürdig?"

„Unbedingt, Sir", versicherte Swanson. „Sie könnten keinen vertrauenswürdigeren Menschen finden. Er verfügt über ein beträchtliches Vermögen, was schon einmal ausschließt, dass er es auf Geld abgesehen hat. Das macht ihn nahezu unbestechlich. Außerdem ist er Goldschmied; er kennt sich mit den Mechanismen der Zauberrequisiten aus und wird sie überprüfen, ehe der Künstler auf die Bühne geht. Damit schließen wir weitere Unfälle aus. Darüber hinaus …"

„Darüber hinaus …", wiederholte Bradford.

„Darüber hinaus war er bereits zwei Mal in Fälle als Verdächtiger involviert, mit denen ich zu tun hatte", sagte Swanson.

„Korrigieren Sie mich", sagte der Commissioner, „aber ich nahm bislang immer an, das sei kein besonders guter Leumund."

„In Mr Greenlands Fall schon. Wie sich herausstellte, hatte er niemals auch nur das Geringste mit den Verbrechen zu tun, in deren Dunstkreis er auftauchte; im Gegenteil, Sir – er war uns bei der einen oder anderen Gelegenheit sogar eine große Hilfe. Er genießt mein volles Vertrauen."

„Ich möchte Sie an Sir Howard Vincents Police Code erinnern", sagte Bradford. „Wann haben Sie zuletzt einen Blick hineingeworfen?"

„Dürfte schon ein Weilchen her sein, Sir Edward", meinte Swanson, der versuchte, sich daran zu erinnern, was in Howard Vincents Regelwerk der ordentlichen Polizeiarbeit über den Einsatz von Zivilisten geschrieben stand. „Im Grunde wird Mr Greenland nichts anderes tun als unsere V-Männer auch. Nur dass er selbst eben kein Verbrecher ist."

„Pollock ist ein Mitglied der Loge", sagte Bradford. „Ich kann ihn nicht so einfach abweisen, wenn er mich um Hilfe bittet. Der Mann macht sich Sorgen."

„Die mache ich mir auch, Sir."

Der Commissioner strich sich nachdenklich über das Kinn. „Meinetwegen. Ich gebe Ihnen freie Hand, was den Fall betrifft. Pollock wird sich fügen müssen – ob es ihm gefällt oder nicht. Aber als Bruder unseres Bundes möchte ich Sie um den Gefallen bitten, ihm nicht zu sehr auf die Füße zu treten."

„Ich werde es versuchen."

„Und als Ihr Vorgesetzter rate ich Ihnen: Schleppen Sie mir keine Leiche an, Swanson."

„Genau das ist mein Bestreben", sagte der Chief Inspector und empfahl sich.

An diesem frostklaren Januarmorgen fand sich Frederick Greenland wie mit Chief Inspector Swanson verabredet bereits zu früher Stunde im Adelphi ein und sprach bei Mr Pollock vor.

Der Theaterintendant musterte ihn von oben bis unten.

„Sie sehen mir nicht wie jemand aus, der schon einmal auf den Brettern gestanden hat. Was können Sie denn?"

„Nun, ich habe vor vielen Jahren einmal das Goldschmiedehandwerk erlernt", sagte Frederick und hoffte, damit ein bisschen Eindruck zu machen. Immerhin war auch der große Robert-Houdin einst Goldschmied und Uhrmacher gewesen, ehe er sich der Zauberkunst zugewandt hatte. „Für die Bühne bin ich wohl denkbar schlecht geeignet, Mr Pollock. Aber ich könnte mich um die Requisiten kümmern. Zusehen, dass sie einwandfrei funktionieren. Wie man so liest, ist es in jüngster Zeit zu einem unschönen Zwischenfall gekommen. Sie könnten einen Sicherheitsberater gebrauchen."

„Wo sind Ihre Referenzen?" Pollock sah ihn mit einer Mischung aus Skepsis und Interesse an. „Haben Sie denn bereits für Zauberkünstler gearbeitet, Mr Greenland?"

„Ehrlich gesagt nein", meinte Frederick. „Allerdings habe ich mich schon immer für Mechaniken interessiert. Und soviel ich verstanden habe, ist Mechanik das Wichtigste bei den Requisiten." Er schenkte ihm ein breites Lächeln, das, wie er hoffte, seine Kompetenzen unterstrich. „Sie sind ein viel beschäftigter Mann, Mr Pollock. Sie müssen sich um das ganze Theater kümmern. Bestimmt könnten Sie bedeutend ruhiger schlafen, wenn Sie sich um die Sicherheitsfrage nicht auch noch Gedanken machen müssten."

„Sie müssten natürlich eine Verschwiegenheitserklärung unterzeichnen, was im Falle eines Vertragsbruchs hohe Geldstrafen nach sich zieht."

„Selbstverständlich", sagte Frederick.

„Mal angenommen, ich zöge Sie als Kandidaten in Betracht, Mr Greenland", murmelte Pollock und lehnte sich in seinem Bürostuhl zurück, „was sind Ihre Gehaltsvorstellungen?"

„Glücklicherweise habe ich noch ein bisschen was auf der hohen Kante", sagte Frederick. „Damit komme ich ein, zwei Wochen zurecht. Sie könnten mich erst mal auf Probe einstellen. Ohne Gehalt. Und wenn Sie zufrieden mit mir sind, sehen wir weiter."

Pollock lächelte. Er streckte Frederick die Hand entgegen und sagte: „Ich schätze, wir sind im Geschäft, Mr Greenland."

Er lag in der Dunkelheit.

Seine Arme waren auf dem Rücken gefesselt. Seine Beine fühlten sich taub und schwer an, und auch sie waren mit Stricken zusammengebunden.

Um ihn herum raschelte und bewegte es sich. Das Fiepen von Mäusen und Ratten, die sich gegenseitig das Leben schwer machten und um die Vorherrschaft in dieser dunklen Kammer kämpften. Noch hatte sich keines der Tiere in seine Nähe getraut, also konnte er noch nicht sehr lange hier sein. Doch das würde sich ändern. Sie würden näher und näher kommen, bis sie vorsichtig anfangen würden, ihn zu testen.

Er versuchte sich auf die Geräusche zu konzentrieren, die von draußen an sein Ohr drangen. Nebenan glaubte er ein paar Schweine grunzen zu hören. Und da war das leise Platschen von Wasser. Er vernahm die vertrauten Pfiffe der Lastenschipper, die auf der Themse ihrer nächtlichen Arbeit nachgingen. Er erkannte sie sofort. Sein Vater war einer von ihnen gewesen.

Wie lange all das her war. Die Armut, der Hunger und der Gestank. Nach den vielen Jahren hatte er geglaubt, er habe es vergessen, es hinter sich gelassen wie die abgestorbene Haut einer Schlange. Doch das war ein Trugschluss gewesen. Es verließ einen niemals. Stimmte das nicht? Der Nestgeruch blieb haften. Man konnte sich noch so weit vom Dreckloch seiner Geburt entfernen, das Stigma blieb.

Wieder das Grunzen der Schweine. Und er hörte die schrillen Rufe der Flussschiffer, die wie dünner Nebel zu ihm herüberwehten. Geschäftig, klagend, in ihrer kleinen begrenzten Welt gefangen, aus der es kein Entrinnen gab.

Großer Gott, wo war er hier? In einer verlassenen Lagerhalle am Fluss?

Er hatte geglaubt, entronnen zu sein, davongekommen zu sein. Und nun bemerkte er auch den eigentümlichen Geruch des Flusses. Er war ihm ebenso vertraut wie die Rufe und Pfiffe und das Anschlagen des brackigen Wassers gegen die Buhnen.

Erstaunlicherweise war es ein Geruch, der ihn beruhigte. Wie der Geruch der Schürze seiner Mutter, in die er so oft Schutz suchend sein Gesicht gepresst hatte, wenn der Vater ihn schlug.

Ma, dachte er. Liebe, alte Ma. Es war so lange her.

Irgendwann war er davongerannt. Fort von den Schlägen des Vaters. Und fort von der Tatenlosigkeit seiner Mutter. Eine Weile hatte er sich als Taschendieb durchgeschlagen.

Wie, um alles in der Welt, war er hierhergelangt? Das Letzte, an das er sich erinnerte, war, dass er im Pub etwas getrunken hatte. Ein einfaches Bitter, nichts, was unter gewöhnlichen Umständen dazu angetan war, einen Mann wie ihn umzuhauen. Er konnte sich noch sehr genau entsinnen: Er war damit zu einem kleinen Tisch bei der Tür gegangen, hatte sich gesetzt und versucht, ruhiger zu werden. Er musste sich beruhigen. Die überraschende Begegnung hatte ihn deutlich aus der Fassung gebracht. Nicht, dass er Angst gehabt hätte, doch all die Schrecken, die er während der letzten Jahre zu vergessen gesucht hatte, waren mit einem Mal wieder da gewesen. Überdeutlich und entsetzlich. Er hatte von Soldaten gehört, die auch noch Jahre nach ihrer Heimkehr aus dem Krieg von ihren Erinnerungen heimgesucht wurden. So ungefähr mussten sie sich fühlen, dachte er.

Er glaubte nicht, dass er erkannt worden war. Dazu hatte er sich zu sehr verändert. Damals, bei ihrem letzten Zusammentreffen in London, hatte er noch keinen Vollbart getragen, hatte die Haare kürzer gehabt, und auch die tiefen Falten und die dunklen Schatten unter den Augen waren noch nicht da gewesen. Doch diese kurze Begegnung hatte ausgereicht, ihn mit einem Schlag zurück ins Jahr 1883 zu katapultieren.

Er konnte den Rauch riechen, spürte die alles verzehrende Hitze des Feuers, vermochte die entsetzlichen Schreie zu hören und Ruths fliegende Hände zu sehen, die in dem verzweifelten, aber fruchtlosen Versuch, sich zu befreien, wie schlagende Flügel durch Rauch, Feuer und aufstiebende Funken flogen.

KAPITEL 7

Wie nicht anders zu erwarten, nahm Pollock die Fortsetzung der Ermittlungen sehr schlecht auf. Er stellte Swanson sogar seinen neuen Sicherheitschef vor – einen Mann namens Greenland.

„Ich kann Sie zu diesem Schritt nur beglückwünschen, Mr Pollock", sagte Swanson eben. „Und ich verspreche Ihnen, meine Ermittlungen so diskret wie möglich zu führen."

Sie standen in Brian Mastertons Zimmer zusammen – Swanson und Greenland, Pollock und der Taubenzauberer –, während Sergeant Phelps sich unten mit Hector van Dyke unterhielt. Die leeren Volieren gaben beredte Auskunft darüber, weshalb Masterton nun mit Manipulationen auftrat.

„Ich danke Ihnen", sagte Pollock. Der dünne Mann wirkte noch nervöser als sonst. Ständig wischte er sich mit einem Tuch den Schweiß von der Stirn, steckte es in die Brusttasche seines Jacketts, nur um es kurz darauf wieder hervorzuholen und sich abermals die Stirne zu betupfen.

„Allerdings muss ich eines wissen", sagte Swanson. „War das mit der Wasserfolter neulich der erste Zwischenfall dieser Art?"

Pollock und Masterton tauschten alarmierte Blicke, die dem Chief Inspector keinesfalls entgingen.

„Was ist mit Ihren Tauben geschehen, Mr Masterton", fragte er.

„Das ist komisch", meinte Frederick und stieß ein lächerliches kleines Lachen aus. „Dasselbe habe ich mich auch gerade gefragt."

„Nun", sagte Brian Masterton schließlich. „Es gab da einen weiteren Zwischenfall. Allerdings …"

„Allerdings?" Swanson sah ihn fragend an.

„Es handelte sich dabei um eine Verkettung unglücklicher Umstände, nichts weiter", beeilte sich Pollock zu versichern.

„Ich würde es trotzdem gern hören, Mr Pollock", sagte Swanson freundlich. Er wandte sich wieder Masterton zu. „Bitte erzählen Sie mir davon."

„Es geschah vor etwa einer Woche." Masterton sah Hilfe suchend zum Theaterintendanten hinüber und rang die Hände. „Aber es war, wie Mr Pollock bereits sagte, nichts weiter als eine unglückliche Verkettung widriger Umstände."

„Wenn Unglücke dieser Art sich häufen, darf man das nicht ignorieren", warf Frederick ein, der sich in seiner neuen Funktion als Sicherheitschef bestens zu gefallen schien. „Ganz gleich, wie zufällig es aussehen mag."

„Bitte fahren Sie fort", sagte Swanson. „Was ist vor einer Woche geschehen?"

„Es … es betraf gar nicht mich selbst", sagte der Zauberkünstler. „Es betraf einen Teil meiner Tauben."

„Mr Masterton ist ein Meister der Taubenzauberei, müssen Sie wissen", erklärte Pollock anstelle des Zauberkünstlers, doch Swanson unterbrach ihn mit einer Handbewegung.

„Bei allem Respekt, Mr Pollock", sagte er. „Ich würde die Begebenheiten lieber aus Mr Mastertons Mund hören."

„Selbstverständlich." Pollock verbeugte sich und trat einen Schritt zurück. „Selbstverständlich, Mr Swanson, Sir."

Swanson kam nicht umhin, Pollocks Eilfertigkeit zu bemerken. Er fragte sich, ob es nach wie vor die Angst war, die vermeintlichen Unfälle könnten sein Geschäft schädigen, womöglich sogar gänzlich ruinieren, oder ob vielleicht doch etwas anderes dahintersteckte.

„Sie kamen durch eine Rauchvergiftung ums Leben", sagte Masterton traurig. „Ich muss wohl versehentlich die Kaminklappe geschlossen haben, ehe ich zum Abendessen ging. Als ich wiederkam, waren die meisten erstickt."

„Sind Sie sicher, dass Sie die Klappe selbst geschlossen haben?", fragte Swanson.

„Nein", sagte Masterton schwach. „Ich konnte es mir nur nicht anders erklären. Und noch etwas war seltsam. Eine Anzahl meiner Ossa Sepia wurden mir gestohlen."

„Ihre was?"

„Sepia officinalis, Chief Inspector", sagte Frederick und wippte auf den Zehenspitzen, die Arme hinter dem Rücken verschränkt. „Der Rückenschulp des gemeinen Tintenfisches."

„Ich hänge sie in die Käfige", erklärte Masterton. „Damit sich meine Lieblinge daran die Schnäbel wetzen können. Jemand hat eine Schachtel davon aus meinem Zimmer ent-wendet."

„Und, Chief Inspector?", fragte Pollock gereizt. „Was machen Sie daraus? Meinen Sie, jemand hat sie gestohlen, um noch einen Anschlag damit zu verüben?"

„Ich weiß es nicht", gab Swanson zu.

„Natürlich habe ich keine Ahnung, was ein Zauber-künstler damit tut", sagte Frederick. „Ein Goldschmied würde sie zum Beispiel benutzen, um Trauringe damit zu gießen."

Pollock zog die Stirne kraus. „Was meinen Sie?"

„Wie Sie wissen, bin ich Goldschmied", sagte Frederick. „Oder war es wenigstens einmal. Nun, wir benutzen die Sepia officinalis als Gussformen, um Ringe herzustellen. Man könnte natürlich auch Pistolenkugeln damit gießen."

„McKinley arbeitet bei seinen Vorführungen mit Schusswaffen", säuselte Masterton erschrocken. „In Amerika habe ich einmal gesehen, wie er den Kugelfang vorführte. Er ließ einen Schützen auf ein Indianermädchen anlegen, stellte sich dazwischen und fing die Kugel mit den Zähnen auf. Extrem beeindruckend."

„Mr Greenland", sagte Donald Swanson. „Sie sind mir für die Sicherheit hier zuständig. Achten Sie darauf, dass Mr McKinley während meiner Abwesenheit niemanden erschießt. Ich muss mich inzwischen vergewissern, ob uns die Wissenschaft im Fall der selbsttätig schließenden Kaminklappe weiterhelfen kann."

Der Schneefall hatte wieder eingesetzt, als Swanson und Phelps das Adelphi verließen und am Strand in einen Hansom stiegen.

Jetzt hatte der Chief Inspector vor, sich mit den Menschen zu unterhalten, die sich am besten mit den Zauberapparaten auskennen mussten. Diejenigen nämlich, die sie hergestellt hatten. Von van Dyke hatte Phelps erfahren, dass Davenports, eine noch junge, aber ausgezeichnete Firma, die meisten seiner Requisiten anfertigte. Vielleicht, so hatte er hinzugefügt, war es ja doch möglich, dass Blei und Feilenspitze schon bei der Herstellung der Wasserfolter in das Schloss gelangt waren. Wenn er Glück hatte, kannten sie sich auch mit Kaminklappen aus.

Der Wagen schlitterte und schaukelte in Richtung Covent Garden.

„Was halten Sie von all diesen Zufällen, Phelps?"

„Ich habe gelernt, nicht an Zufälle zu glauben, Sir. Besonders, wenn sie so zahlreich auftreten."

„Gut, der Mann", sagte Swanson. „Also, was denken Sie?"

„Jemand muss etwas davon haben", meinte Phelps nach kurzer Überlegung. „Irgendjemandem bringen diese Unglücksfälle einen Vorteil."

„Haben Sie schon eine Vorstellung, wer das sein könnte?"

„Nein, Sir. Unglücklicherweise nicht", gab Phelps zu. „Aber ich habe eine sehr genaue Vorstellung davon, wem sie rein gar nichts nützen."

„Tatsächlich?" Swanson war einigermaßen verblüfft. „Und wer ist das in Ihren Augen?"

„Pollock, der Theaterintendant, natürlich", antwortete Phelps, als läge das auf der Hand. „Meiner Meinung nach können wir den getrost ausschließen."

„Das ist interessant", meinte Swanson, dem das ein wenig zu voreilig erschien. „Was bringt Sie zu dieser erstaunlichen Erkenntnis, Phelps?"

„Völlig klar, Sir", sagte Phelps und stieß sich den Kopf, als der Wagen um die Ecke bog und dabei mit dem Rad gegen den Bordstein rumpelte. „Pollocks Finanzen, Sir. Ich war bei seiner Bank. Der Mann steht bis zu den Ohren in roten Zahlen. Pollock müsste den Konkurs fürchten. Wenn man Angst haben muss, dass ein Magier zu Tode kommt, wird bald niemand mehr in die Vorstellungen kommen wollen. Denken Sie nicht auch?"

„Sie sehen das ein wenig zu naiv", meinte Swanson und legte dem Sergeant väterlich eine Hand auf die Schulter. „Wir leben in einer Welt, die es nach immer mehr Sensationen gelüstet. Die Leute lieben den Nervenkitzel. Sehen

Sie sich doch nur die Zeitungsschlagzeilen an, Phelps. Nichts als Mord und Totschlag." Swanson strich seinen Schnurrbart glatt und stieß einen tiefen Seufzer aus. „Ich befürchte, diese Unglücke ziehen im Gegenteil noch mehr Zuschauer in die Vorstellungen."

„Meinen Sie wirklich, Sir?"

„Ja, Phelps. Wir leben in einer verrückten Zeit. Erwachsene Männer stürzen sich mit einem Bettlaken vom Eiffelturm, um in die Zeitungen zu kommen, und enden in den Todesspalten."

„Ehrlich gesagt verstehe ich nicht, was das mit Mr Pollocks Theater zu tun hat."

„Mr Pollock lebt von Sensationen", erklärte Swanson. „Und wissen Sie, was die größte Sensation von allen wäre?"

„Nein, Sir."

„Die größte Sensation von allen wäre natürlich ein Mord auf offener Bühne", sagte Swanson, und Sergeant Phelps' offener Mund klappte zu, als der Hansom in der Great Russell Street mit einem Ruck am Rinnstein zum Stehen kam.

Das Geschäft der Davenports befand sich unweit des britischen Museums. In den zwei kleinen Schaufenstern standen aus Holz und Messing gefertigte Zauberapparate, über die bunte Seidentücher und Federbüsche drapiert waren; lagen Zauberstäbe, Karten und vielfarbige Seile. Ein besonders schönes, dreiteiliges Becherspiel aus Bronze, mit dem man Bälle erscheinen und wieder verschwinden lassen konnte, stand auf einem aufgeklappten Zauberkasten, in dem sich die verschiedenartigsten Tricks befanden. Swanson konnte sich daran gar nicht satt genug sehen.

„Sir?" Phelps tippte ihm auf die Schulter.

„Ist das nicht fantastisch, Phelps?", fragte er.

„Ganz toll, Sir. Drinnen gibt es sicher noch mehr davon."

Ein kleines Glöckchen schrillte, als sie den Laden betraten. Die Vitrinen und Regale waren dermaßen vollgestopft mit Zauberutensilien, dass sie schier überquollen.

Ein blonder Mann mit schulterlangen Locken, den Swanson für den Geschäftsinhaber hielt, tänzelte aus dem Hinterzimmer herbei und winkte sie zu sich an den Tresen. „Willkommen! Willkommen! Was kann ich für Sie tun?" Er klang, als habe er einen schlimmen Schnupfen.

„Sind Sie Mr Davenport?", fragte Swanson.

„Ich bin's und bin's doch wieder nicht", schnurrte der Mann und kam wie ein Wirbelwind hinter dem Tresen hervor. „Sehen Sie, im Grunde gibt es drei von uns. Mich, meinen Bruder und unseren Vater. Aber der ist nicht da."

„Vielleicht können Sie uns schon helfen", hob Swanson an, aber da schwebte der blonde Jüngling auch schon zum Tresen und in den angrenzenden Raum. „Roy, Lieber, kommst du mal für ein Sekündchen rasch hergeflitzt? Kundschaft!" Er wackelte mit den Fingern und verschwand.

Roy Davenport war ein dunkelhaariger junger Mann mit einem ernsten, aber freundlichen Gesicht. „Was soll es sein, Sir?" Auch er schien sich einen Schnupfen eingefangen zu haben, denn er näselte hörbar. „Ah, ein Geschenk für Ihren Sohn, was?" Und er zwinkerte Phelps verschmitzt zu. „Er sollte mit etwas Einfachem beginnen. Mit einer erscheinenden Münze vielleicht." Und damit griff er hinter Phelps' rechtes Ohr und zog einen glänzenden Shilling hervor.

„Nicht ganz das, wonach wir suchen", meinte der Chief

Inspector und stellte sich und seinen Sergeant vor. „Mr van Dyke sagte uns, Sie würden die meisten seiner Requisiten anfertigen." Er lächelte freundlich hinter seinem Schnurrbart.

„Gottchen, ja", sagte Davenport, wobei er den Handrücken auf die Stirn legte, als wolle er seine Temperatur fühlen. „Ein ganz lieber Kerl. Nur schrecklich anspruchsvoll."

„Sie haben die Wasserfolter für ihn gebaut?", fragte Phelps.

„Wir haben nichts mit diesem Unfall zu tun", stellte Davenport gleich klar, das markante Kinn in der Luft und die Arme affektiert abgespreizt. „Das Requisit hat unsere Werkstatt in einwandfreiem Zustand verlassen. In der Zeitung stand, das Schloss sei defekt gewesen. Damit haben wir nichts zu tun. Es war perfekt, wie alles, als wir es an ihn auslieferten."

Swanson griff in die Tasche, zog das Papiertütchen mit der Bleikugel und der Feilenspitze hervor und legte die beiden winzigen Metallstücke auf die Theke. „Das ist es, was ich darin fand."

Davenport klemmte sich eine Lupe ins rechte Auge und warf einen langen Blick darauf. „Nein", näselte er schließlich. „Das hat jemand absichtlich ins Schloss gesteckt." Die Lupe plumpste aus seinem Auge direkt in seine Hand. „Jemand hat versucht, Hector umzubringen?"

„Diesen Verdacht haben wir, Mr Davenport", stimmte Swanson ihm zu. „Und Sie haben es mir eben bestätigt."

„Das ist ja ungeheuerlich!" Er schlug beide Hände vors Gesicht. „Wer macht denn so was?"

„Das wollen wir herausbekommen", sagte Phelps. „Wissen Sie, ob Mr van Dyke Feinde hat?"

„Jeder erfolgreiche Mann hat Feinde", sagte Davenport. „Besonders, wenn er so überaus erfolgreich ist wie Hector. Er muss Unsummen verdienen, obgleich er nie darüber gesprochen hat. Kaum zu fassen, dass ihm jemand was antun will. Ich wäre am Boden zerstört, wenn ihm etwas geschähe." Er schüttelte sich traurig.

„Sie stehen sich persönlich nahe?"

„Oh, ja, sehr, Chief Inspector. Sehr nahe." Beseelt blickte er ins Nichts.

„Gehe ich recht in der Annahme, Mr Davenport", fragte Swanson, der langsam eine Vorstellung davon bekam, wie nahe, „dass Hector van Dyke auch einer von Ihnen ist?"

„Auch einer von uns?" Roy machte große Augen und spitzte fragend die Lippen.

„Nun, ja –" Swanson suchte nach einer angemessenen Formulierung für seine Frage. „Ist er … wie Sie beide?"

Roy Davenport schob die Hand unters Kinn und blinzelte Swanson mit schief gehaltenem Kopf an. „Was meinen Sie mit: wir beide?"

„Wie Sie und Ihr Bruder. Ist er ebenfalls …?"

„Ja?", näselte Davenport.

„Schwul, Sir", beendete Phelps schließlich das peinliche Herumgedruckse.

Pikiert wandte Roy sich um, hielt die Hand an den Mund und rief nach hinten: „Siegfried, Lieber, dieser Mann denkt, wir seien homosexuell!"

Der Mann mit dem wallenden blonden Haar kam wieder aus dem Hinterzimmer getänzelt. „Ach Gottchen, wir sind doch nicht schwul", sagte er und vollführte eine Geste mit der Hand, als würde er einen unsichtbaren Wattebausch nach Swanson werfen. „Das hätten wir doch wohl gemerkt."

„Tut mir aufrichtig leid", sagte Swanson, der am liebsten im Boden versunken wäre. „Ich wollte Ihnen wirklich nicht zu nahe treten. Und was ist mit van Dyke?"

„Ob er vom anderen Ufer ist?" Roy verschränkte die Arme vor der schmalen Brust. „Glaub ich nicht. Immerhin war er mal verheiratet."

„War?", fragte Phelps.

Siegfried blies sich eine Haarsträhne aus dem Gesicht. „Ist ihm weggelaufen, wie ich hörte", säuselte er. „Aber das haben Sie nicht von mir."

Ehe sie sich verabschiedeten, kaufte Donald Swanson noch zwei Zauberbücher, eine Münze, durch die man eine Zigarette stecken konnte, und einen elften Finger. „Recherchen, Sergeant", sagte er zu Phelps, als der ihn staunend ansah. „Alles Recherchen."

Weshalb jedermann vor Ehrfurcht erstarrte, sobald Hector van Dyke den Raum betrat, war Frederick schleierhaft. Er fand ihn blass und nichtssagend. Weder war er ein brillanter Redner, noch zeichnete er sich durch besonders gute Manieren aus. Amerikaner eben.

Im Theater herrschte ein ständiges Kommen und Gehen. Trotz allem war es Frederick in der Kürze der Zeit gelungen, die meisten der Zauberkünstler und die beiden Bediensteten kennenzulernen. Und obgleich sie alle sehr respektvoll und ausgesucht höflich miteinander umgingen, glaubte Frederick doch, eine gewisse Hackordnung zu sehen. Die beiden, die ihm selbst am sympathischsten waren, schienen ganz unten zu stehen: der Bauchredner Adam Kershaw und Masterton, der Taubenmann. Dann John Maskelyne und Edward McKinley, der ihm am Mittag einen kleinen Vortrag über die Verwendung von

Spiegeln, Fäden und Magneten gehalten hatte, aber gegangen war, ehe van Dyke auftauchte. Und natürlich der Star der Show höchstselbst – er schwebte in luftigen Höhen weit über allen.

Zur Teezeit am späten Nachmittag waren nur noch Pollock und Frederick im Salon übrig geblieben.

Das blasse, rotblonde Mädchen, das den Tee gebracht hatte, knickste schweigend und wollte eben davonhuschen, als Frederick sie zurückrief.

Wenn es jemanden im Adelphi gab, der alles mitbekam, ohne selbst besonders aufzufallen, dann war es sicher das Hausmädchen, dachte er. Sie war den ganzen Tag und überall im Haus unterwegs, servierte den Tee, machte die Betten und hörte ganz nebenbei die vertraulichsten Gespräche mit.

„Ja, Sir?" Sie stand wie eine Salzsäule da und rang die Hände, den Blick zu Boden gerichtet.

Frederick schenkte ihr ein freundliches Lächeln. „Wie heißen Sie?"

„Abigail, Sir", gab sie zur Antwort, ohne ihn jedoch anzusehen.

„Bitte tun Sie mir den Gefallen, Abigail, und setzen Sie sich." Er zog einen der Stühle heran und klopfte mit der flachen Hand darauf.

Sie warf einen Hilfe suchenden Blick in Mr Pollocks Richtung und ließ sich erst dann zögerlich auf dem Stuhl nieder, als der Theaterdirektor ein Nicken andeutete. Offenbar hatte sie schreckliche Angst davor, das Falsche zu tun und ihre Stellung zu riskieren, wenn sie Fredericks Wunsch nachkam. Noch immer starrte sie den Boden an.

„Arbeiten Sie schon länger hier?", fragte er.

„Ja, Sir. Ein gutes halbes Jahr ist es bestimmt, Sir."

„Dann kennen Sie sicherlich jeden hier im Theater recht gut, nicht wahr?"

„Ich weiß nicht, Sir", gab sie leise zur Antwort. Und wieder wanderte ihr Blick zu Pollock hinüber, der so tat, als beschäftige er sich mit den Zeitungen auf dem Tisch. „Würde ich denken, ja."

Frederick, dem die rückversichernden, fast ängstlichen Blicke des Mädchens nicht entgangen waren, kam zu dem Schluss, dass er aus Abigail nicht das kleinste bisschen herausbekommen würde, solange sich ihr Arbeitgeber im Raum befand. Er wandte sich an Pollock und sagte: „Ich würde mich gerne eine Weile mit Miss Abigail allein unterhalten. Denken Sie, das ginge?" Er strahlte den Theaterdirektor verbindlich an.

Im selben Augenblick kam Erich herein und teilte Pollock mit ehrpusseligem Gesicht mit, sein Besucher sei eingetroffen. „Er wartet oben in Ihrem Büro auf Sie, Sir."

„Ja, Harry, danke."

„Erich, Sir."

„Was?" Pollock war ganz in Gedanken, sein Blick auf Frederick und das Hausmädchen geheftet.

„Ich heiße Erich", sagte der Ungar und verschwand auf dem Gang.

„Lassen Sie meinetwegen bitte nicht Ihren Besuch warten, Mr Pollock", sagte Frederick und nickte ihm zu. „Und schließen Sie bitte die Tür, wenn Sie draußen sind."

„Aber …" Pollock knurrte leise vor sich hin, fügte sich jedoch. Er stand auf und verließ den Raum. Als die Tür hinter ihm ins Schloss gefallen war, wandte Frederick sich wieder Abigail zu, die noch immer mit offenem Mund die Tür anstarrte: „Nun sind wir ungestört. Darf ich Sie mal etwas fragen, Abigail? Würde es Ihnen was ausmachen, mich Frederick zu nennen? Ich meine, so von Kollege zu Kollegin?"

Sie nickte, die Augen niedergeschlagen, als wage sie es nicht, ihn direkt anzusehen. „Ja, sind Sie denn nicht von der Polizei, Sir?"

„Nein", versicherte ihr Frederick. „Wie kommen Sie darauf?"

„Adam hat das gesagt. Er meint, ich soll vorsichtig sein, was ich sage, sonst muss ich am Ende noch gehen, weil Mr Pollock verärgert ist."

„Sie brauchen wirklich keine Angst vor mir zu haben. Ich schweige wie ein Grab. Und vor Mr Swanson auch nicht", sagte er so milde wie möglich. Er kannte diese Reaktion nur allzu gut. Während sich die Herrschaft meist verärgert ganz offen gegen die polizeilichen Ermittlungen stellte und in Swanson und dessen Kollegen nichts weiter sah als eine lästige Plage, mit der man sich unmöglich auf eine Stufe stellte, geschweige denn ihre Autorität anerkannte, verhielt sich die Dienerschaft gänzlich anders. Sie hatte regelrecht Angst. „Ich möchte Ihnen bloß ein paar Fragen stellen."

„Es ist nicht recht, über andere zu klatschen, Mr Frederick, Sir."

„Nein, Abigail. Nicht Mr Frederick. Bloß Frederick." Wieder nickte sie. Und er bemerkte, wie sie leicht errötete. Er sagte: „Es ist aber auch nichts Unrechtes daran zu sagen, was man weiß, solange es nur die Wahrheit ist."

„Ich …" Sie stockte. Wieder schaute sie zur Tür, als sei sie noch immer überrascht darüber, dass Pollock tatsächlich den Raum verlassen hatte. „Aber ich weiß doch gar nichts – Frederick", fügte sie unsicher hinzu.

„Sie wissen, weshalb ich hier bin?"

„Ja, Sir. Weil Sie die Zauberapparate überprüfen. Damit nicht wieder was passiert."

„Genau. Und wenn Sie einen Verdacht hätten, wer Mr van Dykes Zauberrequisit manipuliert haben könnte, Sie würden es mir doch sagen, oder?"

Sie blickte ihn entgeistert an. „Ich hab gar nichts gesehen, Frederick! Sir! Wirklich nicht!"

Frederick nahm ihre Hand. Sie war schmal und kalt. „Sicher, Abigail. Das behaupte ich ja auch gar nicht. Doch mal angenommen, Sie hätten etwas gesehen – wäre das in Ihren Augen klatschen, wenn Sie mir erzählten, wen Sie dabei beobachtet haben?"

„Nein, Sir", räumte sie nach einem Moment des Nachdenkens mit leiser, tonloser Stimme ein. „Wär's nicht. Meine Ma hat mich von klein auf gelehrt, immer die Wahrheit zu sagen. Und da halte ich mich dran."

„Sehr gut." Frederick hatte Land gutgemacht und überlegte nun, wie er dem Mädchen klarmachen konnte, dass es ebenso erlaubt war, über Dinge zu sprechen, die sich nicht so klar und eindeutig darstellten. „Vielleicht", sagte er, „haben Sie in den letzten Tagen zufällig etwas gehört oder gesehen, was für sich genommen erst mal ganz und gar harmlos erschien, in Anbetracht der heutigen Ereignisse jedoch plötzlich ein völlig neues Bild ergibt."

Die Art und Weise, wie sie ihn ansah, ließ erkennen, dass sie etwas auf dem Herzen hatte, sich jedoch nicht traute, es ihm zu sagen.

„Ich muss jetzt weiterarbeiten", sagte sie unvermittelt und entzog ihm ihre Hand. „Und wenn mir etwas einfällt, sage ich es Ihnen."

„Versprochen?"

„Versprochen." Sie nahm das Tablett vom Tisch, sah

ihn an und knickste. „Frederick." Und mit einem Lächeln huschte sie davon.

Da die anderen gegangen waren, beschloss Frederick, sich ein wenig im Theater umzusehen. Seine ungeschickte Befragung Abigails hatte rein gar nichts gebracht, und er fragte sich mittlerweile, ob seine Anwesenheit hier im Adelphi für Swanson überhaupt von Nutzen war.

Bislang hatte er nicht das Geringste herausgefunden. Die Zauberkünstler schienen sich bestens zu verstehen und auch das Personal glänzte nur so vor Loyalität.

Er stieg die Treppe in den ersten Stock hinauf, kam an Pollocks Büro vorbei und blieb stehen. Vielleicht brachte es etwas, ein bisschen an den Türen zu lauschen? Er hatte sein Ohr gerade dagegengepresst, als die Bürotür aufschwang und er dem Mann, der sie geöffnet hatte, fast in die Arme fiel.

Es war Oscar Wilde.

„Freddy, mein Lieber!", rief Wilde hocherfreut, fing ihn auf und drückte ihn herzlich an die Brust. „Ich hatte ja keine Ahnung!"

„Sie kennen sich?", fragte Pollock.

„Oh, ja", säuselte Wilde und strich Frederick mit dem rechten Handrücken über die Wange. „Mr Greenland ist ein lieber Freund."

„Wenn das so ist ...", hob der Theaterdirektor an, doch Wilde unterbrach ihn.

„Wie gesagt, wegen der Einzelheiten melde ich mich bei Ihnen, George." Und Wilde schloss die Tür, ehe Pollock noch etwas erwidern konnte. Dann machte er einen Schritt auf Frederick zu und legte ihm freudig den Arm um die Schultern. „Ich habe es gewusst – eines Tages würden sich unsere Wege abermals kreuzen. Ich hätte allerdings nicht gedacht, dass es so schnell geschehen würde, Mr Greenland." Wilde sah Frederick an, als wolle er ihn mit seinen Blicken verschlingen. „Dem vorherbestimmten Schicksal kann eben niemand etwas entgegensetzen, habe ich recht?"

Das letzte Mal hatte Wilde ihn und seinen Werkstattleiter in Wapping vor dem sicheren Tod durch Ertrinken gerettet. Frederick stand quasi in seiner Schuld und wusste nicht recht, was er nun erwidern sollte.

„Manchmal", sagte Wilde und lächelte ihn an, „ist gar nichts zu sagen weit mehr wert als tausend Worte. Schlagen Sie Ort und Zeitpunkt vor, und ich bin dabei."

„Ich bin einigermaßen überrascht, Sie hier zu sehen, Mr Wilde", sagte Frederick. „Was führt Sie denn in dieses Theater?"

„Ich könnte jetzt behaupten, ich hätte überall nach Ihnen gesucht, Sie zu finden hätte mir keine Ruhe gelassen und so weiter. Ich wünschte, es wäre so, aber das wäre gelogen. Es ist die Arbeit, mein Freund", entgegnete Wilde. „Pollock wird eines meiner Stücke inszenieren. Aber lassen wir doch das dumme Gerangel mit den Nachnamen. Soweit ich mich erinnere, Freddy, waren wir bereits per Du." Er streckte seine fleischige Hand aus. „Seien Sie in Gottes Namen kein Spielverderber und nennen Sie mich Oscar. Was meinen Sie?"

Frederick, der sich einerseits fragte, was Gott damit zu tun hatte, und sich andererseits gegen seinen Willen ein wenig geschmeichelt fühlte, ergriff schließlich Wildes Hand und sagte: „Also schön, Oscar, was schlagen Sie vor?"

„Einen kleinen Happen im Rules", sagte Wilde. „Und dann zeige ich Ihnen meine Zimmer in St. James."

Frederick, der bezweifelte, dass es bei der Besichtigung der Zimmer bleiben würde, räusperte sich und sagte: „Ich bin tatsächlich etwas hungrig, Oscar. Allerdings fürchte ich, ich muss früh zu Bett."

„Ich weiß genau, was Sie meinen", sagte Wilde, faltete die Hände und sah Frederick mit hängenden Lidern an, unter denen sehnsuchtsvoll die glasigen grünen Augen funkelten. „Es war ja auch ein anstrengender Tag. All diese schlimmen Verbrechen." Er lächelte breit. „Ich wette, Sie sind ein richtiger Abenteurer, was, Fred?"

„Nun ja." Frederick spürte, wie er gegen seinen Willen errötete.

Wilde klatschte in die Hände. „Bleiben nur noch zwei Dinge, die wir klären müssen."

„Oh", machte Frederick. „Ich lade Sie selbstverständlich ein."

„Nein, nein, mein Lieber. Das meine ich nicht. Natürlich sind Sie mein Gast. Ich habe so lange darauf gewartet, mit Ihnen zu speisen, da werden Sie mir wohl das kleine Vergnügen gönnen, für Ihr Wohlergehen zu sorgen." Wilde strich sich langsam mit beiden Händen über die Oberschenkel. „Wovon ich spreche, ist etwas gänzlich anderes."

Frederick glaubte einen verträumten, ja fast lustvollen Ausdruck im Gesicht des Ästheten zu entdecken.

Um Viertel vor neun betrat Hector van Dyke wie jeden Abend um dieselbe Zeit den Salon, wo Pollock, Maskelyne und Masterton bereits auf ihn warteten, und blies gut gelaunt zum Aufbruch. „So, von mir aus kann es losgehen, Gentlemen", sagte er und rieb sich die Hände. „Wo sind Wilde und dieser ... dieser andere?"

„Sind vor zehn Minuten gegangen", antwortete Pollock. „Aber Kershaw und McKinley sind noch nicht da. Ich würde ungern ohne sie gehen."

„Also, ich für meinen Teil habe Hunger", sagte van Dyke. „Und jede Menge Durst. Wollen wir die beiden nicht rausklopfen?"

Die Idee wurde von allen mit Wohlwollen aufgenommen, doch weder McKinley noch Adam Kershaw waren irgendwo zu finden. Pollock fiel ein, dass McKinley das Adelphi schon am Nachmittag verlassen hatte, um einen Besuch zu machen. Wohin er wollte oder ob der Bauchredner ihn begleitet hatte, wusste er indessen nicht. Also entschied man, ohne sie loszuziehen.

„Könnte mir denken, Kershaw ist noch in Geschäften unterwegs", sagte Maskelyne. „Hab ihn neulich mit David Kellar gesehen."

„Mit Kellar?", stieß Pollock entrüstet hervor. „Aber der arbeitet für die Konkurrenz!"

„In der Egypt Hall am Piccadilly, soweit ich weiß", sagte van Dyke.

„Das ist doch bloß ein Gerücht", warf Masterton ein. „Ich kann mir nicht denken, was er da will. Wie er mir sagte, ist Adam hier doch sehr zufrieden."

Van Dyke warf einen Blick auf seine Taschenuhr. „Kommen Sie, Gentlemen, ich habe uns wie üblich für neun Uhr einen Tisch im Rules reservieren lassen. Die beiden wissen ja, wo das Nachtessen stattfindet."

KAPITEL 8

„Sie sollten mal wieder mit Ihrer Gattin ausgehen", meinte Frederick eben, als sie aus der Hintertür des Adelphi in die Kälte hinaustraten und die schmale Gasse überquerten.

„Du lieber Himmel, nein!", sagte Wilde. „Machen wir uns nichts vor – in der Jugend des Mannes ist es der Vater, der ihn maßregelt. Und im Alter ist es dann die Frau. Darum habe ich es in der Jugend stets vermieden, mit meinem alten Herrn auszugehen. Heute mache ich es umgekehrt."

Ein uniformierter Diener bewachte den Eingang zu Rules Restaurant und blickte sie fragend an.

„Guter Mann, ich bin Oscar Wilde, der berühmte Autor", sagte Wilde mit einer leichten Verneigung. „Und das ist Mr Frederick Greenland. Er ist heute mein Gast. Einen Tisch für zwei – bitte." Zu Fredericks Erstaunen ging Wilde einfach ungeniert an dem Mann vorbei, ohne dessen Antwort abzuwarten, und sah sich nach einem geeigneten Sitzplatz um. „Kommen Sie, mein Freund." Er hatte einen Tisch in einer ruhigen Nische gefunden und winkte Frederick, dem Wildes Gebaren ungeheuer peinlich war, hinter sich her. Das halbe Restaurant schien sie beide anzustarren.

„Ich weiß, was Sie denken, Freddy. Aber Bescheidenheit ist eine der wenigen Tugenden, die mir, Gott sei's gedankt, nicht gegeben sind", sagte Wilde und räkelte sich genüsslich auf seinem Platz. „Es ist nun mal eine Tatsache, dass der Erfolgreiche heutzutage einem Heißluftballon gleichen muss, um überhaupt noch bemerkt zu werden. Denn je mehr er sich aufbläht, umso höher steigt er. Ah, schauen Sie, da kommt ja auch der Zaubererklüngel."

Frederick sah sich um. Van Dyke und ein paar seiner Kollegen standen am Eingang und sprachen mit dem Diener in Uniform, der erst sein Gästebuch konsultieren musste, ehe er sie einließ.

„Tirili!", rief Wilde und winkte ihnen zu.

Swanson und Phelps ließen den Abend bescheidener ausklingen. Im Nell Gwynne saßen sie in abgewetzten Sesseln an einem niedrigen Tisch und besprachen den Fall. Es herrschte wie immer reger Betrieb.

Während der Sergeant loszog, um Nachschub zu holen, bekam Swanson ein Gespräch am Nachbartisch mit, und das brachte ihn auf einen Gedanken.

„Du wärst verrückt, den Kerl zu heiraten", sagte der Mann eben zu der jungen Frau, die neben ihm saß. „Er hat doch kaum genug für sich allein. Wie soll der jemals eine Familie ernähren?"

„Wer auch immer diese Taten begeht, Phelps", sagte Swanson, als Phelps mit den Gläsern wiederkam, und sah den jungen Sergeant eindringlich an, „Sie können nicht zwangsläufig davon ausgehen, dass er ein schlechter Kerl ist. Oder eine schlechte Frau", fügte er hinzu.

Phelps blickte ihn ungläubig an. „Das ist nicht Ihr Ernst, Sir. Oder?"

„Doch, Phelps." Swanson nippte an seinem Bier. „Das ist es."

„Dann verstehe ich es nicht."

„Sehen Sie – was auch immer den Mann dazu bewegt, diese Dinge zu tun, er tut es aus einem ganz bestimmten Grund. Einem Grund, den wir nicht kennen."

„Ja, aber …"

„Warten Sie, ich will es Ihnen zeigen." Swanson nippte

an seinem Glas und fragte leise: „Sehen Sie den Gentleman dort?" Und er deutete auf den Herrn, der der vollbusigen, jungen Dame eben erklärt hatte, dass es verrückt sei, jenen Kerl zu heiraten, den nur sie beide kannten.

„Selbstverständlich, Sir." Phelps verzog den Mund. „Scheint mir einer von denen zu sein, die es immer besser wissen als die anderen, Sir."

„Sie treffen den Nagel auf den Kopf, Phelps." Swanson schmunzelte. „Wir wissen nicht, warum der Mann die junge Frau davon abhalten möchte, diesen anderen Mann zu heiraten, aber er wird mit Bestimmtheit seine Gründe dafür haben."

„Na, weil er eifersüchtig ist", meinte Sergeant Phelps. „Das sieht man doch. Wahrscheinlich ist er im Stillen selbst verliebt in die Dame und möchte den Nebenbuhler ausstechen."

„Möglich", sagte Swanson. „Das schließen Sie woraus?"

„Nun, Sir ..." Phelps stellte sein Glas hin und kratzte sich am Hinterkopf. „Zunächst mal ist er deutlich älter als sie. Bestimmt zehn, fünfzehn Jahre. Und dann ist er auch noch sehr emotional. Man sieht ihm an, dass ihm die Sache mit der Heirat sehr nahegeht."

„Meine Gratulation. Großartig beobachtet", sagte Swanson. „Sie nehmen also an, er hat ein Interesse an der Dame und rät ihr deswegen von der Heirat mit – nun, nennen wir ihn den anderen Mann – ab."

„Ja, Sir", sagte Phelps. „Das denke ich."

„Auf wessen Seite sind Sie? Auf der Seite des älteren oder des anderen Mannes?"

„Auf der des anderen Mannes natürlich. Sie scheint ihm sehr zugetan, also kann er kein schlechter Bursche sein.

Und er hier –" Phelps deutete mit seinem schwappenden Pintglas in Richtung der beiden. „Scheint mir nicht die allerbesten Absichten zu haben. Sehen Sie sich seine Wurstfinger an. Immer wieder greift er damit nach ihren Händen."

„Und er trägt einen Ehering", stellte Swanson fest. „Ist Ihnen das aufgefallen, Phelps?"

„Jetzt, wo Sie's sagen, Sir." Der Sergeant räusperte sich. „Das macht die Sache noch etwas delikater, finden Sie nicht?"

Swanson leerte sein Glas in einem Zug und erhob sich. „Kommen Sie, Phelps. Trinken Sie aus. Wollen mal sehen, was an der Sache dran ist. Aber Sie schweigen und schauen bloß zu."

Phelps riss verdutzt die Augen auf. „Ich verstehe nicht, Sir."

Swanson ergriff den Ärmel seines Sergeants und trat mit Phelps im Schlepptau zu dem Paar am Nachbartisch. „Verzeihen Sie bitte", sagte er freundlich. „Wir bekamen zufällig Ihr Gespräch mit."

„Was geht Sie das an?", schnaufte der Mann. „Halten Sie sich da raus."

Der Chief Inspector hob beruhigend die Hand. „Womöglich erleichtert es einiges, wenn ich Ihnen sage, dass wir von der Polizei sind, Sir."

„Siehst du, Maggie", sagte der Mann und wandte sich der jungen Frau zu. „Westcott ist ein ganz übler Schmarotzer. Sie sind sogar schon hinter ihm her."

Swanson konnte sehen, wie es in Phelps brodelte. Am liebsten hätte er wohl über den Tisch gegriffen und den Mann beim Kragen gepackt. Er sagte. „Wer auch immer dieser Westcott ist, Sir. Wir haben nichts mit ihm zu tun.

Alles, was ich möchte, ist, meinem Sergeant hier etwas beibringen. Also, bitte erzählen Sie uns nur ganz kurz, weshalb Sie, Sir, nicht wollen, dass Ihre hübsche Begleiterin den Gentleman heiratet."

„Weil ich Erkundigungen über ihn eingezogen habe", sagte der Mann und ballte die Fäuste. „Westcott war bereits mehrfach verheiratet. Jedes Mal fiel ihm dadurch automatisch das Vermögen der Damen zu. Und nach einem halben Jahr reichte er die Scheidung ein – angeblich wegen Untreue seiner Gattin. Und das will ich meiner Schwester um jeden Preis ersparen."

„Ich danke Ihnen, Sir." Swanson war zufrieden. „Und falls Sie wirklich Anlass zur Sorge haben, Sir, wenden Sie sich an die Polizei. Dafür sind wir da." Er sah Phelps an, dass der die Lektion verstanden hatte. Draußen klopfte er ihm auf die Schulter und meinte: „Lassen Sie sich niemals von Ihren Vorurteilen leiten, Phelps. Der erste Anschein muss nicht immer stimmen."

„Ich werd's beherzigen, Sir."

„Schauen Sie, Freddy", meinte Wilde, der im Rules gerade dabei war, Frederick die Welt der Zauberkünstler zu erklären, „es ist alles eine Frage der Perspektive. Solange Sie nicht alle Informationen haben, sind Sie nicht mal in der Lage, eine einfache Entscheidung zu treffen." Er hob das Glas, prostete Frederick zu, der die Geste erwiderte, und trank es zur Hälfte aus. „Nehmen wir zum Beispiel eine ganz einfache Wahl, vor die man bisweilen gestellt ist: Kugel oder Strick?"

Frederick, der noch nie vor eine solche Wahl gestellt worden war, sah Wilde entsetzt und sprachlos an.

Doch noch bevor er etwas entgegnen konnte, fuhr der

Dichter unbeirrt fort: „Was meinen Sie, mein Freund, wofür würden Sie sich entscheiden? Und kommen Sie mir jetzt um Himmels willen bitte nicht mit der billigen Ausflucht, Sie würden beides nicht wollen. Für eines von beiden müssen Sie sich entscheiden. Das sind die Regeln." Er grinste Frederick an und nippte an seinem Absinth.

Frederick, der in seiner Jugend genügend Penny Dreadfuls gelesen hatte, um eine halbwegs genaue Vorstellung von den minutenlangen, entsetzlichen Todesqualen zu haben, die ein verurteilter Mörder am Ende eines Strickes erlitt, musste nicht lange darüber nachdenken.

„Also schön", sagte er. „Wenn es denn gar nicht anders ginge, würde ich wohl der Kugel den Vorzug geben; aber auch nur, weil es einfach schneller vorüber wäre."

„Sehen Sie?", rief Wilde und klatschte lachend in die Hände. „Sie haben fast überhaupt keine Informationen gehabt. Nur die Frage nach Kugel oder Strick. Diese zwei kleinen Wörter allein haben die Assoziation von Tod und Sterben in Ihnen ausgelöst, und Sie haben – ohne den ganzen Sachverhalt überhaupt zu kennen – wie selbstverständlich angenommen, es ginge darum, sich selbst damit ins Jenseits zu befördern." Wieder lachte der Dichter, noch lauter diesmal. „Ich sage Ihnen, ich hätte in jedem Fall den Strick gewählt. Denn ich besaß ja die Informationen, die Ihnen fehlten." Wilde hob den Zeigefinger und schnalzte tadelnd mit der Zunge. „Um über eine hohe Mauer zu klettern, ist eine Kugel völlig nutzlos, das sehen Sie doch wohl ein, was, Frederick?"

„Nun …" Frederick sah Wilde verblüfft an. „Das war unfair."

Wilde lehnte sich in seinem Stuhl zurück, die Hände hinter dem Kopf verschränkt und ein zufriedenes Grinsen

im Gesicht. „Ebenso unfair wie die Tricks eines Zauberkünstlers, habe ich recht?"

„Vielleicht."

„Nein, nein. Da gibt es kein Vielleicht. Es ist eine
schlichte Tatsache, Frederick, nichts weiter. Und zugleich
das ganze Geheimnis der Zauberkunst. Sie, mein Freund,
verfügen als Zuschauer stets über wesentlich weniger
Informationen als derjenige, der Ihnen den Hokuspokus
vorführt. Kein auch nur halbwegs intelligenter Mensch
würde einem Zauberer auf die Schliche kommen. Aus dem
einfachen Grund, weil selbst halbwegs intelligente Menschen noch immer viel zu kompliziert denken. Sie bräuch-
ten schon einen ausgemachten Schwachkopf, um ihn aufs
Kreuz zu legen. Einen richtigen Idioten." Wilde hob das
Glas, trank es aus, winkte dem Kellner, der eilfertig he-
ranhuschte, und bestellte noch einmal das Gleiche. „Und
genauso verhält es sich natürlich mit Kriminalgeschichten;
seien sie nun ausgedacht oder real."

„Ist das so?" Frederick trank ebenfalls aus. Und so langsam begann er, die Wirkung des Alkohols zu spüren. Nie
zuvor hatte er Absinth getrunken. Er konnte nur hoffen,
dass das, was er über dessen Wirkung gelesen hatte – vor
allem der Teil, der sich mit Wahnsinn, Halluzinationen
und Blindheit befasste – ins Reich der Legenden gehörte.
Und wenn es doch zutraf, dass es wenigstens nicht gleich
beim ersten Mal zutage trat. Trotz allem war er gespannt
darauf, was Wilde sonst noch so über die Kunst der Illusionen zu berichten wusste. „Bitte fahren Sie fort, Oscar",
sagte er und merkte, wie er schon ebenso lässig mit der
Hand fuchtelte wie der Dichter selbst.

„Jetzt haben Sie mich rausgebracht, Freddy", murmelte
Wilde. Er fuhr sich mit der Hand über die Stirn. „Sie

hätten mich nicht unterbrechen sollen, Sie ungezogener Junge."

„Zaubertricks", half er ihm auf die Sprünge. „Wenn ich Sie recht verstanden habe, sprachen Sie darüber, dass sie nicht anders seien als Kriminalgeschichten."

„Es geht beileibe nichts über einen guten Zuhörer", sagte Wilde. Er schnippte mit den Fingern. „Vor gut vier Jahren saß ich hier am selben Tisch mit meinem Verleger und Conan Doyle, dem Schöpfer von Sherlock Holmes. Prächtiger Bursche!" Wilde fuchtelte abermals mit den Händen. „Conan Doyle selbstredend, nicht mein Verleger. Und wir besprachen unsere nächsten Werke. Mir schwebte da eine schlüpfrige Geschichte mit einem alternden Ölporträt und einigen ungezogenen Anzüglichkeiten vor, die ich aus meinem reichhaltigen Erfahrungsschatz zusammenbasteln wollte."

„Das Bildnis des Dorian Gray", sagte Frederick.

Wilde beugte sich begeistert vor. „Sie haben den Roman gelesen?"

„Ich las ihn als Fortsetzung in Lippincott's Magazine."

„Und?" Wilde beäugte ihn blinzelnd unter schweren Augenbrauen. „Wie hat Ihnen meine kleine schmutzige Geschichte gefallen, Freddy?"

„Was soll ich sagen", gab Frederick zur Antwort und bemerkte selbst, wie er leicht errötete. „Brillant geschrieben, wie alles aus Ihrer Feder, wenngleich doch ein bisschen zu anstößig für meinen Geschmack."

„Freddy, Freddy, Freddy." Wilde zog ein säuerliches Gesicht. „Möglicherweise ist es ja zu viel verlangt, aber von Ihnen hätte ich, ehrlich gesagt, ein wenig mehr Toleranz und Freigeist erwartet."

Frederick hob abwehrend beide Hände. Es war nicht

seine Absicht gewesen, Wilde zu verletzen. Aber wenn das, was man sich hinter vorgehaltener Hand über ihn erzählte, stimmte – und Frederick hatte nach seinen bisherigen Erfahrungen mit dem Dichter allen Grund, davon auszugehen –, dann musste er vorsichtig sein. Er, Frederick Greenland, war nicht aus diesem weichen Holz geschnitzt. Und das musste er Wilde auf irgendeine Weise beibringen, denn er zweifelte nicht daran, dass dieses Essen nur einen einzigen Zweck erfüllte – nämlich ihn in Wildes Wohnung zu locken, um endlich jene Kissenschlacht ausfechten zu können, auf die er schon während ihres ersten Zusammentreffens beim Fall des Hope-Diamanten angespielt hatte.

„Jedem das Seine, Oscar", sagte er schließlich. „Denn wie sagt man so schön: Die Gedanken sind frei." Er versuchte ein Lächeln, von dem er hoffte, Wilde würde es nicht missverstehen.

„Ah, nein, mein Freund – da irren Sie gewaltig", entgegnete Wilde. „Der Gedanke ist nur so lange frei, wie er den Mund nicht verlässt."

Der Kellner erschien mit den bestellten Absinthgedecken, entzündete das Feuer über der Zuckerzange, verbeugte sich huldvoll und entfernte sich wieder.

Wilde blickte eine Weile scheinbar gedankenverloren in das bläuliche Flämmchen, das leidenschaftlich über den langsam dahinschmelzenden Zucker leckte, wie ein Liebhaber über die feuchten Lippen seines Geliebten, und sah dem heißen Karamell dabei zu, wie es in das Absinthglas tropfte. Dann schaute er plötzlich lächelnd auf und sagte: „Ich möchte Ihre Sorgen zerstreuen. Seien Sie versichert. Ich werde Sie niemals zu etwas überreden, das nicht Ihre Sache ist."

Frederick war ein wenig beruhigter und nickte zustimmend.

„Sollten Sie es sich jedoch anders überlegen und den Nektar eines neuen Vergnügens einmal aus freien Stücken kosten wollen", fuhr Wilde fort, „möchte ich sichergehen, davon zu erfahren."

„Sie würden in jedem Fall der Erste sein, der davon erführe", versicherte Frederick und rutschte ein wenig unbehaglich auf seinem Stuhl herum. „Aber mal ganz was anderes – Sie haben Pollock, den Theaterintendanten, kennengelernt. Wie schätzen Sie ihn ein?"

„Sie wollen ablenken, mein Guter", sagte Wilde, hob die Hand und wedelte mit dem erhobenen Zeigefinger. „Nun, das ist Ihr gutes Recht. Und es ist wenigstens taktvoll. Pollock – lassen Sie mich nachdenken. Ist das der Mann, der an nichts anderes denken kann als an sein Geld?"

„Ist das Ihre Einschätzung?"

„Eine davon."

„Ich bin gespannt auf die anderen", sagte Frederick.

„Ich fürchte, Pollock ist alles in allem recht eindimensional." Wilde winkte ab. „Sein Credo lautet: Ich für mich und du für mich. Und Gott für uns alle."

Als Swanson in dieser Nacht in den Yard zurückkehrte, kam ihm Sergeant Wilson mit weit aufgerissenen Augen entgegengerannt. Es war fast elf. „Sie müssen sofort wieder los, Chief!", rief er und fuchtelte mit einer Aktenmappe vor Swansons Nase herum.

„Was zum Teufel ist los, Wilson?"

„Ein Feuer, Sir", sagte er. „Im Savoy. Unten wartet bereits ein Wagen auf Sie."

„Ein Feuer?" Eine ungute Ahnung befiel Swanson. Der

erste Name, der ihm bei der Erwähnung des Savoy in den Sinn kam, war Hector van Dyke. „Wann ist das passiert?"

„Vor 'ner guten Stunde, Sir. Stedman ist mit seinen Leuten schon dort."

Der Chief Inspector wandte sich um und rannte mit wehendem Mantel die Treppen hinunter. Wenn er Glück hatte, war Sergeant Phelps noch in der Teeküche.

KAPITEL 9

Es war ein nervöser und aufgebrachter Hoteldirektor namens Carte, der Swanson und Phelps an der Rezeption in Empfang nahm. Die neumodischen elektrischen Fahrstühle waren wegen des Feuers außer Betrieb, und so führte Carte sie zu Fuß durch zahllose marmorne Treppenfluchten und elegante, mit chinesischem Kirschenholz getäfelte Korridore bis hinauf in das oberste Stockwerk, wo die Suite Hector van Dykes lag.

„Das wird auf die Gäste keinen guten Eindruck machen", sagte der Hoteldirektor, als sie den obersten Treppenabsatz erreicht hatten und nach links den Flur hinuntereilten, in dem es noch immer nach beißendem Qualm stank. „Aber ich habe ja gleich gewusst, dass etwas passieren musste."

Swanson streckte die Hand aus, drehte den vorauseilenden Hotelier an der Schulter herum und blieb vor dem rußgeschwärzten Türrahmen stehen. „Sie ahnten, es würde etwas Derartiges geschehen?"

Phelps hatte augenblicklich seinen Notizblock in der Hand und leckte den Bleistift an.

„Nun, vielleicht nicht gleich ein Feuer", sagte Carte, wobei er auf Swansons Hand starrte, die ihn unnachgiebig an der Schulter festhielt. „Aber etwas Schlimmes. Etwas sehr Schlimmes. Der Club der dreizehn, wissen Sie?"

„Der Club der dreizehn?" Swanson hatte noch nie davon gehört. Er konnte sich nicht helfen, für ihn klang das wie der Titel einer Conan-Doyle-Geschichte. „Was ist das für ein Club, Mr Carte?"

„Nun ja, trifft sich seit Ewigkeiten einmal im Monat in unserem Haus", erklärte der Hotelier. „Dreizehn ehrenhafte Männer. Die Mitgliedschaft wird seit Generationen vom Vater auf den ältesten Sohn vererbt, wie ich hörte. Jedenfalls speisen sie zusammen und unterhalten sich über die unmöglichsten Dinge; die prekäre politische Lage in Botswanaland oder die Damenwelt. Oder über beides. Solche Sachen eben. Sie kommen stets im großen Salon zusammen. Und es sind immer dreizehn. Ist auch nur einer von ihnen verhindert, kommen sie gar nicht her."

Ein seltsamer Verein, fand Swanson, doch er konnte beim besten Willen keinen Zusammenhang zwischen jenem Club und den ausgebrannten Räumen Hector van Dykes herstellen. „Worauf wollen Sie mit Ihren kryptischen Andeutungen hinaus, Mr Carte?"

„Diese Leute sind schrecklich abergläubisch", fuhr der Hotelier fort. „Machen mir das ganze Personal verrückt mit ihrem Hokuspokus."

„Also auch Zauberkünstler", sagte Phelps und blickte von seinen Notizen auf.

„Humbug!" Carte schnaufte ungehalten. „Wie kommen Sie bloß auf so etwas?"

„Nun, der Mann, der diese Suite gemietet hat, *ist* Zauberkünstler", sagte Swanson. „Da ist Sergeant Phelps' Schlussfolgerung zumindest nicht ganz abwegig, nicht wahr?"

„Mr van Dyke ist Zauberkünstler? Tatsächlich?" Carte zuckte mit den Schultern. „Wie auch immer – das war mir nicht bekannt."

Das kam Swanson reichlich unglaubwürdig vor. Er sagte: „Sie können seinen Namen sogar vom Savoy aus auf der Reklametafel des Adelphi lesen."

„Ich habe, weiß Gott, Besseres zu tun, als ständig aus dem Fenster zu sehen, Mr Swanson", gab Carte zurück.

„Dieses Hotel hat 263 Zimmer. Und gut doppelt so viele Gäste. Da ist es mir unmöglich, jeden Gast persönlich kennenzulernen."

„Wie dem auch sei", meinte Swanson, der zurück zum Thema und dem Club der dreizehn kommen wollte, „was genau meinen Sie damit, sie hätten geahnt, es würde etwas geschehen? Und was hat dieser merkwürdige Club damit zu tun?"

„Diese Männer sind sehr eigen, kann ich Ihnen sagen. Sie nehmen immer gleichzeitig zum Essen Platz. Und auf ein Zeichen stehen sie auch gleichzeitig wieder auf, wenn das Mahl beendet ist. Diesmal jedoch ..."

Swanson wartete. „Diesmal jedoch?"

„Major Sholto ist ein sehr alter, gebrechlicher Mann. Als er sich setzen wollte, fiel er zu Boden. Und so blieb einer der Stühle frei." Der Hotelier schaute Swanson eindringlich an. „Verstehen Sie? Einer blieb frei. Daraufhin verließen die anderen zwölf fluchtartig den Saal."

Swanson war viel zu verblüfft, um etwas darauf zu sagen.

„Wir sorgten selbstredend dafür, dass Major Sholto nach Hause gebracht wurde", fuhr Carte fort. „Ich kann mir nicht denken, dass der alte Knabe ernstlich verletzt war. Aber er bat mich inständig, das Hotel für einige Monate zu schließen, da unweigerlich etwas Schreckliches geschehen müsse. Einige Monate!" Er stieß ein unglückliches, kleines Kichern aus. „Ein Ding der Unmöglichkeit natürlich. Und nun ist es doch geschehen. Genau, wie Major Sholto es vorausgesagt hat."

„Ich versichere Ihnen, Mr Carte, dies hier hat nichts mit Ihrem lustigen Club zu tun", meinte Swanson und nahm Phelps, der immer noch schrieb, den Bleistift aus der

Hand. „Ich kann nur hoffen, Mr van Dyke ist nicht mehr dort drin gewesen, als das Feuer ausbrach."

„Wenn er Zauberer ist, wie Sie sagen, ist er vielleicht rechtzeitig verschwunden", meinte der Hotelier und verneigte sich huldvoll. „Wenn Sie jetzt keine Fragen mehr an mich haben, verabschiede ich mich. Jemand muss die Gäste beruhigen."

„Sicher, Sir", sagte Swanson. „Gehen Sie nur. Wenn wir Sie brauchen, melden wir uns."

Und der kleine, dickbäuchige Mann eilte mit wehenden Frackschößen den Korridor hinunter.

„Kommen Sie, Phelps", sagte Swanson. „Sehen wir uns mal den Tatort an."

Zwei Constables in Uniform, die der Chief Inspector nicht mit Namen kannte, bewachten die Tür. Er nickte ihnen zu und sie traten beiseite.

Detective Sergeant Charles H. Stedman stand im Wohnzimmer der Suite bis zu den Knöcheln in einem Brei aus Asche und Löschwasser, als Swanson mit Phelps im Schlepptau die Räume Hector van Dykes betrat.

„Guten Abend, Donald." Stedman schob sich seine Brille auf die hohe Stirn und watete ihnen entgegen. „Ziemliche Sauerei, wenn Sie mich fragen", sagte er. „Sie sollten sich ein Paar Stiefel anziehen, ehe Sie reinkommen."

Swanson blieb an der hohen Holzschwelle zum Wohnzimmer stehen, die wie ein Damm wirkte. „Was ist hier passiert, Charly?", fragte er. Er reichte Phelps den Bleistift zurück und ließ seinen Blick über die verkohlten Überreste der Einrichtung schweifen.

Die Wände und die stuckverzierte Decke waren schwarz vom Ruß, die Anrichte und die Bücherregale waren ebenso verbrannt wie die zwei Ohrensessel, von denen nur noch die kunstvoll geschnitzten Beine und die Metallfedern zu erkennen waren, und zwei der großen Fenster, die auf die Themse blickten, waren unter der Hitze zerborsten. Lediglich ein mächtiger Tisch hatte dem Feuer halbwegs getrotzt – er war schwarz und verkohlt, stand aber noch. Darauf lagen das ausgebrannte Gehäuse einer Kaminuhr, ein verbogener Draht und ein dreiarmiger Kerzenleuchter.

„Ein Feuer", sagte Stedman, „das sehen Sie ja. Hier müssen Temperaturen wie in der Hölle geherrscht haben."

„Wissen Sie schon Genaueres?", wollte Swanson wissen. „Gab es … Opfer?"

„Ja, leider. Ein Toter", sagte Stedman und kratzte sich am Kopf. „Allerdings bis zur Unkenntlichkeit verbrannt."

„Ich fürchte, ich weiß, um wen es sich handelt", sagte Swanson. „Sein Name ist van Dyke. Er war Illusionist und trat drüben im Adelphi auf."

„Tatsächlich?" Stedman presste die Lippen aufeinander. „Ich kenne Ihre Liebe zur Zauberei, Donald. Kein Freund von Ihnen, hoffe ich."

Swanson erwiderte nichts darauf. „Kann ich ihn sehen?"

„Selbstverständlich. Kommen Sie." Stedman winkte ihn herein. „Er liegt hier drüben. Kein schöner Anblick."

Natürlich nicht, dachte Swanson, als er den Raum betrat und ihm das Wasser in die Schuhe schwappte, das war es nie.

Phelps blieb auf der Schwelle stehen und zögerte entsetzt. „Entschuldigen Sie, Sir", sagte er und deutete auf das einzige Paar Stiefel, das im Flur stand. „Hätten Sie wohl was dagegen …?"

„Nein, Phelps. Machen Sie nur", sagte Swanson. „Ziehen Sie sie an. Ich komme so zurecht."

„Danke, Sir." Und er stellte seine eigenen Schuhe ordentlich in eine trockene Ecke des Flurs, ehe er rasch in die Stiefel schlüpfte und Donald Swanson wie auf Storchenbeinen durch das Wasser staksend ins Zimmer folgte.

Constable Hunt war derweil damit beschäftigt, das Wasser mit einer großen Schöpfkelle aus dem Fenster zu schütten.

Das Opfer lag zwischen den Resten des zweiten Sessels und dem Fenster auf dem Rücken. Die Beine angezogen, die Arme wie zur Abwehr erhoben. Swanson fand, dass der verbrannte Mann – sofern es sich tatsächlich um van Dyke handelte, denn von der Kleidung war nichts mehr geblieben – wie ein Fechter aussah, dem man den Degen abgenommen hatte.

„Das Feuer muss so gegen zehn Uhr am Abend ausgebrochen sein", sagte Stedman. „Der Mann im Nachbarzimmer bemerkte den Qualm, der vom Gang in sein Zimmer quoll, und schlug Alarm. Aber da war es bereits zu spät."

Swanson strich sich mit Daumen und Zeigefinger über den Schnurrbart und tippte sich an die Nasenspitze. „Sie haben bereits mit ihm gesprochen?"

„Collins und Hunt waren drüben bei ihm", sagte Stedman. „Repräsentant einer Versicherungsgesellschaft. Hat nichts mit der Sache zu tun."

„Versicherungsleute sind doch eigentlich immer verdächtig, oder, Sir?", meinte Phelps und sah von der Bleistiftskizze auf, die er vom Tatort angefertigt hatte. „Wenn er das Zimmer direkt neben van Dyke hatte, muss er den

Qualm gerochen haben. Ich meine, man riecht so was doch lange, bevor man den Qualm sieht."

Das war Swanson auch schon durch den Kopf gegangen. Er sah Stedman an und fragte: „Haben Sie ihn danach gefragt?"

„Hat erst gedacht, es sei sein Kamin, der raucht", erklärte Stedman. „Das kam wohl öfter vor, und er hatte sich deswegen schon einige Male bei der Hotelleitung beschwert."

„Verstehe." Swanson sah Stedman ermunternd an. „Erzählen Sie weiter."

„Der Mann versuchte sogar noch zu helfen. Brach die Tür auf, aber ..." Er stieß einen zentnerschweren Seufzer aus.

„Aber?" Swanson sah Stedman an.

„Nun, ich befürchte, dadurch, dass er die Tür einschlug, wurde das Feuer erst recht angefacht. Er rannte dann gleich runter zur Rezeption und ließ den Hotelier herausklopfen. Um zwanzig nach zehn waren die ersten Feuerwehrleute hier. Und um kurz vor elf traf ich mit meinen Männern hier ein."

Swanson warf abermals einen Blick auf den Leichnam mit der dunklen Kruste und sagte: „Er hat die Arme erhoben. Offensichtlich hat er versucht, sich gegen einen Angreifer zu wehren."

„Das sieht nur so aus", widersprach ihm Stedman und schüttelte ein paar Mal den Kopf. „So ein Feuer hat eine verheerende Wirkung auf den menschlichen Körper. Das, was Sie hier sehen, finden wir bei fast allen Brandopfern vor. Die Hitze lässt die Sehnen schrumpfen, wissen Sie? Dadurch entsteht der Eindruck, sie hätten sich gegen das Feuer gewehrt." Er schauderte fast unmerklich. „Etwas unheimlich, das gebe ich zu. Aber in einem solchen Fall völlig normal. Vermutlich ist er an einer Rauchvergiftung gestorben. Sehen Sie hier." Stedman wandte sich um und ging zu dem Tisch, der mitten im Zimmer stand. Er deutete auf den umgefallenen Kerzenleuchter und sagte: „Ich denke, das hier ist der eigentliche Übeltäter, Donald."

„Der Leuchter?"

„Er muss aus irgendeinem Grund umgefallen sein", sagte Stedman und nickte wieder. „Vermutlich rollten die Kerzen zu Boden und setzten die Gardinen in Brand."

„Der Tisch steht gut drei Meter von den Fenstern entfernt", überlegte Swanson. „Denken Sie wirklich, dass die Kerzen so weit gerollt sein können, ohne zu verlöschen? Das kommt mir sehr merkwürdig vor."

„Ich hab schon Merkwürdigeres gesehen, glauben Sie mir."

„Ein tragischer Unfall also?" Swanson glaubte nicht daran.

„Wahrscheinlich." Stedman zuckte die Achseln. „Etwas genauer kann ich es Ihnen erst sagen, wenn wir den Leichnam untersucht haben. Aber ich gehe erst mal von einem Unglück aus."

„Angenommen, es war so, wie Sie sagen, und der Leuchter fiel tatsächlich um", meinte Swanson nachdenklich, „wie kam es dazu?"

„Was meinen Sie, Donald?" Der Chef der forensischen Abteilung sah ihn blinzelnd an.

„Der Leuchter wird nicht einfach so umgefallen sein", gab Swanson zu bedenken. „Darf ich ihn anfassen, oder müssen Sie vorher Säure drüberschütten?"

„Ich habe ihn bereits untersucht", brummte Stedman. „Sie dürfen ihn anfassen."

Swanson hob ihn auf und wog ihn in der Hand. „Ziemlich schwer. So ein Leuchter fällt nicht einfach ohne Grund um."

„Vielleicht stieß das Opfer versehentlich an den Tisch", schlug Stedman vor.

„Und der Kerzenleuchter fiel um, ohne dass van Dyke es bemerkte?"

„Vielleicht verließ er kurz das Zimmer und ging ins Bad", meinte Stedman. „Und als er zurückkam, wurde er vom Feuer überrascht."

„Warum kämpfte er sich dann nicht bis zur Tür?", fragte Swanson. Phelps sah zwischen seinem Vorgesetzten und Sergeant Stedman hin und her. „Wenn nur die Vorhänge brannten, hätte er genug Zeit dafür gehabt."

„Aber was, wenn er länger im Bad blieb?", meinte Stedman. „Was, wenn das Zimmer bereits voller Rauch war, als er herauskam? Dann hat er es möglicherweise einfach nicht mehr bis zur Tür geschafft."

„So könnte es gewesen sein, Sir", sagte Sergeant Phelps, ohne von seinem Notizblock aufzusehen. Gerade war er damit beschäftigt, eine Zeichnung von der genauen Lage des Leichnams anzufertigen, von dessen heißem Körper noch immer Dampfschwaden des Löschwassers aufstiegen. „Aber ich glaube nicht dran."

Swanson war froh, dass Phelps das ebenso sah. „Schießen Sie los. Was stört Sie daran."

„Nun, es sind ein bisschen sehr viele Unglücksfälle für meinen Geschmack", erklärte Phelps. „Erst versucht man ihn zu ersäufen und nun liegt er bis zur Unkenntlichkeit verbrannt in seinem Hotelzimmer." Der Sergeant zog die Schultern hoch. „Nehmen wir mal an, er wäre diesmal wieder davongekommen. Was wäre ihm wohl als Nächstes passiert? Lebendig vergraben? Oder gleich in die Luft gejagt?"

Damit hätten wir die vier magischen Elemente durch, dachte Swanson.

„Hoppla, was ist denn das?" Phelps blickte zum Sessel hinüber, steckte beiläufig Block und Bleistift ein und watete durch das knöchelhohe Wasser. Er bückte sich und zog etwas unter den Resten des Sessels hervor. Es war Geoffrey, die Bauchrednerpuppe.

„Die gehört doch Mr Kershaw", sagte Swanson. „Wie kommt die denn hierher?"

Die Puppe war durchweicht und verschmutzt, schien aber sonst vom Feuer verschont geblieben zu sein.

„Denken Sie, Kershaw hat etwas hiermit zu tun, Sir?", fragte Phelps, setzte sich die Puppe auf den Arm und bewegte einen der zwei kleinen Hebel, die an dem Haltestab in ihrem Inneren befestigt waren.

Die Augen der Puppe rollten lautlos von links nach rechts.

Als Oscar Wilde und Frederick Greenland das Rules verließen, war es annähernd Mitternacht. Aufgedunsene Wolken hingen schwerfällig, wie ein aufgespanntes Tuch, in geringer Höhe über der Stadt und reflektierten das Licht jeder einzelnen Straßenlaterne.

So ist es in London manchmal, wenn sich der Nebel nicht entscheiden kann, ob er die Dinge lieber aus der Ferne betrachten oder sich unters Volk mischen soll, um auch ein wenig Spaß zu haben.

„Lachen Sie nicht, Oscar", sagte Frederick und hakte sich bei dem gefeierten Dichter ein, um nicht das Gleichgewicht zu verlieren. „Aber ich habe wirklich Mitleid mit dem Nebel."

Wilde schritt neben ihm den Gehsteig entlang, hatte sich eine Zigarette angezündet und schien nicht im Mindesten von der Wirkung des Alkohols beeinträchtigt zu sein. Unvermittelt blieb er an einer jungen Birke stehen, nahm die Zigarette aus dem Mund und drückte sie an deren Stamm aus. „Sie haben völlig recht, Freddy", entgegnete er nach einer ganzen Weile. Er machte ein betretenes Gesicht. „Wenn man es sich richtig überlegt, ist es wirklich ein Jammer." Er lächelte.

„Sie verstehen, was ich meine?", fragte Frederick überrascht, wobei er schwankend in den Nachthimmel deutete.

„Na, hören Sie mal. Die Einsamkeit muss doch schrecklich für ihn sein. Wie kann man das nicht verstehen?"

„Oscar, überlegen Sie nur. Wenn er da oben ist, dann kann er all die Menschen sehen, die sich ein vergnügliches Leben machen. Er sieht sie tanzen und lachen. Er hört ihre Gesänge, sie trinken Wein."

„So wie wir beiden Hübschen", sagte Wilde und knuffte ihn leicht in die Seite.

„Genau." Frederick kicherte, obgleich ihm eigentlich ganz und gar schwer ums Herz geworden war. „Alle sind sie glücklich."

„Oh, weiß Gott nicht alle, mein lieber Frederick", warf Wilde ein. „Jetzt werden Sie mir aber doch zu poetisch."

„Jedenfalls viele von ihnen sind es."

„Ja, das kann ich durchgehen lassen", sagte Wilde. „Und der Nebel schaut zu."

Frederick nickte wortlos und ausgiebig.

„Ich bin sicher, er ist furchtbar unglücklich da oben." Voller Mitgefühl nahm Wilde seinen Bowler ab.

Frederick stemmte die Hände in die Hüften und sah Wilde kopfschüttelnd an. „Wir sollten uns verdammt noch mal schämen", sagte er. Je länger er darüber nachdachte, umso unschicklicher kam ihm ihr Betragen dem Nebel gegenüber vor. „Was sind wir bloß für eine Bande schlechter Gastgeber? Jedes Mal, wenn der Nebel einen seiner schüchternen Versuche unternimmt, sich uns zu nähern, verschwinden wir in unsere Häuser." Er machte ein paar ungeschickte Schritte, stolperte über das Kopfsteinpflaster, und Wilde musste ihn mit beiden Armen festhalten, damit er nicht umfiel. „Und ist er gegangen – weil ihn natürlich niemand hereingebeten hat", fuhr Frederick fort, „dann kommen wir wieder hervor."

„Frederick." Wilde sah sich offenbar genötigt, etwas zu ihrer aller Verteidigung einzuwerfen. „Die Leute mögen ihn nicht, weil er meist so dicht ist, dass er blind macht."

„Ach, die Liebe macht ebenfalls blind. Vor ihr läuft man ja auch nicht davon", schnappte Frederick ungehalten und grinste den Dichter an. „Die Menschen sind aus lauter Vorurteilen gebacken, da liegt das Problem. Sie kennen den Nebel ja nicht einmal; wie bringen sie es dann nur fertig, ihn von vornherein zu verurteilen? Nein, nein, mein lieber Oscar." Er legte Wilde vertraulich einen Arm um die Hüften. „Vielleicht ist dieser Nebel da ein richtig netter Kerl."

Wilde dachte einen Augenblick lang nach.

„Sie haben recht, Freddy. Bitte erinnern Sie mich doch daran, in meinem Kalender nachzusehen", sagte er dann entschlossen. „Ich denke, Mittwoch wäre ein guter Tag, ihn zum Tee einzuladen."

Und während er Frederick mit dem rechten Arm stützte, winkte der Dichter mit dem linken eine Droschke heran.

Er schob Frederick in den Sitz. Dann klopfte er mit dem silbernen Knauf seines Spazierstockes gegen das ovale Fenster, hinter dem der Kutscher auf seinem Bock saß.

„Zur Tite Street, guter Mann", sagte er. „Aber nicht zu schnell. Und vermeiden Sie scharfe Kurven."

Wie sich im Adelphi herausstellte, hatte Adam Kershaw, der Bauchredner, tatsächlich etwas mit dem Feuer im Savoy zu tun gehabt. Der Brand hatte ihn das Leben gekostet. Alle waren von der Nachricht geschockt. Der Einzige, der fehlte, war Edward McKinley, aber der war größer als Kershaw gewesen und konnte – selbst wenn man den Schrumpfungsprozess durch die Hitze mit einberechnete – nicht das Opfer sein.

Miss Abigail Black war in Tränen aufgelöst und am Boden zerstört. Die Nachricht vom Tod Kershaws hatte sie völlig unvorbereitet getroffen.

„Oh, Gott! Das kann doch nicht sein!" Und sie wischte sich zwischen Schluchzern die Tränen aus dem Gesicht. „Oh, du lieber Gott!"

„Miss Abigail", sagte Swanson und bemühte sich, so einfühlsam wie nur eben möglich zu sein. „Ich weiß, dass Sie und Mr Kershaw … nun ja … dass Sie sich sehr nahe waren."

„Oh, Adam", schluchzte sie und vergrub ihr Gesicht in den Händen.

„Bitte", sagte Swanson. „Ich weiß, wie schwierig das alles für Sie sein muss. Trotzdem muss ich Sie bitten, uns zu sagen, was Sie wissen."

„Ich weiß nichts", weinte sie. „Ich weiß überhaupt nichts."

„Miss Abigail", sagte Swanson, ging vor ihr in die Hocke

und nahm ihre Hand. „Mr Kershaw und Sie … Ich weiß, dass Sie eine Liebesbeziehung hatten."

Sie hob nicht einmal den Kopf, als er das sagte, es schien ihr völlig einerlei zu sein, dass jemand von dem heimlichen Verhältnis erfuhr. „Ja", sagte sie schließlich unter weiteren Schluchzern. „Adam und ich … wir liebten uns. Oh, du lieber Gott, ich habe ihn so sehr geliebt." Sie brach wieder in Tränen aus.

Swanson drückte ihre Hand und hob ihren Kopf, indem er sie am Kinn festhielt. „Haben Sie eine Ahnung, was Mr Kershaw im Savoy wollte?"

„Nein! Nein, du liebe Güte, nein …"

„Wann haben Sie ihn denn zuletzt gesehen?", fragte Sergeant Peter Phelps, dessen belegter Stimme anzumerken war, wie nahe ihm die ganze Sache ging. „Bitte, Miss Abigail – wir brauchen Ihre Hilfe. Sie wollen doch auch, dass Adams Mörder nicht ungestraft davonkommt, nicht wahr?"

Sie nickte, wischte sich die Augen, sah zögerlich auf. „Am Nachmittag hab ich ihn zuletzt gesehen", brachte sie unter weiteren kleinen Schluchzern hervor. „Er war gerade aus Whitechapel gekommen."

„Aus Whitechapel?", fragte Swanson überrascht.

„Ja."

„Haben Sie eine Ahnung, was er dort getan hat?", fragte Phelps und hielt sich krampfhaft an Bleistift und Notizblock fest.

„Nein, nein. Ich habe nicht die leiseste Ahnung."

„Hat er Ihnen gegenüber irgendetwas erwähnt, das uns vielleicht weiterhelfen könnte?", wollte Swanson wissen. „Jede Kleinigkeit kann dabei von Wert sein, Miss."

„Er hat gar nichts gesagt." Sie sah Swanson aus roten,

verheulten Augen an. „Nur, dass er in Whitechapel war und mit jemandem sprechen müsse."

„Mit wem, Miss?", fragte Phelps.

„Bitte lassen Sie das Mädchen für heute in Ruhe", ging nun Pollock dazwischen. „Sie sehen doch, wie sehr ihr das zusetzt."

Swanson stimmte ihm zu. Er würde auch morgen noch mit Abigail reden können. „Falls Sie mehr wissen, als Sie sagen, kann ich Ihnen nur raten, sich mir anzuvertrauen, Miss", sagte er. „Sie sind jung und haben das ganze Leben noch vor sich – Sie wollen nicht enden wie Adam Kershaw."

„Ich weiß gar nichts! Ich weiß gar nichts!" Wieder begann sie zu schluchzen. „Bitte lassen Sie mich in Ruhe!"

„Das reicht, Chief Inspector", mischte sich nun auch Maskelyne ein. „Genug ist genug."

Swanson ahnte, dass noch mehr dahintersteckte, als Abigail Black zuzugeben bereit war.

KAPITEL 10

Als Frederick am nächsten Morgen mit pochenden Kopfschmerzen erwachte, schien die Sonne viel zu hell für seinen Geschmack und von der falschen Seite aus zum Fenster herein.

Er brauchte eine Weile, bis er sich orientiert und festgestellt hatte, dass er nicht zu Hause in seinem Bett am Gordon Square lag und Morton nicht gleich mit dem Tee und einem Glas Orangensaft auftauchen würde. Er hatte eine vage Erinnerung an den gestrigen Abend. Zusammen mit Oscar Wilde war er im Rules gewesen, sie hatten gegessen und getrunken …

Wilde! Er musste in Wildes Haus sein!

Zögerlich hob er die Bettdecke an und schaute darunter – er war splitternackt! Du liebe Güte, dachte er, was habe ich getan?

Im selben Augenblick wurde die Tür aufgestoßen und Wilde tänzelte leichtfüßig und gut gelaunt ins Zimmer, ein Silbertablett in den Händen. Er stellte es auf dem kleinen Tischchen neben Fredericks Bett ab. Gebutterte Toasts, Spiegelei und irischen Whitepudding neben einem Glas Orangensaft.

„Hier, nehmen Sie das, Freddy", sagte Wilde, in der einen Hand eine Tablette und in der anderen den Orangensaft. „Dann geht es Ihnen gleich wesentlich besser."

Wie in Trance nahm Frederick die Pille und trank den Saft. Das darf alles nicht wahr sein, dachte er, was um Himmels willen war hier gestern Nacht geschehen? Er sah Wilde entsetzt an und sagte: „Oscar, bitte beantworten Sie mir eine Frage …"

„Selbstverständlich, Freddy, jede." Er nahm auf der Bettkante Platz. „Fragen Sie nur."

„Haben ..." Die Worte blieben ihm fast im Hals stecken. Trotzdem musste er es wissen. „Haben wir ... irgendetwas ... gemacht?"

„Man macht immer irgendetwas, Fred." Wilde lächelte ihn liebevoll an. „Ja, haben Sie denn wirklich alles vergessen?"

„Oscar!" Frederick setzte sich im Bett auf, wobei er sorgsam darauf achtete, die Hüften nicht zu entblößen. „Ich muss es wissen! Haben wir irgendwas Ungehöriges getan?"

„Wir haben jedenfalls nichts getan, was Ihnen nicht gefallen hätte", entgegnete Wilde. „Und wer will schon sagen, was ungehörig ist oder nicht."

„Oscar, verflucht! Ich bin nackt."

„Oh, damit habe ich nichts zu tun, Freddy", versicherte Wilde und verschränkte die Arme vor der Brust. „Ins Bett gekrabbelt sind Sie ganz allein. Sie waren ziemlich betrunken, mein Freund. Und schrecklich putzig. Die Verlockung war groß." Er lächelte wieder, doch es lag ein Anflug von Wehmut in seinem Blick. „Aber nein, ich kann Ihnen versichern, es ist nichts dergleichen geschehen. Wie gesagt, Sie waren betrunken. Und dummerweise bin ich in all meiner Verdorbenheit nicht unanständig genug, eine solche Situation auszunutzen."

Die kriminaltechnische Abteilung von Scotland Yard war klein und unterbesetzt, und sie wurde von den meisten Beamten mit einer gewissen Skepsis betrachtet.

Seit die Kollegen Stedman, Collins und Hunt vom Dachgeschoss des alten Yard in die Kellergewölbe des neuen Gebäudes am Victoria Embankment umgezogen waren, hatten sie zwar mehr Platz, dafür aber noch weniger Tageslicht als zuvor. Das wenige, das überhaupt hereinfiel, kam durch einen langen, schmalen Belüftungsschacht, der zur Themse hinausging. An den Wänden und über den Arbeitstischen brannten Kohlegaslampen, die flackernd und zischend versuchten, den feuchten, kalten Raum mit Licht und Wärme zu erfüllen; im Gegensatz zu den luftigen, hellen Zimmern, in denen Swanson und seine Beamten ihren Dienst versahen, hatte die Moderne in die forensische Abteilung des Yard noch keinen Einzug gehalten. Hier, tief unten im Bauch der größten und fortschrittlichsten Polizeiorganisation der Welt, existierte immer noch nur eine Tageszeit – die Nacht. Waren es zuvor die Tauben und Eulen gewesen, die Detective Sergeant Charles Stedman zu schaffen gemacht hatten, jetzt waren es definitiv die Flussratten und Fledermäuse.

Als Swanson und Phelps eintraten, wehte ihnen der übliche beißende Geruch von Konservierungsmitteln und Knoblauch entgegen, in den sich ein nicht unangenehmer Bratenduft mischte.

„Kommen, Sie, Gentlemen, kommen Sie nur", rief Stedman. Er stand an einem der Labortische, eine aus Messing gearbeitete Lupenbrille auf die Stirn geschoben, und winkte ihnen mit dem Skalpell in seiner Hand.

Swanson trat an den Tisch heran und blickte Stedman über die Schulter. Beim Anblick des großen, verbrannten Fleischstücks, das dort in einer Nierenschale lag, drehte sich ihm beinahe der Magen um. Jetzt wusste er immerhin, woher der Bratenduft stammte. „Sie sind noch mitten in der Arbeit", sagte er. „Wir wollen Sie nicht stören."

„Ach was, Sie stören überhaupt nicht", versicherte Stedman. „Ich freue mich doch immer so über Besuch."

Auch Sergeant Phelps beäugte das dunkle Stück Fleisch

in der Nierenschale. „Ist das …" Er stockte und schluckte hörbar. „Ist das ein Teil von ihm?"

„Oh, nein, nein", sagte Stedman, schnitt mit dem Skalpell eine Scheibe davon ab und steckte sie sich in den Mund. „Das ist nur mein Mittagessen. Molly lässt es immer anbrennen." Er lachte verlegen. „Unser Mann liegt hier drüben." Und damit führte er Swanson und Phelps zu einem Emailletisch am anderen Ende des Raumes.

Das Fleisch des Toten, der, bis zur Brust von einem Leinentuch bedeckt, darauf lag, unterschied sich in nichts von Stedmans Braten.

„Schauen Sie hier", sagte Stedman. Er hatte sich die Lupenbrille aufgesetzt und eine Pinzette zur Hand genommen, mit der er nun auf den Hinterkopf dessen deutete, was von Mr Adam Kershaw, Bauchredner a. D., noch übrig geblieben war. „Die *Regio occipitalis* ist oberhalb der Hutkrempenlinie zertrümmert. Das heißt, er hat sich die Verletzung nicht bei einem einfachen Sturz auf den Hinterkopf zugezogen. Es war ein einzelner, kräftiger Schlag mit einem schweren, stumpfen Gegenstand. Es muss sofortige Bewusstlosigkeit und sehr rasch der Tod eingetreten sein." Stedman schob sich die Brille wieder auf die Stirn und rieb sich mit der Hand über das Gesicht. „Er war bereits tot, als das Feuer ausbrach."

„Ist das sicher?", fragte Swanson, dem sich nun ganz neue Perspektiven eröffneten.

„Ohne jeden Zweifel, Donald." Stedman zog das fleckige Tuch, das den verkohlten Leichnam bedeckte, ein Stück herunter, sodass der geöffnete Brustkorb sichtbar wurde.

Sergeant Phelps schlug die Hand vor den Mund und wandte sich ab; offensichtlich bemüht, sich nicht auf den Toten zu übergeben.

Und auch Swanson kämpfte gegen den aufsteigenden Würgereiz an.

Der Anblick der Leiche war entsetzlich. Nie zuvor hatte er einen Menschen gesehen, der so gut durchgebraten war. Das Schlimmste jedoch war der Geruch. Kein gänzlich unangenehmer – eher würzig und genau derselbe Duft, wie er der Swanson'schen Bratröhre am Weihnachtsabend entströmte.

Swanson hustete und starrte das aufgebrochene rosafarbene Fleisch unter der dunklen Kruste an. „Was macht Sie so sicher, Charles, dass Kershaw schon tot war, als das Feuer ausbrach?", fragte er.

„Wir haben natürlich seine Lunge entnommen und sie untersucht", erklärte Stedman. „Und sie ist so sauber wie die Nachtwäsche einer Braut vor der Hochzeitsnacht."

Ein Vergleich, mit dem Sergeant Phelps rein gar nichts anfangen konnte. „Und was bedeutet das?", fragte er.

„Es bedeutet", sagte Stedman und breitete die Arme aus, „dass dieser Mann keinen Ruß in der Lunge hatte. Nicht das kleinste bisschen. So etwas kriegt man bei uns in London selten zu Gesicht. Seine Lunge war vollkommen sauber. Ihr Mr Kershaw hier hat also nichts mehr von dem Qualm eingeatmet, den das Feuer im Savoy natürlicherweise mit sich brachte. Und ich versichere Ihnen, er wird nach dem Schlag auf seinen Kopf nicht die Luft angehalten haben, bis er seinem Schöpfer gegenüberstand."

„Verstehe", sagte Swanson.

„Auch sein Herz war in Ordnung." Stedman zupfte mit der spitzen Pinzette an dem großen dunkelroten Muskel, der in einer runden Porzellanschale auf dem Tisch stand. „Gesund und kräftig."

Phelps warf nur einen kurzen Blick darauf. Dann übergab er sich.

„Hunt!", rief Stedman, ohne den Blick vom Leichnam abzuwenden. „Den Besuchereimer, aber schnell!"

Constable Hunt kam eilfertig angerannt und drückte dem totenblassen Phelps den verbeulten Zinkeimer in die Hände. Und der Sergeant übergab sich gleich wieder.

Stedman fasste den Rand des Eimers mit spitzen Fingern an, warf einen kurzen, prüfenden Blick hinein und meinte: „Sie sollten sich wirklich gesünder ernähren, mein Freund – mehr Gemüse und weniger Schweinefleisch. Nehmen Sie sich ein Beispiel an dem armen Kerl hier." Er deutete auf eine weitere Porzellanschale. „Der gesündeste Magen, den ich je gesehen habe."

Und Phelps erbrach sich würgend ein weiteres Mal.

Während er dabei zusah, wie Sergeant Collins unaufgefordert den Boden aufwischte, fragte Swanson: „Haben Sie auch schon Erkenntnisse darüber, wie oder wo das Feuer zuerst ausbrach?"

„Ja", sagte Stedman und nickte langsam und bedeutungsvoll. „Ich denke schon."

„Und?"

„Es hätte natürlich ein tragischer Unfall sein können, Donald. Mr Kershaw wartet auf van Dyke, raucht eine Zigarette und läuft ungeduldig im Zimmer umher. Dabei stolpert er über einen der persischen Läufer, die überall herumliegen, und schlägt unglücklich mit dem Hinterkopf auf die Kante der schweren Tischplatte, wobei er den Leuchter mit den brennenden Kerzen umreißt. Die Kerzen rollen zum Fenster und setzen die Vorhänge in Brand. So hätte es gewesen sein können." Er hielt inne und zog die

Augenbrauen hoch. „Wäre da nicht die Kaminuhr gewesen."

„Charly!" Donald Swanson war heute einfach nicht in der Lage, Stedmans ausschweifende Thesen in voller Länge hinzunehmen. Jede Verzögerung konnte ein weiteres Todesopfer fordern. „Was wissen Sie über den Tathergang? Ich habe dummerweise wieder mal einen Mord aufzuklären und nicht den ganzen Tag Zeit. Also – was hat diese Kaminuhr damit zu tun?"

Erschrocken blickte Stedman ihn an. „Tut mir leid, Donald", sagte er. „Manchmal vergesse ich mich in meiner Euphorie wohl ein wenig."

„Die Kaminuhr, Charly."

„Ja. Ja, selbstverständlich." Stedman nahm die Lupenbrille ab und legte sie auf den Tisch. Dann fuhr er sich mit den Fingern durchs Haar und sagte: „Sie haben die Reste der Kaminuhr selbst gesehen, als Sie im Savoy waren. Viel war nicht mehr davon übrig. Das Feuer hatte sie beinahe gänzlich zerstört. Aber die Uhr kam mir gleich verdächtig vor."

Swansons Erinnerung war eine andere, doch das behielt er für sich. „Aus welchem Grund?"

Sergeant Phelps hatte sich wieder etwas gefangen. Er wischte sich den Mund am Ärmel seines Jacketts ab und schlug seinen Notizblock auf.

„Weil sie nicht an ihrem Platz auf dem Kaminsims stand, sondern mitten auf dem Tisch. Darüber hinaus hat der große Zeiger eine Bohrung an der Spitze", fuhr Stedman fort. „Und auf dem Tisch lag ein vielleicht zwanzig Zentimeter langer Draht mit einem Haken an jedem Ende. Sie haben ihn sich selbst angesehen, als Sie mit Phelps im Savoy waren." Er zuckte die Achseln. „Eine Brandspur, die sich vor dem Ausbruch des eigentlichen Feuers in den Parkettfußboden gefressen hat, führte vom Tisch bis zum Fenster."

„Eine Brandbombe also?", fragte Phelps, der statt auf den Tisch mit der Leiche und den Schalen nun zur Decke aufblickte, während er Constable Hunt den Eimer zurückreichte.

„Möglicherweise", meinte Stedman. „Ich habe Schwarzpulver nachweisen können. Das spricht für eine Lunte oder etwas in der Art. Allerdings gab es nichts, was auf eine heftige Explosion hindeuten würde. Und niemand im Hotel hat eine Detonation vernommen."

„Was ist mit dem Zimmernachbarn? Sie sagten, sein Eingreifen habe das Feuer womöglich erst angefacht. Kann er etwas mit der Sache zu tun haben?"

„Nein, nein, Sergeant. Der Mann ist harmlos", warf Constable Hunt ein, der gerade mit einem Holzkasten voller rußgeschwärzter Gegenstände mit der Aufschrift SPUREN an ihnen vorbei nach draußen eilte. „Wir haben ihn bereits eingehend befragt. Er wollte bloß helfen."

„Ich denke", sagte Swanson und kratzte sich an der Stirn, „ich denke, das ganze Geheimnis hängt irgendwie mit der Kaminuhr zusammen. Wenn ich doch nur wüsste, wie?" Er ließ sich die Überreste der Uhr zeigen und betrachtete sie eine Weile in nachdenkliches Schweigen versunken. Das Holzgehäuse war fast vollständig verbrannt, doch das Zifferblatt und das Uhrwerk selbst waren noch intakt. „Das Glas vor dem Zifferblatt fehlt", sagte er schließlich.

„Ist vermutlich durch die Hitze geplatzt", meinte Stedman und rieb sich das Ohrläppchen.

„Haben Sie die Scherben gefunden?", fragte Swanson. „Oder Spuren von geschmolzenem Glas?"

„Nein. Jetzt, wo Sie es sagen, kommt es mir recht merkwürdig vor."

„Nicht nur das Glas, der ganze Rahmen fehlt", stellte Swanson fest und deutete mit dem Zeigefinger auf das Scharnier, an dem er einmal befestigt gewesen war. „Man muss ihn für gewöhnlich aufklappen, wenn man die Uhr aufziehen will. Ich frage mich, ob man beides absichtlich entfernt hat."

Und er fragte sich noch etwas: Hatte die Uhr es dem Täter unter Umständen irgendwie ermöglicht, nicht vor Ort zu sein, als das Feuer ausbrach? Und wenn ja, wie hatte er es angestellt?

Ein Zaubertrick womöglich. Und er musste etwas mit dem fehlenden Glasdeckel und diesem Draht zu tun haben.

DRITTER TEIL

Geteiltes Leid

>> Die Kunst zu zaubern
besteht nicht so sehr darin,
wunderbare Dinge zu vollbringen,
als darin, die Zuschauer
zu überzeugen,
dass wunderbare Dinge
geschehen. <<

*Jean Eugène Robert-Houdin,
1805-1871, frz. Zauberkünstler*

KAPITEL 11

Das Ye Olde Cheshire Cheese Pub lag vor den Blicken der Welt versteckt in einer schmalen Seitengasse, die von der Fleet Street abging. Lediglich ein rundes Schild verriet, dass es dort überhaupt eine Schänke gab.

Frederick war nie zuvor dort gewesen. Doch da es Chief Inspector Swansons Lieblingspub war, hatte er zugestimmt, ihn am Mittag dort und nicht im Sam's zu treffen. Swanson hatte ihm erzählt, dass das Pub bereits ein Jahr vor dem großen Brand von London 1666 erbaut worden war und dass jeder Schreiber, der auch nur das Geringste auf sich hielt, schon einmal dort gewesen sei. Viele berühmte Schriftsteller seien dort Stammgäste und es könne durchaus sein, dass ihm der ein oder andere über den Weg lief.

Frederick war über die Größe des Pubs in höchstem Maße erstaunt. Niemals hätte er damit gerechnet, hinter der schlichten Fassade dieser Hintergassenschänke ein so weitläufiges Gasthaus zu finden. Gleich nachdem man das Pub betreten hatte, befand sich rechter Hand eine kleine, fast winzige Bar. Auf der gegenüberliegenden Seite lag eine Art Speiseraum, dessen Stirnwand von einem mächtigen Kamin beherrscht wurde. Wie der Mann hinter der Theke ihm stolz erzählte, befand sich Dickens' Lieblingsplatz gleich am Tisch rechts vom Kamin.

Etwas weiter den Gang hinunter führten Treppen in den Keller und in die oberen Geschosse hinauf. Der Steinfußboden war überall mit Sägemehl bedeckt.

Die Gestalten, die das Pub besuchten, unterschieden sich in nichts von den finsteren Gesellen, die die übel beleumdeten Schänken in Whitechapel und Spitalfields besuchten. Schmutzig und grimmig sahen sie aus. Vom Schicksal gebeutelte Seelen, die für einen Schnaps ihre eigene Mutter an den Teufel verkaufen würden.

Frederick fand einen Platz in einer finsteren Ecke des hinteren Schankraumes und musste nicht lange auf Swanson warten. Mit zwei Humpen Samuel Smith's kam er an Fredericks Tisch.

„Wie haben sich die Dinge nach Adam Kershaws Tod entwickelt?", fragte Swanson.

„Ich werde jetzt natürlich noch skeptischer beäugt, das können Sie sich denken", entgegnete Frederick. „Es ist schwieriger, als ich dachte, mich unter das Zaubervolk zu mischen. Sie sind alle sehr freundlich, aber ich glaube, selbst Pollock traut mir nicht über den Weg. Wahrscheinlich glaubt der Bursche, ich habe mich ihm kostenlos zur Verfügung gestellt, um in Ruhe meine Morde zu begehen." Er seufzte. „Ich bin der Fremde mit dem bösen Blick. Beim Personal komme ich allerdings weit besser an."

„Nun?" Der Chief Inspector wartete.

Frederick nahm den knitterfaltigen Zettel, auf dem er sich akribisch Notizen gemacht hatte, aus seiner Brieftasche, strich ihn auf dem Tisch glatt und sagte: „Miss Abigail trägt Schwarz, seit Kershaw tot ist. Ich glaube, Pollock hatte ein Auge auf sie geworfen. Allerdings kam ich nicht umhin zu bemerken, dass sich sein Verhalten dem Mädchen gegenüber geändert hat. Er ist äußerst kurz angebunden. Man könnte fast meinen, es passt ihm nicht, wie sehr sie um Kershaw trauert."

Donald Swanson, der sich schon immer darüber im Klaren gewesen war, dass die Liebe – vor allem, dort, wo sie sich nicht frei entfalten durfte – ein besonders starkes Motiv für einen Mord abgegeben hatte, dachte einen

Augenblick darüber nach, kam jedoch zu dem Schluss, dass es in diesem Fall keinerlei Verbindung zu van Dyke zu entdecken gab. Er sagte: „Fahren Sie fort, Mr Greenland."

„Dann ist da dieser Junge – Erich heißt er. Alle nennen ihn nur Harry. Scheint mir ein Mädchen für alles zu sein. Er ist nicht so leicht zu durchschauen. Immer arbeitsam. Aber auch sehr verschlossen. Stammt aus Ungarn, soweit ich das heraushören konnte."

„Was ist mit den Zauberkünstlern", fragte Swanson. „Gibt es da Reibereien untereinender? Futterneid? Eifersucht?"

Frederick schüttelte den Kopf. „Wenn es dergleichen gibt, gelingt es ihnen hervorragend, das zu verbergen", sagte er. „Alles, was ich feststellen konnte, war ein großer gegenseitiger Respekt. Und natürlich ist nicht jeder gleich viel wert. Aber das zeigt sich kaum."

„Irgendwelche verdächtigen Vorkommnisse?"

„Bislang nicht. Pollock redet wie üblich fast ausschließlich von den unglaublichen Verlusten für das Theater. Immerhin hat im Adelphi seit einer Woche kein Zauberer mehr auf der Bühne gestanden. Heute Abend allerdings will er wieder öffnen."

„Halten Sie die Augen offen, Greenland", sagte Swanson und Frederick versprach, sein Bestes zu tun.

An der Bar standen vier, fünf Männer, die sich lautstark unterhielten und sich gegenseitig immer wieder anrempelten und Kopfnüsse verteilten. Er beobachtete das Schauspiel aus sicherer Entfernung und hoffte, niemand von denen würde auch nur in Swansons und seine Nähe kommen. Doch seine Hoffnung wurde enttäuscht. Es dauerte nicht lange, da kam ein Mann in zerschlissenen, verdreckten Kleidern und mit einer Flasche Rum in der Hand auf sie zugetorkelt. Sein Haar klebte ihm am Kopf, als habe er sich Waltran hineingeschmiert, und die Farbe seines Gesichts ließ sich unter all dem Dreck nicht einmal mehr erahnen.

Er blieb, die Hände in die Hüften gestemmt, vor ihnen stehen, sah Swanson an und fragte: „Hey, was kuckste so, Fatzke?"

„Lass gut sein, Sam", sagte der Chief Inspector. „Übertreib nicht jedes Mal. Was machen die Geschäfte?"

Das Gesicht des Mannes entspannte sich. Er lächelte sogar etwas. „Na ja, könnte besser laufen, Mr Swanson", sagte der Mann. Dann nickte er in Fredericks Richtung. „Wo ham se den denn aufgegabelt?"

„Für uns noch zwei Bier", sagte Swanson statt einer Antwort.

„Kommt sofort, Mr Swanson, Sir." Er nickte abermals in Fredericks Richtung.

Es dauerte keine drei Minuten und Sam kam mit den Bieren zu ihnen an den Tisch zurück. „Lassen Sie es sich schmecken, Sirs." Und nachdem er das Tablett auf den Tisch gestellt hatte, schlug er Swanson scheinbar beiläufig auf die Schulter und schob ihm ein kleines Päckchen zu. Der Chief Inspector nahm es heimlich an sich und steckte es ein, als sei nichts gewesen. Swanson bemerkte Fredericks fragenden Blick und sagte: „V-Mann, einer von unseren Leuten. Genau wie Sie."

Sie tranken schweigend, während sich an der Theke eine Rauferei anbahnte. Sam war mittendrin.

George Pollock war den ganzen Tag schon wie ein aufgescheuchtes Huhn durch die Flure des Theaters gelaufen, hatte jedermann ermahnt, heute sein Bestes zu geben. Die erste Vorstellung nach den entsetzlichen Vorfällen der letzten Woche müsse ein Erfolg werden, andernfalls sei er nicht sicher, ob überhaupt noch einer von ihnen am Morgen einen Job hätte. Es schien ihn etwas zu beruhigen, als Erich mit der Nachricht auftauchte, der Vorverkauf laufe besser als an jedem anderen Tag vor dem Unfall mit der Wasserfolter. Sofort eilte der Theaterdirektor davon. Vermutlich um das Geld zu zählen.

Frederick hatte nach dem Bier im Pub ein kleines Schläfchen gemacht und sich anschließend in den Salon des Adelphi begeben, wo die anderen sich gegenseitig mit ihrem Lampenfieber ansteckten. Er war ganz erstaunt darüber zu sehen, wie aufgeregt sie waren. Masterton saß im Sessel in der Ecke und hantierte mit Bällen und Karten, derweil er unverständlich vor sich hin murmelte. Maskelyne, der einen Karren mit mehreren Requisiten hinter sich her in den Salon gezogen hatte, probierte mit einem Zauberapparat herum, schirmte ihn jedoch jedes Mal mit seinem Jackett ab, wenn ihm einer der anderen zufällig nahe kam. Oscar Wilde war der Ehrengast des heutigen Abends. Er saß gähnend und mit hängenden Lidern in seinem Sessel und trommelte mit den Fingern auf seinem Knie herum.

Nur Edward McKinley war nach außen hin die Ruhe selbst und beinahe der Einzige, der sich mit Frederick unterhielt. Er saß neben ihm auf dem Sofa, zündete sich eine Zigarette an und sagte: „Letztlich ist unsere Taschenspielerkunst lächerlich simpel, glauben Sie mir, Mr Greenland. Im Prinzip läuft es darauf hinaus, mit geringen Mitteln große Wirkung zu erzielen; man muss, mit anderen Worten, aus kleinen Gegenständen große produzieren.“

„Sie sagen das so leichthin", meinte Frederick. „Ich finde diese Zaubereien einfach erstaunlich."

„Was ist schon erstaunlich daran, wenn man aus einer Schachtel mit doppeltem Boden das hervorzaubert, was sie enthält?" McKinley schnippte die Zigarette in den Aschenbecher und zündete sich gleich wieder eine neue an. „Die Schwierigkeit liegt einzig darin, den entsprechenden Apparat zu erfinden."

„Was nicht ganz einfach ist, wie ich mir vorstellen kann."

„Einfacher, als Sie denken", sagte McKinley und kratzte sein bärtiges Kinn. „Man stellt sich ein eigentlich unmögliches Problem – wie fange ich eine Kugel mit den Zähnen auf beispielsweise – und löst es dann mithilfe natürlicher Hilfsmittel. Sie wären mächtig erstaunt, wie einfach der Trick zu bewerkstelligen ist, wenn ich es Ihnen verriete."

„Und?", fragte Frederick, „verraten Sie ihn mir?"

McKinley lachte leise. „Gewiss nicht, Mr Greenland. Doch ich besaß, wie schon der große Robert-Houdin bemerkte, in der Physik und insbesondere in der Elektrizität einen mächtigen Helfer."

„Wenn doch alles so einfach ist", überlegte Frederick und zündete sich ebenfalls eine Zigarette an, „wieso kommt der Zuschauer dann niemals darauf?"

„Ganz einfach. Weil er nur das zu sehen und zu hören bekommt, was er soll. Denn was die Augen sehen und die Ohren hören, glaubt der Geist. Von dem, was im Verborgenen vor sich geht, ahnt er nicht das Geringste." McKinley drückte seine Zigarette in den Aschenbecher, erhob sich und knöpfte sein grobes, braunes Tweedjackett zu. Er stellte sein Glas auf den Tisch und warf einen Blick auf seine Taschenuhr. „Mr Greenland", sagte er. „Bitte entschuldigen Sie mich einen Augenblick. Ich bin gleich wieder da."

„Selbstverständlich", sagte Frederick.

McKinley steckte sein Zigarettenetui ein und ging. Er hatte den Raum kaum verlassen, als die Tür abermals aufging und Hector van Dyke im eleganten schwarzen Abendanzug hereinkam.

„Sie gehen doch nicht etwa meinetwegen, Edward", sagte er, die Klinke noch immer in der Hand und zum Flur hin blickend. Frederick konnte nicht hören, was McKinley entgegnete, aber van Dyke schien es für einen köstlichen Scherz zu halten, denn er grinste über das ganze Gesicht. „Ist das ein Versprechen, alter Knabe? Warten Sie es nur ab. Ich nagele Sie darauf fest." Er schloss die Tür und blickte sich im Raum nach einem freien Platz um. Angewidert mit der Hand vor seiner Nase herumfächelnd meinte er: „Puh! Du liebe Güte, was für eine Luft. Können Sie nicht draußen rauchen?"

Frederick drückte sofort seine Zigarette aus. Er sah, wie Wilde van Dyke seinen Sessel anbot, aufstand und zu ihm herüberkam.

Schwer plumpste er auf das Sofa neben ihm. „Was für ein schrecklich widerlicher Kerl", meinte Wilde im Flüsterton, zupfte sich theatralisch ein paar Fusseln von seinem Ärmel und schnippte sie fort. „Finden Sie nicht auch, Frederick?"

„Wer? Van Dyke?"

„Nein. McKinley meine ich."

„Nun –" Frederick wollte sich nicht festnageln lassen. „Ich mag ihn."

„Das bilden Sie sich ein. Schon dieser abscheuliche

Bart." Wilde schüttelte sich. „Wenn er ihn in die Themse hängt, beißen sicher die Fische an."

„Ich war in dem Glauben, Sie bevorzugten Männer seines – wie soll ich mich ausdrücken –, seines Kalibers. Er hat eine starke Ausstrahlung, finden Sie nicht?"

„Ich bitte Sie." Wilde strich sich eine Locke seines wallenden braunen Haars aus der Stirn. „Jemand wie McKinley ist doch gerade erst vom Baum geklettert. Wenn Sie ihm die Hemdbrust öffnen, fangen Sie sich Flöhe ein. Nein, nein. Ich bevorzuge den Intellekt. Männer wie Sie. Das Aussehen ist mir ganz gleich. Nur kräftig um die Hüften dürfen sie nicht sein."

„Was genau mögen Sie nicht an ihm?"

„Was ich nicht an ihm mag?" Wilde verdrehte die Augen, seine Hände flatterten wie aufgescheuchte Spatzen durch die Luft. „Sehen Sie ihn doch an. Seine ganze Erscheinung ist ein Affront gegen den guten Geschmack. Und er sieht aus wie der geborene Verbrecher, Freddy. Ich bin ein wenig enttäuscht, dass gerade Sie es nicht sehen."

„Meiner Erfahrung nach", meinte Frederick, der sich ein Schmunzeln nicht verkneifen konnte, „hat das Aussehen noch nie Aufschluss über die Gesinnung gegeben."

„Aber allein diese Nase!", flüsterte Wilde ihm zu und schüttelte sich. „Und der abscheuliche Bart."

„Mir sind keinerlei Studien bekannt, aus denen hervorgeht, alle Männer mit großer Nase und schwarzem Bart seien Verbrecher."

„Tatsächlich nicht?" Wilde blinzelte. „Was die Größe von Nasen angeht, da gibt es in meinen Kreisen gewisse Gerüchte."

„Und die wären?"

„Nein, nein, mein Lieber." Wilde schnalzte mit der

Zunge. „Dazu möchte ich nichts sagen. Es würde mich in Teufels Küche bringen. Doch der Bart … Der Bart ist ein Thema für sich. Mir wird schon ganz anders, wenn ich nur daran denke. Außerdem spürt man es sofort: Mit diesem Mann stimmt etwas nicht."

„Was bringt Sie zu der Überzeugung?"

„Er ist ungepflegt und widerlich. Genau, was man von einem Schurken erwarten würde."

„Vielleicht will er genau diesen Eindruck erwecken", meinte Frederick. „Haben Sie daran schon mal gedacht? Wir befinden uns in Zaubererkreisen. Da ist im Allgemeinen nichts, wie es scheint."

„Kein Gentleman, der auch nur das Geringste auf sich hält, würde sich des bloßen Effekts wegen derart erniedrigen."

Frederick lachte. „Es sei denn, er ist sehr unsicher und möchte durch seine grobe Erscheinung davon ablenken. Es gibt viele schüchterne Menschen, die sich den Anschein des Brutalen geben, damit ihnen niemand auf die Schliche kommt."

„Mit Schüchternheit kenne ich mich nicht aus", sagte Wilde. „Das ist entschieden nicht mein Metier."

„Das weiß ich, Oscar", sagte Frederick. „Das weiß ich doch."

Kurz darauf kam Pollock in den Salon. Er klatschte in die Hände, um Aufmerksamkeit zu erregen. „Gentlemen – es wird allmählich Zeit, dass Sie sich bereit machen." Er sah sich im Raum um und dann auf die Standuhr in der Ecke. „Wo ist Edward?"

„McKinley? Er war doch eben noch hier", meinte Wilde, der sein Sherryglas auf dem Handrücken balancierte und damit quer durch das Zimmer wanderte.

„Er ging hinaus, als ich hereinkam", sagte van Dyke. „Ich glaube, er wollte sich etwas frisch machen, ehe die Vorstellung beginnt."

„Sie haben recht", sagte Frederick. „Vielleicht hat er sich noch einmal hingelegt und ist eingeschlafen."

„Eingeschlafen?" George Pollock stampfte mit dem Fuß, die Fäuste geballt. „Er tritt in einer Stunde auf und sein verfluchtes Requisit ist noch nicht mal auf der Bühne. Harry!"

Erich tauchte hinter ihm aus dem Flur auf. „Erich. Sir?"

„Was?"

„Vergessen Sie's, Sir. Sie haben mich gerufen?" Erich blickte Pollock abwartend an.

„Haben Sie Edward gesehen?"

„Nein, Sir. Ich war gar nicht hier. Ich war mit Miss Black unten in der Küche."

„Es interessiert mich nicht, wo Sie waren oder nicht", knurrte Pollock. „Gehen Sie und sehen Sie nach, wo er steckt."

Erich eilte davon, kam aber schon wenig später zurück und teilte ihnen mit, Mr McKinley habe auf sein Klopfen nicht reagiert.

Frederick beschlich ein ungutes Gefühl. „Wir sollten hochgehen und nachsehen, Mr Pollock", sagte er.

KAPITEL 12

Die Tür zu Edward McKinleys Zimmer war verschlossen. Und auch auf Pollocks Klopfen und Rufen reagierte der Zauberkünstler nicht.

Der Intendant klopfte abermals. „Edward!"

Wieder nichts.

„Vielleicht hat er sich schlafen gelegt?", meinte Wilde, die Daumen in den Hosenbund gehakt und auf den Zehenspitzen hin und her wippend. „Mir genügen vier, fünf Stunden in der Nacht zur Entspannung, aber das ist natürlich nicht jedermanns Sache. Und wenn Mr McKinley mehr benötigt, muss er sicherlich am Nachmittag ausruhen."

Frederick und Hector van Dyke wechselten fragende Blicke.

„Edward! Mach auf!" Der Intendant wurde lauter und rüttelte an der Türklinke. „Ihr Auftritt ist in einer Stunde."

Noch immer keine Reaktion.

Frederick drehte sich zu Pollock um. „Haben Sie denn keinen Schlüssel?"

„Nein. Es gibt für jedes Zimmer nur einen", sagte er. „Er muss von innen abgeschlossen haben."

„Soll ich Ihnen helfen?" Erich Weiß stand plötzlich hinter ihnen.

Als Pollock ihn bemerkte, stieß er ihm den Zeigefinger vor die Brust. „Sie haben sicher Besseres zu tun, Harry, als hier Maulaffen feilzuhalten."

„Erich."

„Was?" Der Theaterdirektor blickte ihn an, als sei er ein exotisches Tier, das plötzlich wie von Zauberhand die menschliche Sprache erlernt hatte.

„Ich heiße Erich, Sir." Der kleine Ungar mit dem schwarzen Wuschelkopf richtete sich zur vollen Größe von einem Meter fünfzig auf und hielt einen schwarzen Metallhaken in der Hand. „Ich kann diese Tür öffnen, wenn Sie wollen."

„Reden Sie keinen Unsinn."

„Lassen Sie ihn, Mr Pollock", mischte sich jetzt Frederick ein. „Sie sagen, Sie haben keinen Schlüssel zu dieser Tür. Warum also sollte er es nicht wenigstens einmal versuchen?"

„Ja", sagte nun auch van Dyke. „Vielleicht ist McKinley etwas zugestoßen. Kommen Sie, Erich, versuchen Sie Ihr Glück."

Während Pollock sich murmelnd und schmollend abwandte, trat Erich vor und ging bei der Tür in die Hocke. Eine Weile besah er sich konzentriert das Schlüsselloch, dann zog er zwei dünne Metallhaken aus der Tasche. Er führte sie in das Türschloss ein und drehte sie nach links und rechts. Es dauerte nicht länger als ein paar Sekunden, und das Schloss gab ein leises Klicken von sich.

Dann sprang die Zimmertür auf.

Das Erste, was Frederick auffiel, als er den Raum betrat, war ein schwefelartiger Geruch, wie er ihn von den Lunten von Feuerwerkskörpern kannte. Im Zimmer war es dunkel. Die schweren roten Vorhänge waren zugezogen, und nur ein schwacher Lichtschimmer, der von den Gaslampen unten auf der Straße herrührte, drang in den Raum.

Es dauerte eine Weile, bis sich Fredericks Augen an das Zwielicht gewöhnt hatten. Er bedeutete den Männern, hinter ihm zurückzubleiben, während er langsam und vorsichtig das abgedunkelte Zimmer betrat.

„Was ist das bloß für ein fürchterlicher Gestank?",
fragte der Theaterintendant, der direkt hinter ihm stand
und den Hals reckte, um auch ja jedes Detail mitzubekommen.

„Bleiben Sie, wo Sie sind, Gentlemen", sagte Frederick,
während er langsam, Schritt für Schritt, den Raum betrat.
Ohne auch nur einen konkreten Anhaltspunkt dafür zu
haben, war ihm sofort klar, dass sie es hier mit einem
Tatort zu tun hatten. Es war mehr ein Gefühl als alles
andere. Doch in der stickigen warmen Luft lag nicht allein
der Geruch verbrannter Lunten. Es war mehr darin. Es
war der Geruch des Todes.

Geradeaus standen drei verzierte Kisten auf Rollen. Auf
der mittleren lag ein Schlüssel. Darunter dunkle, unregelmäßige Schatten, die sich bei näherer Betrachtung als
feucht glänzende Lachen entpuppten.

„Was zum Teufel ist das für ein bestialischer Gestank?",
wiederholte Pollock. Er schob Erich Weiß, van Dyke und
die anderen beiseite und stand mit zwei, drei Schritten
hinter Frederick Greenland.

„Ich sagte, Sie sollen bleiben, wo Sie sind", sagte
Frederick, der sich umwandte und Pollock die flache Hand
vor die Brust stieß. „Machen Sie sich nicht unglücklich,
Mr Pollock. Zurück auf den Gang."

„Verdammt noch mal! Was erlauben Sie sich?", entrüstete sich der Theaterdirektor.

„Niemand betritt diesen Raum", sagte Frederick in
einem Ton, der keinen Widerspruch zuließ. „Und Sie,
Erich –" Er deutete auf den kleinen Ungarn. „Sie begeben
sich so schnell wie möglich zum Yard und verständigen
Chief Inspector Swanson."

Eine Dreiviertelstunde später stand Donald Sutherland Swanson im selben Zimmer und nahm den Leichnam Edward McKinleys in Augenschein.

Mittlerweile war selbst Pollock, dem Theaterdirektor, klar, dass an diesem Abend keine Zaubervorstellung mehr stattfinden würde.

Edward McKinley lag in einem dreiteiligen Zauberapparat, den man allgemein die Sägeillusion nannte. Unter normalen Umständen stieg eine Assistentin des Zauberkünstlers hinein und wurde scheinbar in drei Teile zersägt. Der Magier schob die drei Tische auf Rollen auseinander, um zu zeigen, dass die Dame tatsächlich aus drei einzelnen Teilen bestand, fügte sie dann wieder zusammen, und die Assistentin entstieg der Apparatur unversehrt. Diesmal jedoch lag McKinley darin und nicht einmal der beste Zauberkünstler der Welt wäre in der Lage, ihn wieder zusammenzufügen.

Die Leiche war eiskalt. Ein dünner Wasserfilm perlte auf der bleichen, wachsartigen Haut des Toten. Swanson strich mit dem Zeigefinger über dessen Wange. Dann zog er sein Taschentuch hervor und wischte sich die Hände ab.

Swanson, der den Zimmerschlüssel auf dem Requisit gefunden hatte, sah sich um. Wie der Chief Inspector von Pollock erfahren hatte, gab es keinen zweiten Schlüssel. Doch es war unmöglich, dass McKinley das Zimmer von innen verschlossen, sich in den Kasten gelegt und sich selbst in drei Teile geschnitten hatte. Irgendwie war es dem Mörder gelungen, das Zimmer zu verschließen, ohne den Schlüssel zu benutzen. Und er glaubte die Erklärung dafür gefunden zu haben. Gleich bei der Tür befand sich ein rundes Tischchen. Es stand eine erloschene Kerze darauf und fünf leere Cognacschwenker, die zu einer kleinen Pyramide aufeinandergestellt waren. Ein winziges weißes Aschehäufchen ließ Swanson vermuten, McKinleys Mörder habe einen stabilen, aber leicht entflammbaren Pyrofaden benutzt, um den Schlüssel, der von innen im Schloss gesteckt haben musste, von außen zu drehen. Das Aschehäufchen, die Cognacgläser und die Kerze ergaben für ihn keinen anderen vernünftigen Sinn. Allerdings durchschaute Swanson den Trick noch nicht. Denn er hatte keinerlei Erklärung dafür, wie der Schlüssel anschließend auf die Sägeillusion gelangt war.

Daher übergab er den Tatort an Stedman, Collins und Hunt.

Sie alle waren im Salon zusammengekommen, und das Entsetzen über den grausigen Fund stand ihnen noch immer ins Gesicht geschrieben.

Erich, der Jüngste von ihnen, hockte wie ein buddhistischer Mönch in seinem Sessel – die Arme vor der Brust verschränkt und die Füße unter das Gesäß gezogen, kauerte er da und starrte vor sich hin ins Leere.

Greenland, Hector van Dyke, Maskelyne und George Pollock saßen auf dem Sofa, während Brian Masterton mit einer Hand an der Kamineinfassung lehnte und so angestrengt in die Flammen blickte, als wären sie imstande, ihm irgendeine mystische Wahrheit zu übermitteln.

Swanson hatte Pollock um eine Flasche Brandy und einige Gläser gebeten. Und bis auf Erich und Sergeant Phelps, die abgelehnt hatten, hatte jeder von ihnen versucht, den Schrecken mit einem kräftigen Schluck Branntwein zu betäuben.

„Ich verstehe das alles nicht", sagte van Dyke eben. Er

stellte sein Glas auf den niedrigen Couchtisch, beugte sich vor und stützte resigniert die Ellenbogen auf die Knie. „McKinley hat doch höchstens für ein paar Minuten das Zimmer verlassen." Er schüttelte den Kopf. „Und all das soll in der Kürze der Zeit mit ihm passiert sein?"

Swanson hatte ebenfalls darüber nachgedacht. Laut Frederick Greenland hatte keiner von ihnen den Salon für mehr als fünf Minuten verlassen. Den bizarren Mord in all seiner extrem theatralischen Art und Weise zu verüben, hätte seiner Schätzung nach wohl eher den größten Teil einer halben Stunde beansprucht. Und doch lagen zwischen McKinleys Verschwinden und dem Auffinden der Leiche allerhöchstens fünfzehn Minuten. Unter normalen Umständen ein Ding der Unmöglichkeit, dachte der Chief Inspector. Im Kreise von Berufsillusionisten vermutlich jedoch nur etwas mehr als eine Fingerübung.

Er wandte sich an van Dyke und sagte: „Gerade das zeigt mir eines ganz sicher – wer auch immer damals Ihre Wasserfolter sabotierte, das Feuer in Ihrer Suite im Savoy legte und nun Edward McKinley ermordet hat, ist nicht nur ein und dieselbe Person – er ist auch Zauberkünstler. Genau wie Sie."

„Genau wie ich?" Van Dyke riss entsetzt die Augen auf.

„Nun ja", meinte Swanson. „Nicht nur wie Sie, Mr van Dyke. Genau genommen wie Sie alle hier." Und er sah in die Runde.

„Wollen Sie damit andeuten …" Pollock war aufgesprungen. „Aber das ist unmöglich, Inspector. Wir sind eine große Familie. Keiner von uns würde etwas derartig Verabscheuungswürdiges tun."

„Meiner Erfahrung nach gibt es in jeder Familie ein

schwarzes Schaf, Mr Pollock", gab Swanson zurück. „Lizzie Borden erschlug ihre Eltern."

„Sie ist Amerikanerin", sagte Pollock entrüstet. „Das gilt nicht."

„Constance Kent tötete ihren kleinen Bruder", fuhr Swanson fort. „Sie schnitt ihm den Hals durch. Und wissen Sie was? Sie tat es nur, weil sie sich von ihren Eltern nicht mehr genug beachtet fühlte. Allesamt schwarze Schafe, denen vorher niemand einen Mord zutraute. Und vergessen Sie Adelaide Bartlett nicht. Sicher ist, sie ermordete ihren Gatten mit Chloroform, auch wenn sie freigesprochen wurde und nie verriet, wie sie es bewerkstelligte, es ihm einzuflößen, ohne seine Speiseröhre zu verätzen." Swanson selbst war sich recht sicher, dass die Frau ihren Mann zunächst im Schlaf betäubt und ihm das Chloroform anschließend mithilfe eines Trichters und eines Schlauches zugeführt hatte. Doch beweisen konnte er das nicht. Und so war das Pimlico-Mysterium offiziell ein Rätsel geblieben. „Im Grunde ist Mrs Bartlett eine regelrechte Kollegin von Ihnen", fügte er hinzu.

„Nun hören Sie aber auf", entrüstete sich Masterton. Er stieß sich vom Kamin ab und trat in die Mitte des Salons. „Wie kommen Sie dazu, so etwas zu behaupten, Mr Swanson?"

„Das kann ich Ihnen sagen, meine Herren", meinte er. „All das, was hier während der letzten sieben Tage geschehen ist, ist einfach viel zu kompliziert und viel zu unmöglich, um nicht von einem Illusionisten geplant und ausgeführt worden zu sein." Wieder sah er ernst in die Runde. „Das gewöhnliche Verbrechen ist in der Regel schlicht und unkompliziert."

„Man scheint es Ihnen nicht unbedingt leicht zu machen, Chief Inspector", sagte Wilde, als sie später allein im Salon saßen.

„Nein." Swanson nickte. Je älter er wurde, umso mehr fing er an, das Jahr als Schlinge zu sehen, die sich enger und enger um seinen Hals zusammenzog. „Selbst Pollock hat versucht, seine Verbindungen gegen mich einzusetzen. Aber Gott sei's gedankt sind auch meine Verbindungen nicht schlecht. Er hat natürlich seine Geschäftsinteressen im Sinn und wahrscheinlich Angst, ich mache ihm das Theater zu. Dummerweise muss ich einen Mörder fangen und kann auf solche Befindlichkeiten keine Rücksicht nehmen."

„Jeder muss tun, was er tun muss. Wir alle sind nichts als bloße Schachfiguren auf dem Brett des Großen Baumeisters aller Welten", sagte Wilde, hob sein Glas und prostete Swanson zu. „Jeder von uns muss schauen, sich recht und zum Wohle aller zu verhalten. Aber er kann dabei draufgehen, dessen muss er sich bewusst sein. Und so, wie ich das sehe, haben wir nur dieses eine Leben. Demnach müssen wir aus den wenigen Jahren, die wir auf diesem schönen, durch das Weltall torkelnden Planeten haben, das Beste machen, ohne dabei allzu egoistisch zu sein."

Swanson, dem die Bemerkung über den Großen Baumeister nicht entgangen war, fragte: „Haben wir etwas gemeinsam, Mr Wilde?"

„Oh, so einiges, will ich meinen." Er nippte abermals an seinem Sherry und lächelte den Chief Inspector mit schief gehaltenem Kopf an. Wildes Stimme hatte jetzt nichts mehr von dem übertrieben theatralischen Gebaren, das er besonders in Gesellschaft der Polizei so häufig an den Tag legte. „Und ist es nicht am Ende viel wichtiger, wessen Geistes Kind wir sind, als uns ängstlich an das dumme Standesdenken zu klammern und den wohlgenährten Lord mit all seinen Titeln vorbehaltlos als etwas Höheres anzusehen als den schlanken Zimmermann mit dem schmalen Portemonnaie, dem nichts heiliger ist als das Wohl seiner Familie? Sehen Sie: Sie und ich, wir gehören derselben Bruderschaft an. Wir sind Idealisten, Träumer, weltfremde Lehrlinge, Gesellen und Meister, die noch an solch antiquierte Tugenden wie Toleranz, Humanität und Brüderlichkeit glauben. Wir wollen die Welt verändern, weil wir uns den kindlichen Glauben daran erhalten haben, dass dies auch möglich ist. Sie, indem Sie die verdorbene Gesellschaft von verbrecherischen Einflüssen befreien, und ich durch die Kunst."

Swanson hob sein Glas, blickte lange Zeit nachdenklich hinein, als könne er darin, wie aus einer umgestülpten Teetasse, die Geheimnisse der Zukunft entschlüsseln. Dann sah er wieder auf und fragte: „Warum haben Sie sich mir nicht schon damals zu erkennen gegeben, als ich Sie wegen der Hope-Diamanten-Geschichte in Verdacht hatte?"

„Die Frage möchte ich zurückgeben", sagte Wilde. „Was hätte das für einen Wert gehabt? Überhaupt irgendeinen? Ich bezweifle das."

„Und weshalb?"

„Hätte ich mich als Teil unserer Bruderkette zu erkennen gegeben, hätte Sie das nur unnötig beeinflusst", erklärte Wilde. „Zum Nachteil der Wahrheit womöglich. Sie hätten angenommen, dass ich, da wir derselben Bruderschaft angehören, schon von Haus aus unschuldig sei. Und das hätte mir nicht gefallen. Das wäre ja so, als würde man kategorisch ausschließen, ein Arzt könne ein Mörder sein, nur weil er sich irgendwann einmal der Rettung des Lebens verschrieben hat."

Swansons Respekt für Wilde wuchs. In Bedrängnis geraten, hätten sich wohl die meisten seiner Logenbrüder auf die bedingungslose Pflicht zur Hilfeleistung berufen. Doch der Dichter, den er über viele Jahre für einen gesellschaftssüchtigen Opportunisten gehalten hatte, lehnte genau dies ab. Und er gestand sich ein, dass er Wilde all die Jahre falsch eingeschätzt hatte. Hinter dem affektierten, die Gesellschaft mit seinem schockierenden Verhalten provozierenden Ästheten steckte ein Mann, von dem sich so mancher Moralapostel eine Scheibe hätte abschneiden können. Und das sagte er dem Dichter auch.

„Glauben Sie mir", sagte Wilde, „genau das wird geschehen; eines Tages. Sie werden mich filetieren und verspeisen. Im übertragenen Sinne natürlich. Kannibalen, die das vernichten, was ihr vulgär hoher Intellekt nicht zu begreifen imstande ist. Ich traf einmal eine Handleserin. Und wissen Sie, was sie mir prophezeite?"

„Ich habe nicht die leiseste Ahnung."

Sie nahm meine rechte Hand und sagte: „Das ist die Hand eines Königs, der Ruhm und Ehre ernten wird." Dann nahm sie meine linke und sagte: „Und das ist die Hand eines Königs, der sich selbst ins Exil schicken wird. Damals war ich jung und unerfahren und hatte keinen Schimmer. Heute jedoch habe ich keinen Zweifel mehr daran, was es zu bedeuten hat. Dorian Gray wird mein Verhängnis sein. Und Bosie natürlich." Er stieß einen Seufzer aus. „Im Grunde habe ich es immer geahnt, wissen Sie?"

„Sie sind ein ganz anderer Mann, als ich bislang dachte", sagte Swanson. „Ich bin ehrlich überrascht."

182

„Oh, das bin ich jeden Tag", versetzte Wilde mit einem schmallippigen Lächeln. „Am Montag über den Lehrer, der allein die Kinder dafür verantwortlich macht, dass sie trotz der Stockhiebe nichts bei ihm lernen, und am Sonntag über den frommen Christen, dessen Nächstenliebe sich darin erschöpft, den Sitznachbarn aus der Bank zu stoßen, damit die Gattin einen besseren Blick auf die Kanzel hat. Und machen wir uns nichts vor – der Pastor einen besseren Blick auf die Gattin des frommen Christen."

„Als ein Mann, der einmal vorhatte, Pfarrer zu werden, kann ich Ihnen sagen, im Adelphi ist ein böser Teufel am Werk", sagte Swanson. „Einer der schlimmsten sogar. Er verfügt über Kenntnisse, die sich dem Normalbürger verschließen. Und er weiß sie zu seinem Vorteil zu nutzen."

„Wollen wir tatsächlich glauben, dass alles Gute von Gott und alles Böse vom Beelzebub kommt?" Wilde machte ein betretenes Gesicht. „Und auf wessen Seite, frage ich mich, steht dann der, der darüber entscheidet, was gut und was böse ist?"

Swanson dachte darüber nach. Dann sagte er: „Sie lenken ab. Weshalb haben Sie mir damals Ihre Mitgliedschaft in der Bruderkette verschwiegen?"

„Wie ich schon sagte, Chief Inspector", bekräftigte Wilde. „Ich hätte Ihren Scharfsinn auf das Schändlichste beeinflusst. Ein Mann muss ausschließlich durch sich selbst vor dem Gesetz bestehen können. Und durch nichts anderes."

„Passen Sie auf sich auf, Wilde."

„Ich gebe mir alle Mühe."

Und die zwei Männer, die sich all die Jahre so fremd gewesen waren, gaben sich im Schein der Kerzen die Hände und gingen als Brüder auseinander.

KAPITEL 13

Swanson schob, wie es seine Gewohnheit war, die Tafel mit den bislang ermittelten Fakten in die Mitte des Büros. Es half ihm, sich auf den Fall zu konzentrieren, und führte beim Austausch mit den Kollegen oftmals zu erstaunlichen Ergebnissen.

„Der Raum war verschlossen, Sir", gab Phelps zu bedenken. „Und der einzige Schlüssel lag bei dem Opfer. Niemand hat gesehen, wie Edward McKinley oder sein Mörder das Zimmer betreten oder verlassen hat. Da kam niemand raus." Phelps rieb sich angestrengt die Schläfen. „Wenn ich es nicht besser wüsste, würde ich glauben, der Mann hat sich selbst umgebracht."

„Was nicht sein kann", sagte Swanson. „Das ist absolut unmöglich. Wir übersehen etwas." Er stand auf und begann in dem kleinen Büro auf und ab zu gehen. „Was ist mit den Fenstern?"

„Dort kann niemand hinausgelangt sein. Auf dem Vordach gleich unter dem Fenster lag Schnee. Selbst wenn er ein Seil hatte, wären doch Spuren davon zu sehen gewesen."

„Möglicherweise hat er sich vom Stockwerk darüber abgeseilt."

„Dazu müsste er nach dem Mord aus dem Zimmer gelangt sein, Sir. Aber das war abgeschlossen und es gab nur einen Schlüssel. Und der lag auf dem Zauberrequisit mit der Leiche. Außerdem war das Fenster verriegelt."

„Sie haben natürlich recht, Phelps, das ist blanker Unsinn", gab Swanson zu. „Ich bin hundemüde. Vergessen Sie bitte, dass ich es überhaupt gesagt habe."

„Kann mich nicht erinnern, was gehört zu haben, Sir."

184

Phelps griff nach der angeschlagenen Teekanne. „Noch Tee, Sir?"

„Danke, Phelps, sehr gerne."

Es klopfte an der Tür und das runde, großäugige Gesicht von Sergeant Penwood erschien. „Entschuldigen Sie, Sir. Aber Constable Evans fragt, ob Sie Zeit haben. Er hat seinen Bericht fertig."

„Soll herkommen", sagte Swanson.

„Wir haben zwei Mordversuche und zwei verübte Morde", resümierte Phelps, nachdem Penwood hinausgegangen war. „Die verschlossene Kaminklappe, die Mastertons Tauben tötete, und das Blei im Schloss der Wasserfolter. Kershaw, der im Savoy verbrannte, und McKinley in diesem Sägekasten."

„Und die gestohlenen Ossa-Sepia-Schalen", sagte Swanson.

„Vielleicht hatte Masterton sie nur verlegt", meinte Phelps. „Sie scheinen bei den Verbrechen keinerlei Rolle zu spielen."

„Was, wenn sie als Gussform dienten?", überlegte Swanson.

„Als Gussform, Sir?"

„Frederick Greenland erzählte mir, man benutzt sie im Goldschmiedehandwerk für Abgüsse. Könnte der Mörder sie nicht benutzt haben, um McKinleys Zimmerschlüssel nachzumachen? Die einfachste Lösung ist meist die richtige."

„Schon. Aber warum dann die Cognacgläser, die Kerzen, die verbrannte Schnur?"

„Ablenkung?" Swanson zog in Betracht, dass diese Details bloß dazu gedient hatten, die Polizei zu verwirren. „Sie müssen versuchen, wie ein Zauberkünstler zu denken, Phelps. Wenn er mit dem Zeigefinger auf seine geschlossene Faust zeigt, können Sie davon ausgehen, dass dort nichts von Wichtigkeit passiert. Er suggeriert Ihnen bloß, die Faust sei wichtig, damit Sie sich darauf konzentrieren und alles andere für nebensächlich erachten."

„Das ist alles sehr verwirrend, Sir." Phelps schenkte ihnen Tee nach. „Genau genommen könnte es dann auch Erich Weiß gewesen sein. Immerhin hat er die Tür mit Leichtigkeit geöffnet, wie Mr Greenland uns erzählte. Wenn Sie es so betrachten, kann es jeder gewesen und alles wichtig oder unwichtig sein. Solange wir nicht wissen, weshalb diese Verbrechen verübt werden, sind wir genauso schlau wie zuvor."

Es klopfte an der Tür und Constable Stewart Evans kam herein. „Ich habe die Ergebnisse für Sie, Mr Swanson, Sir."

„Kommen Sie her. Kommen Sie her." Er winkte ihn heran. „Was haben Sie herausfinden können?"

„Über die meisten gibt es nicht viel", sagte Evans und blätterte seine Notizen durch. „Aber der hier könnte interessant sein. Edward McKinley. Es gab da mal eine scheußliche Sache vor gut zehn Jahren, Sir. Einen Unfall, wenn es denn ein Unfall war. Seine Partnerin und deren Tochter verbrannten bei einem Kunststück, das er in Chicago vorführte. Damals hieß er noch Edmund Rednell. Nach dem Unfall tauchte er eine Zeit lang unter. Für die folgenden Jahre gibt es rein gar nichts über ihn. Erst 1889 tauchte er wieder auf – unter dem Namen McKinley."

„Ist das ein Künstlername?", fragte Swanson.

Evans konsultierte seine Notizen. „Nein, er hat ihn ganz regulär geändert."

„Zeigen Sie mal." Swanson überflog die Papiere und reichte sie dann wortlos an Phelps weiter.

„Was ist mit den anderen?" Swanson nahm auf der Schreibtischkante Platz. „Irgendwelche Auffälligkeiten?"

„Nein, Sir", sagte Evans. „Nicht die geringsten. Keine Vorstrafen, nicht mal eine Eintragung wegen Trunkenheit. Nur George Pollock war einmal in eine kleine Sache verwickelt. Es ging um Versicherungsbetrug. Eines seiner Theater brannte ab. Aber er wurde freigesprochen."

„Ich danke Ihnen, Evans", sagte Swanson. „McKinley ist tot. Er kann kaum unser Mann sein, was?"

„Nein, Sir, wahrscheinlich nicht", sagte Evans.

„Haben Sie ein Foto von ihm?", fragte Swanson. „Nur für die Tafel."

„Klar, Sir." Und er gab ihm eines.

„Danke, Evans, Sie können gehen." Und nachdem die Tür sich geschlossen hatte, sagte er zu Phelps: „Wir stehen da wie am Anfang. Jeder könnte es getan haben. Aus welchem Grund auch immer."

Der Sergeant nickte. „Die Anschläge und die Morde – sie scheinen völlig willkürlich zu sein. Wem nützten sie? Und warum musste Adam Kershaw sterben? Den sollten wir nicht unter den Teppich kehren", sagte Phelps. Unter den gegebenen Umständen eine pure Geschmacklosigkeit, wie Swanson fand. „Ich denke, er könnte das eigentliche Ziel gewesen sein."

„Und alles andere diente nur der Ablenkung?" Der Chief Inspector war skeptisch. „Es ist das Gleiche wie im Pub letzte Woche", sagte Swanson. „Sie denken, dass Sie denken, es könne genau so gewesen sein", sagte er. „Aber genau das will der Zauberkünstler. Erst wenn Sie denken, wie der Zauberer denkt, können Sie das Rätsel lösen." Er schwang sich vom Schreibtisch auf die Füße. „Kommen Sie, Phelps, statten wir der heiligen Dreifaltigkeit einen Besuch ab. Möglicherweise sind die schlauer als wir."

„Was können Sie mir über den verstorbenen McKinley sagen, Charles?", fragte Swanson. Sie standen in den dunklen, feuchten Hallen von Stedmans forensischem Reich und Donald Swanson versuchte das Fiepen der Flussratten zu ignorieren.

„Was wollen Sie zuerst hören, Donald? Woran er starb oder woran er gestorben wäre, hätte man ihm noch ein paar Monate länger Zeit gelassen?"

„Er war krank?"

„Ohne Zweifel, ja", sagte Stedman. „Die Schwindsucht."

Swanson fühlte sich unweigerlich an die Morde des Rippers erinnert. Auch der hatte sich Opfer ausgesucht, die über kurz oder lang an ihren Leiden gestorben wären.

„Denken Sie, der Mörder hat ihn deswegen ausgewählt?", fragte er. „Weil er wusste, McKinley würde ohnehin sterben?"

Stedman zuckte die Achseln. „Ich habe aber auch nicht den leisesten Schimmer, Donald. Alles, was ich sagen kann, ist, dass der Kerl todkrank war. Und dass ihn jemand trotzdem getötet hat."

Das schien seinen Verdacht gegen Pollock zu erhärten, dachte Swanson. Wäre McKinley eines natürlichen Todes gestorben, hätte der Theaterdirektor rein gar nichts davon gehabt. So jedoch bekam er vermutlich eine stattliche Summe von der Versicherungsanstalt. Das Dumme war nur, er konnte es nicht zweifelsfrei beweisen. Nichts von alledem, was er und Phelps zusammengetragen hatten, reichte aus, um Pollock zu verhaften, geschweige denn vor Gericht zu stellen. Die letzte Verbindung fehlte. Und was noch viel wichtiger war und seine Theorie beinahe unmöglich machte, war die Tatsache, dass George Pollock im Salon geblieben war, nachdem Edward McKinley ihn verlassen hatte. Swanson konnte es drehen, wie er wollte, Pollock konnte McKinley nicht getötet haben. Das war ein Ding der Unmöglichkeit. Dazu hätte er schon zweimal existieren müssen. „Todesursache?"

„Sehr wahrscheinlich ein Schlag gegen den Kehlkopf", sagte Stedman. „Sein Zungenbein ist gebrochen. Und Würgemale gibt es nicht."

„Demnach starb er nicht durch das Zerteilen seines Körpers."

„Wenn eines sicher ist, dann das", sagte Stedman. „Er war bereits tot, als man ihn zersägte. Ich habe mir diesen Trickapparat sehr genau angesehen, und ich kann Ihnen versichern, Edward McKinley wurde nicht von den Schneiden getötet, die die einzelnen Kisten unterteilen. Sie sind viel zu dünn und zu stumpf."

„Das dachte ich mir bereits", meinte Swanson, der mit dem Trickprinzip bestens vertraut war. „Und womit hat man ihn zerschnitten?"

„Es hätte ein dünner Draht sein können", meinte Stedman, „doch bei genauer Betrachtung der Wunden konnte ich auch das ausschließen." Er machte eine rhetorische Pause und sah Swanson geheimnisvoll an.

Swanson kannte das. „Nun?"

„Er wurde mit einer feinzinkigen Säge zerteilt. Ich vermute, es muss sich dabei um eine Fleischsäge gehandelt haben."

Swanson wurde flau im Magen. Und auch aus Phelps'

Gesicht war alle Farbe gewichen. „Eine Fleischsäge, Charly?"

Stedman nickte. „So, wie die Metzger sie in den Fleischfabriken benutzen, um Schweine und Rinder zu halbieren. Irgendwas in der Art. Erst anschließend legte man ihn in diesen Zauberkasten, in dem ihr ihn gefunden habt."

„Das ist merkwürdig, was, Sir?", meinte Phelps, der, vermutlich um sich abzulenken, seinen Notizblock hervorgeholt hatte und sich eifrig Notizen machte. „Ein Schlachter also."

„Das Beste kommt ja noch", meinte Stedman und hob triumphierend die Augenbrauen. „Unser Mann wurde vorher auf Eis gelegt. Und zwar schon eine ganze Weile vorher."

Swanson stand auf. Das ergab Spielraum für neue Gedanken. „Sie meinen, er starb nicht erst an dem Tag, als er gefunden wurde?"

„Ganz sicher nicht, Donald", sagte Stedman und rieb sich die hohe zerfurchte Stirn. „Ich kann Ihnen nicht exakt sagen, wie lange er schon tot war – das ist bei dem heutigen Stand der Wissenschaft leider noch unmöglich – aber wenigstens drei oder vier Tage zuvor dürfte er seinem Schöpfer schon gegenübergetreten sein."

„Lässt sich das vor Gericht beweisen?"

Sergeant Phelps sah zwischen Swanson und Stedman hin und her und leckte aufgeregt seinen Bleistift an. Das waren die Momente, in denen ihm wieder zu Bewusstsein kam, weshalb er sich damals für den Beruf des Polizisten entschieden hatte.

„Definitiv", versicherte Stedman. „Sehen Sie, um einen menschlichen Körper ganz und gar durchzukühlen, das dauert seine Zeit – drei, vier Tage bestimmt. Es sei denn, Sie würden ihn dafür zum Südpol schleppen, da kriegen Sie es vielleicht in einem Tag hin."

„Das würde bedeuten, dass der Mann, der sich mit Mr Greenland im Salon unterhielt, nicht Edward McKinley gewesen sein kann", überlegte Swanson.

Phelps sah irritiert aus. „Ein Doppelgänger, Sir?"

„Das oder eine sehr gute Verkleidung, Phelps. Wenn es nicht McKinley war, den die Leute noch eine Viertelstunde vor Entdeckung des Mordes gesehen haben, muss jemand seine Rolle übernommen haben." Swanson wandte sich wieder an Stedman. „Irgendeine Idee, wo man den Leichnam eingefroren haben könnte?"

„Ich könnte mir denken, der Mann wurde in irgendeinem Lagerhaus auf Eis gelegt. Der Fischmarkt von Billingsgate wäre eine Möglichkeit, obwohl ich das für eher unwahrscheinlich halte."

„Und wieso?", fragte Phelps. „Genug Eis dürfte es dort geben."

„Aus zwei Gründen", begann Stedman.

„Zum einen haftete der Leiche kein Fischgeruch an", warf Swanson ein.

Phelps sah mit großen Augen von seinem Notizblock auf. „Und zum anderen?"

„Es gibt dort keine Fleischsägen, Sergeant", sagte Stedman. Er wandte sich wieder an Swanson. „Suchen Sie nach einem Ort, an dem Fleisch gekühlt und maschinell weiterverarbeitet wird. Das kann in Whitechapel sein. Oder in Wapping. Oder auf der Isle of Dogs. Unser Mann musste den Leichnam kühlen und ihn anschließend vor Ort in drei Teile sägen. Ich kann mir nicht denken, dass er weite Reisen mit ihm unternommen hat. Irgendwo muss er

Zugang zu einer solchen Fabrikationshalle haben. Ich rate Ihnen zu versuchen, die zu finden."

Und genau das tat Donald Sutherland Swanson während der nächsten Stunden.

Er schickte die Sergeants Penwood und Wilson ins East End von London, wo sie jeden infrage kommenden Schlachthof abklappern sollten. Eine Mammutaufgabe, denn es gab Hunderte davon.

Inspector Walter Dew und Sergeant Pearce wurden mit der Aufgabe betraut, die abgelegenen Fabriken in Wapping genauer unter die Lupe zu nehmen. Am Ende des Tages hatten sie nicht einmal ein Zehntel von ihnen geschafft, obwohl sie stundenlang durch knöcheltiefes Rinder- und Schweineblut gewatet waren und an die fünfzig Schlacht-höfe von innen gesehen hatten.

Jenen Ort zu finden, an dem Edward McKinley getötet worden war, glich der Suche nach der sprichwörtlichen Nadel im Heuhaufen. Mehr noch – das, wonach sie such-ten, war, wie Walter Dew es ausdrückte, der verfluchte Heuhaufen selbst.

Swanson dagegen glaubte, die Antworten auf all seine Fragen wären woanders leichter zu finden, und so schnappte er sich am späten Nachmittag Mantel, Hut und Sergeant Phelps, nahm in Whitehall eine Droschke und begab sich abermals ins Adelphi.

Er fand Miss Abigail Black in der Küche, wo sie den Tee und die Canapés für den Nachmittag zubereitete.

„Ich muss Ihnen leider noch einige Fragen stellen", sagte er. „Fühlen Sie sich dazu in der Lage, sie zu beantworten, Miss?"

„Ja. Ja, sicher." Sie stellte die Teekanne auf den kleinen

Küchentisch, nickte und wischte sich die Hände in der weißen Schürze ab. „Tut mir leid, Mr Swanson, Sir. Ich war neulich so hysterisch. Ich …"

„Ich kann gut nachfühlen, was das für ein Schock für Sie gewesen sein muss", sagte Swanson in sanftem Ton. Er berührte sie leicht an der Schulter. „Vielleicht erinnern Sie sich heute an ein paar Dinge, die Sie uns damals nicht sagen konnten."

„Adam kam eines Abends zu mir und meinte, er sei da einer Sache auf der Spur", begann sie. „Er habe etwas herausgefunden. Etwas, das uns ein wenig Geld einbrächte, wenn er es richtig anstellen würde."

„Erpressung?"

Sie war schockiert. „Ich … nein, das glaube ich nicht."

„Hat er Ihnen gesagt, was er herausgefunden hatte?"

„Nichts Genaues. Er meinte nur, es habe etwas mit Mr McKinley zu tun."

„Mit Mr McKinley?"

„Ja. Er sei nicht der, für den er sich ausgibt, hat er gesagt."

„Wissen Sie, wie er darauf kam?"

„Nein."

„Sie haben ihn nicht danach gefragt?"

„Nein, habe ich nicht."

„Hat er irgendwelche Andeutungen gemacht? Vielleicht mal erwähnt, was genau er damit meinte?"

„Ich habe Ihnen doch schon alles gesagt", meinte sie. „Ich weiß es wirklich nicht."

„Können Sie mir wenigstens erzählen, was Adam Kershaw während der letzten Tage getan hat?", fragte Swanson. „Ist er irgendwo hingegangen? Hat er sich mit jemandem getroffen?"

„Das hat er mir nicht gesagt."

„Aber von irgendwoher muss er ja seine Informationen gehabt haben."

„Das Einzige, was ich weiß, ist, dass er in diesem Krankenhaus in Whitechapel war", schluchzte sie. „Und das habe ich Ihnen schon vor drei Tagen gesagt."

„Das haben Sie nicht", sagte Swanson und stand auf. „Sie erwähnten nur, er sei in Whitechapel gewesen."

„Dann hatte ich es wohl vergessen."

„Welches Krankenhaus suchte er auf, Miss Abigail?"

„Das London Hospital natürlich."

„Und wann war das?"

„An dem Tag, an dem er gestorben ist", sagte sie.

„Was er dort wollte, wissen Sie nicht?"

„Nein."

„Sagen Sie – haben Sie ein Foto von Adam, das Sie mir für eine Weile überlassen können?"

Sie nickte, zog es aus der großen Brusttasche ihrer Schürze und hielt es ihm hin. „Sie werden ihn doch finden, den Mann, der Adam umgebracht hat?"

„Das werde ich, Miss Black", sagte Swanson. Er nahm das Foto und ging. Sie hatte es an ihrem Herzen getragen. Es war noch ganz warm.

VIERTER TEIL

Der Vorhang fällt

>> Es gibt gewisse Zuschauer,
die zu Vorstellungen
von Zauberkünstlern gehen,
weniger aus Freude
an dem Unbegreiflichen,
als um ihren sehr oft zweifelhaften
Scharfsinn zu beweisen. <<

Jean Eugène Robert-Houdin,
1805-1871, frz. Zauberkünstler

KAPITEL 14

Das London Hospital war ein mächtiger, abstoßender Bau, der ein riesiges Areal auf der Südseite der Whitechapel Road einnahm.

Swanson hatte Krankenhäuser schon immer verabscheut. Allein der Gedanke an die in gestärkten Häubchen umhereilenden Schwestern und die blutverschmierten Schürzen der Ärzte verursachte ihm Übelkeit. Trotzdem zwang er sich weiterzugehen, getrieben vom unstillbaren Verlangen, endlich zu erfahren, was Adam Kershaw hier gewollt und vielleicht sogar herausgefunden hatte.

Der Gestank war schier unerträglich. Die Gänge waren erfüllt von den Ausdünstungen des hinsiechenden Lebens und des Todes. Kot, Urin und Äther. Swanson unterdrückte den aufkommenden Würgereiz, als ihm die Gerüche wie ein warmer Pesthauch entgegenschlugen. Zügig ging er zum Empfang und legte der jungen Frau, die sich nach seinen Wünschen erkundigte, das Foto von Adam Kershaw vor, das Miss Black ihm überlassen hatte.

„Kennen Sie diesen Mann?"

„Ja, natürlich", sagte sie und strahlte dabei über das ganze Gesicht. „Das ist doch der freundliche junge Herr, der Mary Rednell neulich besucht hat."

Swanson war mehr als erstaunt. „Sie müssen hier doch Hunderte von Patienten haben", meinte er. „Wie kommt es, dass Sie mir sofort sagen können, zu wem der Gentleman wollte?"

„Weil jeder hier Mary kennt", sagte sie. „Sie ist seit vielen Jahren hier. Und sie ist die Patientin, die niemals Besuch bekommt. Wenn sich das innerhalb einer Woche plötzlich ändert und sich jeden zweiten Tag ein anderer Mann nach ihr erkundigt, vergisst man das nicht so leicht. Sind Sie auch ein Verwandter, Sir?"

„Ich fürchte, nein", sagte Swanson und das Strahlen verschwand so abrupt aus dem Gesicht der Krankenschwester, als habe man es ihr mit einem Lappen abgewischt. „Ich bin von Scotland Yard. Chief Inspector Donald Swanson, Miss." Er steckte das Foto wieder ein. „Sagen Sie, wann war der freundliche junge Herr hier?"

Sie starrte ihn mit offenem Mund an. „Vor ein paar Tagen war er hier, Sir. Scotland Yard? Was ist denn geschehen? Doch kein Verbrechen, oder?"

Swanson ignorierte die Frage. „Hat er gesagt, was er von Miss Rednell wollte?"

„Nur, dass er sie besuchen wollte. Ich habe ihn dann zu Oberschwester Higgins weitergeschickt. Sie hat den Frauenflügel unter sich." Erschrocken legte sie sich die Finger an die Lippen. „Er war doch so ein hübscher und netter Gentleman. Er wird doch nichts Unrechtes im Sinn gehabt haben?"

„Hätten Sie wohl die Güte, mich ebenfalls zu Oberschwester Higgins weiterzuschicken?", fragte Swanson.

Oberschwester Higgins betrachtete die Fotografie von Adam Kershaw und nickte. „Ja, das ist der junge Gentleman, Sir. Ich wunderte mich gleich über ihn, aber er behauptete, er sei mit Miss Rednell verwandt."

Obwohl er keinerlei Zweifel mehr daran hatte, wer Marys Vater war, zeigte Swanson ihr auch das Foto von Edward McKinley, das ihm Constable Evans überlassen hatte. „Ist das Marys Vater?"

Sie warf nur einen kurzen Blick darauf. „Ja, Sir. Er kam

jedes Jahr einmal her, brachte einen Umschlag mit Geld mit und erkundigte sich nach ihr", sagte die Oberschwester dünnlippig. „Aber besucht hat er sie nie. Nur beim letzten Mal, da musste ich ihn zu ihr führen."

„Wissen Sie, warum er es zuvor nicht tat?"

„Ich habe ihn nicht danach gefragt."

„Wussten Sie, wer Mr Rednell war? Ich meine, war Ihnen bekannt, was er beruflich machte? Dass er als Zauberkünstler arbeitete?"

„Nein." Sie sah ihn ehrlich überrascht an. „Ist das wirklich wahr?"

„Ja, Ma'am. Offiziell starben Mr Rednells Frau und Tochter bei einem Brand. Sie kamen bei einer misslungenen Zaubervorführung zu Tode."

„Aber Mary lebt noch."

„Rednell ließ sie kurz nach der Beerdigung seiner Frau für tot erklären."

„Das ist ja entsetzlich", sagte sie. „Nun wird mir auch klar, warum er sie nicht besuchte. Schätze, er konnte ihr nicht in die Augen sehen."

„Bekam das Mädchen sonst von jemandem Besuch?", fragte Swanson.

„Nein. Niemals. Jedenfalls nicht von außerhalb des Krankenhauses", setzte sie hinzu. „Schwester Edith, eine junge Lernschwester hier, hat sich ein wenig mit Miss Rednell angefreundet. Sie besucht sie jeden Tag und geht mit ihr spazieren. Sie opfert sich richtiggehend für sie auf." Traurig blickte sie ihn an. „Es ist schrecklich, nicht wahr? Wie wenig man doch über die Patients und ihre Angehörigen weiß. Mary hat immer gesagt, ihr Vater sei Zauberer, und eines Tages würde er kommen, um sie zu holen. Wir haben das bloßem Wunschdenken zugeschrieben. Und nun stellt sich heraus, dass es stimmt." Die Oberschwester schlug die Augen nieder, atmete tief ein und sagte: „Ich frage mich, was nun aus Mary Rednell wird, jetzt, da ihr Vater nicht mehr am Leben ist."

Swanson durchmaß die langen und dunklen Korridore eiligen Schrittes. Wenn es stimmte, was Adam Kershaw zu Abigail Black gesagt hatte, war das Rätsel gelöst.

Er sah jetzt alles ganz genau vor sich. Der Mörder war wirklich sehr geschickt vorgegangen. Ganz wie es sich für einen Meister der Illusion gehörte. Doch was Swanson am meisten ärgerte, war, dass er selbst auf diesen Trick hereingefallen war.

Die intelligentesten Menschen lassen sich am leichtesten verblüffen, schoss es ihm durch den Kopf. Aber auch das war jetzt kein Trost mehr. Er hätte viel früher darauf kommen müssen. Er hatte das Motiv die ganze Zeit über vor Augen gehabt.

Das Mädchen im Krankenhaus, die merkwürdigen Andeutungen des Bauchredners und dann Edward McKinley selbst. Am Ende ist alles immer schrecklich einfach, dachte Swanson nicht zum ersten Mal im Laufe seiner Karriere. Jeder Zaubertrick war dazu angetan, dem Zuschauer etwas vorzugaukeln, das nach menschlichem Ermessen ganz und gar unmöglich erschien. Und so war es auch in diesem Fall gewesen.

All der Tand, die Kerzen auf dem Tisch, das Aschehäufchen, welches, wie Swanson angenommen hatte, von einem Pyrofaden herrührte, der irgendwie dazu benutzt worden war, die Tür von innen zu verschließen, während der Mörder selbst das Zimmer bereits verlassen hatte – all das hatte in Wahrheit keinem anderen Zweck gedient, als sie zu verwirren.

Misdirection, dachte er.

Ablenkung.

Zurück im Yard legte Donald Swanson seinem Sergeant die neuesten Erkenntnisse dar.

„Laut Oberschwester Higgins kam Edward McKinley jedes Jahr einmal ins Krankenhaus, um sich nach dem Zustand seiner Tochter zu erkundigen", sagte Swanson und hob den Zeigefinger. „Und nie besuchte er sie. Das tat er vor drei Tagen das erste Mal."

„Wenn er das Mädchen im Krankenhaus noch besucht hat, nachdem er Stedman zufolge bereits tot war, muss irgendjemand sich irren", sagte Phelps. „Ich neige eher dazu, Charly zu vertrauen. Diese Oberschwester muss sich geirrt haben."

„Hat sie nicht", versicherte ihm Swanson. „Ich habe das Gästebuch gesehen, in das sich jeder Besucher eintragen muss. McKinley war dort, daran besteht gar kein Zweifel."

„Dann müsste es ja zwei McKinleys geben, Sir."

„Der Gedanke liegt nahe, nicht wahr?"

„Er könnte einen Zwillingsbruder gehabt haben, Sir." Sergeant Phelps lief zur Höchstform auf. „Das würde in der Tat einiges erklären."

„Das bezweifle ich", sagte Swanson und schüttelte nachdrücklich den Kopf. „Im Kriminalroman ist es nie der Zwillingsbruder. Viel zu unglaubwürdig. Er kommt einfach nicht vor. Nicht mal in den ganz besonders schlechten."

„Das hier ist aber kein Kriminalroman", gab Phelps zu bedenken. „Das hier ist das Leben."

„Das sagen Sie", meinte Swanson. „Ist Ihnen die Theorie geläufig, nach der alles im Leben vorherbestimmt ist?"

„Nein, Sir."

„Manche Leute glauben, das Leben sei nichts weiter als eine Illusion", sagte Swanson. „Und es gäbe da jemanden, der alles, was uns geschieht, schon vor Ewigkeiten in ein großes Buch geschrieben hat."

„Oder auf Palmblätter, Sir." Der Sergeant sah Swanson merkwürdig an. „Sie glauben doch diesen Unsinn nicht, oder?"

Swanson lachte, auch wenn ihm ganz und gar nicht danach zumute war. „Nein, Phelps, natürlich nicht."

Der Sergeant sah erleichtert aus.

„Was, wenn der Tote gar nicht Rednell ist?", meinte Swanson. „Was, wenn er irgendjemand anderes tötete und in diesen Kasten legte. Jemanden, der ihm ähnlich sah. Außer einem dichten Bartwuchs und Rednells ungefährer Statur brauchte der Kandidat nicht viel mehr mitzubringen."

„Nun, Sir –" Phelps räusperte sich. „Hätte das nicht jemandem auffallen müssen?"

„Wohl kaum. Denn niemand im Theater kannte ihn näher, ehe er in London sein Engagement antrat. Alles, was von ihm an Bildern existierte, waren ein paar gemalte Plakate und das eine oder andere schlechte Zeitungsfoto."

„Wenn das wirklich stimmt, stellt sich allerdings die Frage, wo er jetzt steckt."

„Das ist der eigentliche Punkt", sagte Swanson und tippte sich mit dem Zeigefinger an die Nasenspitze. „Wenn es zutrifft und Rednell sich irgendwo verborgen hält, wird uns nichts anderes übrig bleiben, als ihn hervorzulocken."

„Und wie wollen Sie das anstellen, Sir?"

Die Tür ging auf und Sergeant Clarence Penwood betrat das Büro. Er trug eine dicke Brille und seine riesenhaft vergrößerten Augen suchten den kleinen vollgestopften Raum ab. „Chief Inspector. Ein Bote hat das für Sie unten am Empfang abgegeben."

Es war eine in der Mitte gefaltete Karte aus dünnem Karton. Swanson öffnete sie und las die kurze Botschaft, die darauf stand.

„Wer hat das gebracht?", fragte er.

„Ein Junge, Sir", antwortete Penwood. „Gab die Nachricht ab und machte sich wieder aus dem Staub. Ist es was Wichtiges?"

„Könnte man sagen." Der Chief Inspector legte die Karte auf den Tisch und Penwood und Phelps reckten die Hälse, um sie zu lesen.

Mein lieber Mr Swanson,

Sie wollen wissen, was es mit den Vorkommnissen im Adelphi Theater auf sich hat? Dann kommen Sie am 13. Januar um halb zehn abends in den Requisitenraum unter der Bühne. Ich habe Ihnen ein Angebot zu machen. Aber kommen Sie allein und unbewaffnet. Und bringen Sie Papier und Bleistift mit.

Ein guter Freund

KAPITEL 15

„Nur Sie und ich wissen, wer es getan hat, Phelps", sagte Swanson, auch wenn er noch nicht genau wusste, warum?

Der Sergeant sank mutlos auf einen Stuhl. „Das Problem ist, wir können ihn nicht finden."

„Wir müssen McKinley aus der Reserve locken." Swanson nahm auf der Schreibtischkante Platz. „Noch fühlt er sich sicher, denn er hat alles sehr geschickt eingefädelt, das muss ich zugeben. Aber von einem professionellen Magier hatte ich, ehrlich gesagt, auch nichts anderes erwartet. Jedoch muss er sich zeigen, sonst kann er sich nicht mit mir treffen."

„Schon, Sir. Aber was wollen Sie tun?"

„Ihn mit seinen eigenen Mitteln schlagen, natürlich", sagte Swanson entschieden. „Wir tricksen ihn aus, Phelps. Was anderes wird uns nicht übrig bleiben."

Phelps' Gesicht begann vor Aufregung zu glühen. Er nahm seinen Notizblock heraus und blätterte ihn durch. „Wir wissen, dass er diese Ossa-Sepia-Schalen aus Mastertons Zimmer stahl, weil er sie dazu brauchte, den Zimmerschlüssel nachzumachen, damit es so aussah, als habe er den Raum von innen abgeschlossen. Aber ich habe nach wie vor nicht verstanden, weshalb er Kershaw, den Bauchredner, tötete."

„Vermutlich weil der ihn erpresste", sagte Swanson. „Von Abigail wissen wir, dass Kershaw zu ihr sagte, McKinley sei nicht der, für den er sich ausgäbe. Und wir wissen weiterhin, dass er im London Hospital war und Mary Rednell besuchte. Ich nehme an, er zählte eins und eins zusammen und konfrontierte McKinley mit dem Unglück, das sich vor all den Jahren ereignet hatte."

„Denn wir wissen, dass seine Frau bei diesem schrecklichen Brand vor elf Jahren starb und dass Mary Rednell vor dem Gesetz seine Tochter ist."

„Genau. Der Mann hatte sich eine neue Identität aufgebaut", sagte Swanson. „Er war sehr erfolgreich. Er musste fürchten, die alte Geschichte könne an die Öffentlichkeit gelangen. Und um das zu verhindern, brachte er Kershaw um."

„Klingt logisch, Sir."

„Gehen wir noch einmal alles durch, Phelps", sagte Swanson. „Sie wissen, was zu tun ist?"

„Klar, Sir. Ich achte mit Mr Greenland auf Mr van Dyke." Er beugte sich zu Swanson herüber. „Denken Sie wirklich, McKinley hat es auf ihn abgesehen?"

„Ich vermute es", sagte Swanson. „Denken Sie an alles, was ich Ihnen über die Zauberei beigebracht habe. Der erste Anschein ist immer falsch. Kriegen Sie das auch hin?"

„Ich denke schon." Sergeant Phelps knöpfte sich den Mantel zu. „Ist mit Mr Greenland alles abgesprochen?"

„Ja", sagte Swanson. „Er wartet bereits auf uns."

„Dann kann ja wohl nichts mehr schiefgehen, Sir."

Und sie nahmen ihre Hüte und machten sich auf den Weg zum Adelphi.

Adelphi Theater, The Strand, London, am selben Abend

„So, wie es aussieht", erklärte Swanson und sah jeden Einzelnen der im Salon Anwesenden eindringlich an, „ist Edward McKinley noch am Leben."

„Das ist doch Schwachsinn!", rief Pollock, der an der Kamineinfassung lehnte, in das überraschte Gemurmel der anderen hinein. „Wir alle haben seine Leiche gesehen."

„Ich habe Grund zu der Annahme, dass es sich bei dem Toten um jemand anderen handelt", erklärte Swanson.

Masterton rückte auf die Sesselkante vor. „Und um wen, Chief Inspector?"

„Das wissen wir zurzeit leider noch nicht."

„Ach, und warum hat McKinley seinen Tod auf diese skurrile Weise inszeniert?", fragte Maskelyne, der auf dem Sofa saß, einen kleinen Zauberkoffer auf den Knien balancierend.

„Sehen Sie, Mr Maskelyne", sagte Swanson, „ich denke, er tat es hauptsächlich aus zweierlei Gründen. Einmal um von sich abzulenken, und zum anderen um sich selbst seine Schläue zu demonstrieren."

Pollock durchmaß kopfschüttelnd den Salon und ging zur Bar hinüber. „Aber warum hat er's getan?"

„Wir denken, dass er seinen Tod vortäuschte und untertauchte, um anschließend ungestört jemand anderen ermorden zu können. Denn niemand verdächtigt einen Toten, nicht wahr?"

Pollock goss sich einen großen Brandy ein und trank ihn in einem Zug aus. „Und auf wen, meinen Sie, hat er es abgesehen?", fragte er.

„Auf den Star dieser Show", sagte Swanson.

Maskelyne und van Dyke riefen beide gleichzeitig erschrocken: „Auf mich?"

„Nun, wir sind uns ziemlich sicher, dass Mr van Dyke das eigentliche Opfer sein sollte", sagte Swanson.

Maskelyne sah ein wenig enttäuscht aus. „Wie können Sie da so sicher sein, Chief Inspector?", fragte er. „Der erste

Anschlag galt Masterton, wenn ich mich nicht irre. Dann erst wurde der auf van Dyke verübt."

„Ganz sicher können wir uns natürlich nie sein, Sir. Aber wir müssen gewisse Vorsichtsmaßnahmen ergreifen. Mr Greenland und Sergeant Phelps werden heute Nacht bei Ihnen bleiben, Mr van Dyke."

„Bei mir? Wieso gerade heute? Glauben Sie etwa, der Kerl hat vor, mich heute noch umzubringen?"

„Eine reine Vorsichtsmaßnahme, Sir", versuchte Sergeant Phelps ihn zu beruhigen, doch er klang nicht sehr überzeugend.

„Ich bekam eine Nachricht, die in diese Richtung deutet", sagte Swanson knapp. „Ich bitte Sie daher, sich alle auf Ihre Zimmer zu begeben und sich einzuschließen. Öffnen Sie niemandem die Tür. Ganz egal, was auch geschehen mag. Wir werden Ihnen Bescheid geben, sobald die Sache ausgestanden ist."

Maskelyne erhob sich empört. „Bekommen wir Polizeischutz?"

„Nein, Sir", sagte Phelps. „Es reicht aus, wenn Sie auf Ihren Zimmern bleiben und sich einschließen."

„Und was werden Sie tun?", fragte der Theaterintendant und sah den Chief Inspector prüfend an.

„Ich, Mr Pollock", erwiderte Swanson, „ich werde meine Verabredung einhalten."

„Sie passen auf unseren Star auf, Phelps", sagte Swanson. „Achten Sie darauf, dass niemand sich ihm nähert. Wenn Sie Essen bestellen wollen, lassen Sie es sich von außerhalb des Theaters kommen."

„Sie denken, jemand könnte ihn vergiften?"

„Ich weiß nicht, was er vorhat. Alles ist möglich. Wenn

meine Hypothese stimmt, haben wir es hier mit jemandem zu tun, der das Handwerk der Illusion perfekt beherrscht. Und wenn er Mr van Dyke ans Leben will, so wird ihm das auch gelingen, wenn wir nicht besonders gut darauf vorbereitet sind. Er wird Sie einfach mit irgendetwas anderem, Ihnen noch wichtiger Erscheinenden ablenken und so seine wahren Absichten verschleiern. Und ich kann Ihnen versichern, Phelps – Sie merken davon nicht das Geringste."

„Sie machen mir Angst, Sir", meinte Phelps. „So, wie Sie reden, haben wir nicht die kleinste Chance gegen ihn."

„Ich verstehe, dass Sie Angst haben. Die habe ich auch", sagte Swanson. „Allerdings haben wir einen Vorteil."

„Und der wäre, Sir?"

„Er hat keine Ahnung, dass wir wissen, dass er es ist."

„Da haben Sie recht, Sir."

„Trotzdem – Illusionisten überlassen nichts dem Zufall, merken Sie sich das. Wir haben es oft genug mit Tätern zu tun, die aus einem Impuls heraus handeln, aber das alles ist hier nicht der Fall. McKinley ist Berufszauberer. Er wird seine Kenntnisse der Zauberkunst auch für sich einsetzen."

„Aber Sie haben gesagt, wenn ein Zauberkünstler auf seine Hand zeigt, will er uns nur von etwas anderem ablenken."

„Sie haben gut aufgepasst, Phelps."

„Jetzt zeigt er mit seinem Zeigefinger auf van Dyke."

Daran hatte Swanson nicht gedacht. „Sie meinen ..."

„Dass er vielleicht will, dass wir uns um Mr van Dyke kümmern, um von seinem eigentlichen Ziel abzulenken."

„Sie könnten recht haben", sagte Swanson und zog nachdenklich die Stirne kraus.

„Ich meine", hob Phelps an, „was, wenn sich alles auf Mr van Dyke konzentriert und der Mörder dann in aller Seelenruhe jemand anderen um die Ecke bringt?"

Swanson nahm an, dies bereits bedacht zu haben. Auf van Dyke war nur einer der Anschläge verübt worden. Zwei, wenn man den Brand im Savoy mitrechnete. „Ich bin mir sehr sicher, McKinley hat mir diese Karte zukommen lassen, weil er mich treffen will. Und ich werde dort sein."

„Hoffen wir mal, er möchte Ihnen nur einen Zaubertrick vorführen", meinte Sergeant Phelps sorgenvoll.

„Das befürchte ich", sagte Donald Swanson. „Ich kann Ihnen nur leider keine Garantie dafür geben, dass ich ihn auch überleben werde."

Erich hatte ihnen eine große Kanne Tee gekocht, einen Teller mit Sandwiches hingestellt und war, wie von Swanson angeordnet, auf sein Zimmer gegangen.

Miss Abigail Black war von Swanson sicherheitshalber schon Stunden zuvor zu einer Verwandten in Highgate geschickt worden. Die Sergeants Penwood und Wilson hatten sie persönlich abgeholt und dorthin gebracht. Sie war in Sicherheit. Blieben nur noch Maskelyne, Masterton und van Dyke. Erich und den Theaterdirektor hielt er nicht für gefährdet.

Chief Inspector Swanson hatte sich auf den Weg zu seiner Verabredung gemacht, und van Dyke, Greenland und Phelps saßen in dem von innen versperrten Raum im ersten Stock zusammen und vertrieben sich die Zeit mit Geschichten aus ihrem Leben, wobei die meiste Zeit der Zauberkünstler redete.

Eine Dreiviertelstunde lang geschah rein gar nichts.

Dann ließ um kurz vor neun ein dumpfer Knall die Fensterscheibe erzittern.

„Schauen Sie nur – da!", sagte van Dyke und deutete mit ausgestreckter Hand zum Fenster. „Haben Sie den Schatten gesehen?"

Greenland stellte seine Teetasse hin. Phelps sprang auf die Beine – was nicht ganz einfach war, denn seine Verdauung spielte verrückt, und er befürchtete, wenn er die Backen nicht fest genug zusammenkniff … Etwas staksig trat er ans Fenster, stützte sich mit den Händen am Sims ab, um nicht umzufallen, und spähte nach draußen in das nächtliche Schneetreiben.

„Ich sehe nichts, Sir", sagte er schließlich.

„Das ist merkwürdig", sagte der Illusionist in nachdenklichem Ton. „Ich war ganz sicher, ich hätte ein Gesicht gesehen."

Phelps wandte sich um. „Ein Gesicht, Sir? Wessen Gesicht?"

„Ich kann es mir eingebildet haben", sagte van Dyke, „aber es sah aus wie das Gesicht von Edward McKinley."

„Ich werde mal unten nachschauen", meinte Frederick Greenland und ging zur Zimmertür.

„Wo wollen Sie hin, verdammt?" Van Dyke starrte ihn ungläubig an. „Das ist vielleicht nur ein Trick gewesen, um Sie wegzulocken!"

„Keine Sorge. Der Sergeant bleibt ja bei Ihnen." Und damit rannte er den Korridor zum Treppenhaus hinunter.

„Und Sie haben wirklich nichts gesehen, Sergeant?"

„Nein, Sir."

„Ich bin mir sicher, es war McKinley."

Phelps wusste nicht recht, was er dazu sagen sollte. „Aber er kann kaum zum Fenster hochgeflogen sein."

„Ich weiß", sagte van Dyke. Er ging zum Tisch hinüber, sank auf den Stuhl, griff nach der Teekanne und schenkte sich und Phelps abermals ein. „Ich weiß, Sergeant. Das weiß ich doch alles. Und trotzdem – er war da. Sein Gesicht, ich habe es ganz genau gesehen." Mit zitternden Fingern hielt er Phelps die Tasse hin, während sein Blick immer wieder zum Fenster hinüberwanderte. „Und Sie haben es wirklich nicht gesehen?"

„Nein", versicherte Phelps. „Nein, so leid es mir tut." Mit einem Seufzer breitete er die Arme aus und ließ sie dann sinken.

„Ich muss verrückt sein." Van Dyke schüttelte traurig den Kopf. „Wahrscheinlich habe ich es mir bloß eingebildet." Dann ruckte plötzlich sein Kopf hoch und er blickte Phelps mit einer Verzweiflung und Ernsthaftigkeit an, die den Sergeant erschreckte. „Und was, wenn ich es mir nicht eingebildet habe? Was, wenn es doch McKinley war? Was, wenn Swanson recht hat und er gar nicht tot ist und sich eins ins Fäustchen lacht? Er ist Magier, genau wie ich. Wer weiß, womöglich hat er sich einen ganz ausgeklügelten Plan zurechtgelegt, um mich in den Irrsinn zu treiben." Van Dyke stützte die Ellenbogen auf den Tisch und vergrub das Gesicht in den Händen.

Phelps dachte einen Moment darüber nach, während sich in seinem Bauch ein Sturm zusammenbraute. Dann sagte er: „Warten wir ab, ob Mr Greenland irgendwas findet. Dass jemand zum Fenster rauffliegt, halte ich für ausgeschlossen, Sir."

Van Dyke stieß einen Lacher aus. „Das sagen Sie, junger Mann. Doch Sie haben nicht die geringste Erfahrung, was die Welt der Illusionen angeht. Nur, weil sich etwas nicht erklären lässt, heißt das noch lange nicht, es ist auch unmöglich."

„Das hat Chief Inspector Swanson auch gesagt. Ich versuche, es nicht aus den Augen zu verlieren." Er sprang auf. „Es ist mir unwahrscheinlich peinlich, Mr van Dyke, aber ich müsste mal dringend auf die Toilette."

„Was?" Der Zauberkünstler sah ihn entsetzt an. „Sie wollen mich doch jetzt nicht allein lassen? Swanson hat gesagt …"

„Ich kann es nicht ändern Sir!" Phelps trat von einem Bein auf das andere. Noch ein paar Minuten länger und es würde ein Unglück geschehen. „Es ist wirklich sehr dringend."

„Wenn Sie pinkeln müssen, tun Sie es hier." Van Dyke hielt ihm mit zitternder Hand die Teekanne hin. „Ich werde mich abwenden."

„Ich fürchte, das geht nicht, Sir", presste Phelps die Sätze mühevoll hervor. „Die Sache ist etwas … anders geartet."

Van Dyke schien zu verstehen. „Dann komme ich mit. Ich bleibe nicht allein in diesem Zimmer."

„Also gut, Sir. Wo ist die Toilette?"

„Die Räume sind auf dem Gang", sagte van Dyke mit Panik im Blick. „Wollen Sie da wirklich rausgehen?"

„Ich muss", stöhnte Phelps, öffnete die Zimmertür und spähte vorsichtig auf den dunklen Gang hinaus. Es war niemand dort. „Dann kommen Sie", sagte er und trippelte mit zusammengepressten Knien voran. Van Dyke folgte ihm wie ein Schatten.

Die Waschräume mit den drei Toiletten lagen rechterhand, doch dort brannte kein Licht. „Warten Sie hier, Sir", sagte Phelps. An seinen Hosenknöpfen fummelnd stürzte der Sergeant auf die Kabine gleich in der Mitte zu.

„Beeilen Sie sich, um Gottes willen", sagte van Dyke. „Auf dem Klo nützen Sie mir als Leibwächter nichts, Mann."

„Es tut mir sehr leid, Sir." Phelps brach der Schweiß aus. Hastig riss er die Tür der Kabine auf und schaffte es gerade noch rechtzeitig, sie wieder hinter sich zuzusperren, die Hose loszuwerden und auf den Toilettensitz zu plumpsen, ehe sein Darmtrakt zu explodieren schien. Draußen vor der Tür hörte er van Dyke nervös auf und ab laufen und „Großer Gott!" vor sich hin murmeln.

„Sie hätten mir wenigstens eine Waffe dalassen können."

„Wir tragen keine Waffen, Sir", stöhnte Phelps.

„Was für ein rückständiges Land Ihr England doch ist. Bei uns in Amerika tragen alle Waffen. Ich stehe hier draußen Todesängste aus, während Sie da drin … all diese widerlichen Geräusche machen."

„Tut mir leid, Sir. Aber ich glaube, es ist gleich überstanden. Mir geht es schon viel besser", meinte Phelps, doch er spürte, wie sich erneut ein heftiges Gewitter in seinem Bauch zusammenbraute. Tränen stiegen ihm in die Augen, als schließlich unter Krämpfen die Erlösung kam.

„Dieser Gestank ist unerträglich, mein Junge. Beeilen Sie sich bloß", jammerte van Dyke. Seine Stimme klang seltsam gedämpft, so als habe er sich ein Taschentuch auf Mund und Nase gepresst. „Ich kann mich nicht erinnern, jemals … He, warten Sie mal! Was hat das zu bedeuten …?"

Sergeant Phelps hörte einen dumpfen Schlag. Dann, wie ein schwerer Körper zu Boden fiel.

„Mr van Dyke, Sir? Alles in Ordnung mit Ihnen?" Stille. „Hallo? Sind Sie noch da?"

Noch immer keine Antwort.

„Oh, Scheiße", stöhnte Phelps. Und ein weiterer Darmkrampf ließ seine Eingeweide erbeben, ehe abermals die Erlösung kam.

Noch nie zuvor hatte der Sergeant sich dermaßen hilflos gefühlt. Blieb nur zu hoffen, dass Greenland jede Minute wieder auftauchte. Und so laut er konnte, begann er nach ihm zu rufen.

Frederick Greenland hatte unterdessen bereits sämtliche Straßen und Hintergassen rund um das Adelphi abgesucht.

Die vielversprechenden Fußspuren im Schnee unter dem Fenster des Zimmers, in dem Phelps und van Dyke sich verborgen hielten, konnten, wie er sich eingestehen musste, von jedem dahergelaufenen Passanten stammen. Auch eine weggeworfene Zigarre, die er im Rinnstein fand, war ihm keine Hilfe. Zwar hatte er in der Drury Lane einen Mann gesehen, auf den die Beschreibung des Mörders passte, doch als er ihm nachlief und ihn ansprach, stellte er sich als Droschkenkutscher heraus, der lediglich im Pub einen Hot Toddy gegen die Kälte getrunken hatte.

McKinley selbst schien sich in Luft aufgelöst zu haben.

Ein eisiger Wind blies Frederick in die Kleider und zerzauste sein Haar, als er schließlich aufgab und beschloss, zum Theater zurückzugehen.

KAPITEL 16

In der Requisite unter der Bühne herrschte Stille und Dunkelheit. Der Staub tanzte in dem wenigen Licht, das durch den Türspalt und die Ritzen in der dünnen Holzverschalung fiel, die diesen Raum vom Orchestergraben trennte.

Chief Inspector Donald Swanson wartete. Doch er war sicher, dass der Mann über kurz oder lang auftauchen würde. Und er musste nicht sehr lange warten.

Nach etwa fünfzehn Minuten konnte er hören, wie vom Flur her zögernde Schritte näher kamen. Dann öffnete sich die Tür und er sah die Umrisse eines großen Mannes, der sich suchend nach allen Seiten umsah. Und als er ins Licht trat, erkannte Swanson ihn.

„Edward McKinley!", sagte der Chief Inspector in gespielter Überraschung. „Ich habe es mir fast gedacht."

„Kommen Sie", sagte der Mann mit dem schwarzen Krausbart und trat einen Schritt auf den Chief Inspector zu. „Erzählen Sie mir nicht, Sie seien nicht wenigstens ein ganz klein wenig überrascht."

„Oh, doch, das bin ich", gab Swanson zu. „Sehr sogar. Zumal ich Ihren zerstückelten, kalten Leichnam auf einem Tisch im Yard gesehen habe."

„Zauberei", sagte McKinley.

„Lassen wir das alberne Geplänkel, Mr McKinley", meinte Swanson. „Oder sollte ich besser Edmund Rednell sagen?"

„Oh!" Der Mann strich sich mit der rechten Hand über den Bart. „Sie haben Ihre Hausaufgaben gemacht, Chief Inspector. Sehr schön. Jetzt haben Sie mich am Haken."

„Sie schrieben mir, Sie hätten ein Angebot für mich."

„Das habe ich in der Tat, Mr Swanson." McKinley nickte übertrieben.

„Bevor Sie es mir unterbreiten, erzählen Sie mir lieber, warum Sie Ihre Tochter so selten besuchten."

„Meine Tochter?"

„Mary Rednell", sagte Swanson. „Sie werden sich doch noch an sie erinnern."

Rednells Gesicht wurde ernst. „Sie haben kein Recht, über Mary zu reden. Hören Sie auf damit!"

„Sie scheint Ihnen wichtiger zu sein, als es all die Jahre den Anschein hatte. Immerhin besuchten Sie sie nicht ein einziges Mal während dieser Zeit."

„Letzte Woche schon." Rednells dünner Stimme war deutlich der Schmerz anzumerken. „Sie haben ja keine Ahnung."

„Warum nicht schon früher?", fragte Swanson. „Warum erst letzte Woche?"

„Weil ich nicht die Kraft dazu hatte." Er sah zu Boden.

„Ist das so?" Swanson wusste, dass das nicht stimmte. Trotzdem fragte er: „Lag es daran, weil Sie sich für ihren Zustand verantwortlich fühlten? Weil Sie das Mädchen und seine Mutter in eine solch gefährliche Darbietung einbanden?"

Der große, bärtige Mann schwieg eine ganze Weile. Dann sagte er mit leiser Stimme: „Da Sie ja ohnehin schon alles wissen, kann ich Ihnen auch den Rest noch erzählen. Es geschah in Chicago", fuhr er fort. „Ich führte damals eine Illusion mit dem Titel ‚Die Verbrennung der Hexen von Salem' vor."

Swanson betrachtete Rednell genau. „Worum ging es bei dieser Illusion?"

„Ich erzählte die Geschichte zweier Hexen, die zum Tode verurteilt sind, aber durch Zauberei dem Scheiterhaufen entkommen. Dazu werden sie in einen präparierten Holzkasten gesperrt. Das Mädchen trägt keine Fesseln, aber … aber Ruth musste ich für die Nummer so in dem Kasten fixieren, dass nur noch ihr Kopf und ihre Arme aus dem Apparat hervorschauten. Dann wurde ringsherum Holz und Reisig aufgeschichtet und angezündet."

„Doch etwas ging schief", sagte Swanson.

„Eigentlich war es eine todsichere Sache. Doch ich überschätzte mein Können." Er verstummte wieder.

„Was passierte damals, Mr Rednell?"

„Einfach alles ging schief", wisperte Rednell mit hörbar brechender Stimme. „Ich vergaß einen Verschluss zu öffnen, ehe ich das Feuer entzündete, durch den Ruth und Mary sich hätten aus dem brennenden Kasten befreien können. Meine geliebte Ruth verbrannte bei lebendigem Leib. Ich konnte nichts tun. Niemand konnte etwas tun. Und Mary …" Er begann zu weinen.

„Sie wurde von Zuschauern aus dem brennenden Requisit gerettet", vervollständigte Swanson den Satz. „War es nicht so?"

„Ja." Rednells Schultern zuckten. Er schluchzte, versuchte jedoch, sich zusammenzureißen, atmete hörbar ein und straffte sich. „Ja. So ist es gewesen." Er wischte sich mit der rechten Hand die Tränen aus den Augen. „Mary überlebte. Aber sie war für ihr Leben entstellt. Nicht mehr als ein gesichtsloser Klumpen verbrannten Fleisches. Ich konnte es einfach nicht ertragen, sie anzusehen. Und so brachte ich sie schließlich nach London."

„Wo Sie das Mädchen geradezu versteckten", sagte Swanson.

„Ich ließ sie für tot erklären." Und eine Spur Groll hatte sich in Rednells hohe, dünne Stimme geschlichen, wodurch sie eine Nuance tiefer klang. „Ich ließ sie für tot erklären, änderte meinen Namen und mein Aussehen und tauchte unter."

„Und bauten sich im Laufe der folgenden Jahre wieder eine erfolgreiche Karriere als Zauberkünstler auf", stellte Swanson fest.

„Bis Hector van Dyke mir auf die Schliche kam", sagte Rednell. „Er erpresste mich. Drohte, alles an die Öffentlichkeit zu zerren, wenn ich ihm nicht finanziell unter die Arme greifen würde."

„Also versuchten Sie ihn zu töten, indem Sie den Verschlussmechanismus der Wasserfolter sabotierten", sagte Swanson.

„So ist es. Unglücklicherweise kamen Sie mir dazwischen."

„Und Adam Kershaw, der Bauchredner? Warum musste er sterben? Erpresste er Sie etwa auch?"

„Ganz recht", gab Rednell zu und nickte. „Ich wollte das nicht, wirklich. Ich mochte ihn. Doch er hatte mich offenbar heimlich dabei beobachtet, wie ich van Dykes Wasserfolter manipulierte. Es tat mir leid um ihn."

„Letztlich hat Ihnen das alles nichts genützt", konstatierte Swanson.

„Seien Sie sich da nicht so sicher." Rednell zauberte einen leeren Briefumschlag hervor und warf ihn Swanson hin.

„Was soll ich damit?"

„Aufschreiben, was ich Ihnen sage", meinte Rednell. „Sonst werde ich Hector van Dyke töten müssen."

„Da irren Sie sich", sagte Swanson. „Zufällig weiß ich,

dass van Dyke in Sicherheit ist. Mr Greenland und Sergeant Phelps sind bei ihm."

„Oh – ich fürchte, Sie sind es, der sich irrt, Chief Inspector." Rednell grinste breit und selbstsicher. „Hector ist nicht mehr im Theater. Meine Leute haben ihn bereits fortgebracht."

Swanson konnte nicht glauben, dass das stimmte. „Wohin?"

„An einen sicheren Ort. Ich lasse ihn gehen, sobald Sie meine Aussage entgegengenommen und wir unser kleines Geschäft abgeschlossen haben."

„Ihre Aussage?" Der Chief Inspector war überrascht.

„Oh, habe ich das nicht erwähnt? Sie schreiben alles auf, was ich Ihnen erzähle, und stecken mein Geständnis in den Briefumschlag. Es ist mein Vermächtnis an die Nachwelt. Sie haben doch wohl Papier und Schreibzeug mitgebracht?"

„Und wenn ich mich weigere?", fragte Swanson.

„Dann wird seine Leiche sicherlich bald auf der Themse an irgendeinem Wehr angeschwemmt werden."

„Also schön, ich tue es", sagte Swanson. „Bleiben nur noch zwei Dinge zu klären, ehe ich mein Versprechen einlöse."

„Welche?"

„Erstens: Wer war der Mann, den Sie mit der Fleischsäge zerteilten und den wir in der Sägeillusion in Ihrem Zimmer fanden?"

„Ein toter Landstreicher. Er war bereits kalt, als ich ihn fand", sagte Rednell und blickte ungeduldig auf den Briefumschlag in Swansons Hand. „Was noch?"

„Nun, Adam Kershaw war ein kleines Licht mit einem kleinen Gehalt. Er hatte zumindest einen Grund, Sie zu erpressen. Allerdings habe ich noch immer nicht ganz verstanden", meinte Swanson und furchte zweifelnd die Stirn, „weshalb Hector van Dyke Sie erpresste. Er war doch ziemlich vermögend."

„Weiß der Teufel!" Rednell zuckte die Achseln. „Vielleicht hat es ihm Spaß gemacht, mich in der Defensive zu sehen. Wenn er es an die große Glocke gehängt hätte, wäre ich als Illusionist erledigt gewesen. Alles, was ich mir mühsam aufgebaut hatte, wäre zum Teufel gegangen."

„Das erklärt es natürlich", stimmte Swanson ihm zu. Er legte den Stift beiseite. „Ich habe alles aufgeschrieben, Mr Rednell."

„Stecken Sie den Zettel in den Briefumschlag. Und dann war es das." Er lachte.

„Nicht ganz. Sie müssen es noch unterschreiben", sagte Swanson freundlich. „Ein unterschriebenes Geständnis kann ich abheften. Einen bloßen Verdacht leider nicht."

„Das hätte ich fast vergessen."

„Sehen Sie? Dabei ist es die einzige Möglichkeit, noch halbwegs ehrenhaft aus dieser fürchterlichen Sache herauszukommen. Sie unterschreiben es und verschwinden. Ich gehe davon aus, dass Sie den Anstand besitzen, sich selbst zu richten, damit Ihre Tochter in den Genuss Ihres Erbes kommt. Unterzutauchen hätte nicht den geringsten Zweck. Über kurz oder lang würden wir Sie kriegen."

„Wenn ich diese Möglichkeit in Betracht zöge – wie viel Zeit habe ich, um meine Angelegenheiten zu regeln?"

„Wären achtundvierzig Stunden angemessen?"

Rednell sah ihn skeptisch an. „Warum lassen Sie sich darauf ein?"

„Weil ich glaube, Sie werden Ihre Eigensucht um Marys willen aufgeben. Sie hat lange genug leiden müssen", sagte

Swanson, legte den Briefumschlag auf den Boden und schob ihn Rednell zu.

Der große, bärtige Mann öffnete ihn und entnahm ihm das vorbereitete Geständnis. Er überflog die wenigen Worte, die darin standen, und nickte. „Also schön", meinte er. „Haben Sie etwas zum Schreiben, Chief Inspector?"

Donald Swanson warf ihm seinen Bleistift zu.

Rednell fing ihn geschickt mit der rechten Hand auf, beugte sich über das Blatt und hielt es mit der linken fest, während er seinen Namen daraufkritzelte. „Das wär's", sagte er. Er schob das Geständnis wieder in den Umschlag zurück und ließ ihn über den Boden zu Donald Swanson hinüberschlittern.

„Das war es in der Tat", meinte der Chief Inspector und stand auf. Swanson hatte genug gesehen. Die Unterschrift war das letzte Puzzleteilchen gewesen, um seinen Verdacht vollends zu bestätigen. Er war an jenem Tag dabei gewesen, als Edward McKinley alias Edmund Rednell in Mr Pollocks Büro seinen Vertrag unterzeichnet und sein Engagement angetreten hatte.

Und er hatte es mit der linken Hand getan.

Adam Kershaw musste es ebenfalls aufgefallen sein. Das also hatte er in Wahrheit gemeint, als er sagte, McKinley sei nicht der, für den er sich ausgäbe.

Über eine Kleinigkeit stolpern sie alle, dachte der Chief Inspector, während er zusah, wie sich Rednell hektisch umsah. Etwas in Swansons Stimme schien ihn nervös gemacht zu haben.

„Keine Sorge", sagte Swanson. „Es wird niemand kommen, um Sie festzunehmen."

„Dann empfehle ich mich." Rednell verbeugte sich huldvoll. „Chief Inspector." Er wandte sich zum Gehen.

„Einen Augenblick."

Rednell fuhr auf dem Absatz herum. „Was denn noch?"

„Dachten Sie wirklich allen Ernstes, ich hätte diese Lügengeschichte geschluckt, die Sie mir da eben aufgetischt haben?" Swanson trat einen Schritt vor und hakte die Daumen in seine Westentaschen. „Und nun, wo das geklärt ist, können wir uns bestimmt auf Augenhöhe unterhalten. Das schwarze Ding da in Ihrem Gesicht muss doch schrecklich jucken, nicht wahr? Von mir aus können Sie den scheußlichen Bart und die falsche Nase ruhig abnehmen, Mr van Dyke."

Das, dachte Swanson nicht ohne Stolz, war haargenau das, was man in der Zauberkunst einen Aufsitzereffekt nannte.

KAPITEL 17

„Das gefällt mir nicht, Mr Swanson." Van Dyke warf die Maske zu Boden und zog ein Stilett mit dünner glänzender Klinge aus dem Ärmel. „Das gefällt mir ganz und gar nicht. Ich hätte es ahnen müssen. Was wissen Sie?"

„Der erste Mord war relativ simpel", sagte Swanson. „Was sicherlich daran lag, dass er nicht von vornherein geplant war. Sie mussten Adam Kershaw aus dem Weg räumen, weil er Ihnen auf die Schliche gekommen war und Sie erpresste. Im Grunde war alles genau so, wie Sie es eben schon zugegeben haben. Ihre Zaubertricks waren leicht zu durchschauen."

„Wenn Sie es sagen, muss es wohl stimmen, Chief Inspector." Van Dyke zuckte die Achseln. Geringschätzig blickte er Swanson an. „Zu dumm nur, dass ich auf Ihre kleinen, amüsanten Finten nicht hereinfalle. Ich bin mir nämlich ziemlich sicher: Sie wissen rein gar nichts."

„Warten Sie", sagte Swanson und streckte die Hand vor, als van Dyke einen weiteren Schritt auf ihn zu machte. „Es lief folgendermaßen ab: Sie erschlugen Kershaw, den Sie unter dem Vorwand, seinen Forderungen nachkommen zu wollen, in Ihre Suite im Savoy gelockt hatten." Swanson hielt inne.

„Weiter." Van Dyke fuchtelte mit der Klinge. „Wie habe ich das Feuer entfacht, was meinen Sie? Ich war nicht dort, als es ausbrach. Telekinese? Eine Astralprojektion?"

„Dazu benutzten Sie die Kaminuhr, den Kerzenleuchter und einen Draht", sagte Swanson. „Sie nahmen die Uhr von ihrem Platz auf dem Kaminsims und stellten sie auf den Tisch in der Mitte des Zimmers. Dann befestigten Sie das eine Ende des Drahts am großen Zeiger der Uhr. Das gebogene Ende hakten Sie unter den Fuß des dreiarmigen Leuchters und zündeten die Kerzen an. Anschließend legten Sie eine Spur aus Schwarzpulver vom Tisch bis zu den Vorhängen am Fenster."

„Sie sollten Zauberkünstler werden, Chief Inspector", sagte van Dyke mit einem hochmütigen Lächeln. „Eigentlich bedauerlich, dass Ihre Karriere ein so abruptes Ende finden muss." Wieder fuchtelte er auffordernd mit der Klinge herum. „Nur weiter – Sie sind äußerst unterhaltsam."

„Nachdem Sie Ihre Vorbereitungen getroffen hatten, verließen Sie Ihre Suite und gesellten sich, wie verabredet, zu den anderen aus dem Ensemble", fuhr Swanson fort. „Von da an brauchten Sie nur noch abzuwarten, bis der Zeiger der Uhr den Draht so weit unter Spannung setzte, dass der Leuchter umkippte und die fallenden Kerzen das Schwarzpulver entzündeten. Auf Sie fiel natürlich kein Verdacht, da Sie ja zu dem Zeitpunkt, als das Feuer ausbrach, bereits im Kreise Ihrer Kollegen im Rules speisten."

„Großartig!" Van Dyke klatschte ein paar Mal anerkennend in die Hände. „Wirklich – ganz großartig. Die Zauberwelt verliert einen hellen Kopf. Aber sagen Sie: Wie kamen Sie darauf?"

„Es lag an der Kaminuhr", sagte Swanson. „Sie stand nicht an ihrem Platz. Das kam meinen Kollegen gleich verdächtig vor."

Van Dyke schnippte mit dem Finger. „Ach ja, das befürchtete ich bereits. Dummerweise hätte das kleine Spielchen mit dem Kamin nicht funktioniert. Zu wenig Platz auf dem Sims und zu weit von den Fenstern entfernt."

„Irgendeine Kleinigkeit verrät einen immer. Ganz egal, wie gut die Planung ist."

„Ach, nun ja", meinte van Dyke und hob das Stilett. „Das Ganze war improvisiert und relativ simpel, wie Sie ja schon so treffend bemerkten. Aber der ‚Dreiteilige McKinley' war ein Geniestreich, das werden Sie zugeben müssen." Er grinste selbstzufrieden. „Ich sollte mir wirklich den Namen schützen lassen."

„Ich fürchte, Sie überschätzen bei Weitem Ihre Talente, Mr van Dyke", sagte Swanson und wich zurück, bis er hinter sich die kalte Wand des Kellerraums spürte. „Auch in dem Fall weiß ich, wie Sie es gemacht haben. Sie brachten die Leiche in dem Requisit ins Adelphi. Dann stahlen Sie Mastertons Ossa-Sepia-Schalen und fertigten einen Abguss des Schlüssels an. So konnten Sie den eigentlichen Schlüssel auf der Sägeillusion platzieren und trotzdem von außen abschließen. Alles andere war schmückendes Beiwerk."

„So kann es kaum gewesen sein. Wie soll ich das in so kurzer Zeit angestellt haben? Was meinen Sie? Eine Viertelstunde ehe man seine Leiche fand, lebte McKinley offensichtlich noch. Ich unterhielt mich sogar auf dem Gang vor dem Salon mit ihm. Dafür gibt es jede Menge Zeugen."

„Doch niemand hat Sie je zusammen gesehen", sagte Swanson. „Während McKinley bereits tot in der Sägeillusion lag, spielten Sie unten im Salon seine Rolle. Sie verließen als McKinley den Raum, zogen sich um und kehrten als Sie selbst zurück. Die Kleidungsverwandlung hat Masterton sogar am Abend Ihres Unfalls vorgeführt. Ein recht simpler Trick."

„Was Sie nicht sagen, Chief Inspector." Van Dyke lächelte. Das Stilett in seiner Hand reflektierte das Licht der Bühnenbeleuchtung und ließ es aufblitzen. „Sie kennen doch den alten Spruch: Die intelligentesten Menschen lassen sich am leichtesten verblüffen. Spricht nicht gerade für Sie, was?"

„Also, warum haben Sie es getan?"

„Sie sind verdammt neugierig für jemanden, der alles durchschaut haben will."

„Ich habe nie behauptet, alles durchschaut zu haben", sagte Swanson, um Zeit zu gewinnen. Er sah sich nach einer Fluchtmöglichkeit um. Doch es schien keine zu geben. Nirgends hingen Seile herunter, an denen er hätte hochklettern können. Nirgends gab es aufgestapelte Kisten, die er hätte umwerfen und so etwas Distanz zwischen sich und van Dyke hätte bringen können. „Sie sind der große Magier. Ihre Illusion war beinahe perfekt. Doch nur beinahe."

„Bevor ich Ihnen diese Klinge zwischen die Rippen stoße – seien Sie doch so nett und sagen Sie mir, was ich falsch gemacht habe. Ich bin Perfektionist, wissen Sie? Und ich liebe es nicht, wenn etwas schiefläuft." Er hielt abwartend die Klinge ins Licht. „Also?"

„Sie haben Ihr Publikum unterschätzt", sagte Swanson. „Ein schlimmer Fehler, der Sie irgendwann teuer zu stehen kommen wird."

„Wann haben Sie meine kleine Illusion durchschaut, Chief Inspector? Verraten Sie es mir." Er blieb einen Meter vor Swanson stehen.

„Ich sage es Ihnen", meinte Swanson, der darauf hoffte, den narzisstischen Bühnenmagier mit seinen eigenen Waffen schlagen zu können. „Aber nur, wenn Sie mir sagen, weshalb diese Menschen sterben mussten."

Van Dyke seufzte. „Also schön. Sie fangen an."

Swanson schüttelte den Kopf. „Wenn Sie wollen, dass

ich es Ihnen erkläre, werden Sie den Anfang machen müssen. Oder Sie werden es nie erfahren."

Van Dyke zögerte. Er ließ das Stilett sinken und sah Swanson mit schief gelegtem Kopf an. „Sie halten sich für besonders schlau, was? Sie denken, wenn Sie nur lange genug reden, kommen Sie davon. Ich kann Ihnen sagen, dass Sie sich da im Irrtum befinden. Sie haben versucht, mir eine Falle zu stellen. Und dafür werden Sie bezahlen müssen." Er schüttelte den Kopf und lächelte übertrieben. „Niemand ist hier, um Ihnen zu helfen, Chief Inspector. Ihr Sergeant ist leider verhindert und dieser komische Mr Greenland sucht in dieser Minute ganz Covent Garden nach dem bösen Mörder ab." Er sah sich nach rechts und links um. „Wir beide sind ganz allein."

„Ich muss es Ihnen nicht erzählen", sagte Swanson so ruhig wie möglich und hoffte, dass nicht zu viel Panik in seinen Worten mitschwang.

„Ich will es aber hören!" Van Dyke funkelte ihn an.

„Warum mussten diese Leute sterben?", wiederholte Swanson. „Sagen Sie es mir, und ich sage Ihnen, wo Ihr Fehler lag. Was Kershaw angeht, weiß ich natürlich bereits Bescheid."

„Was Sie nicht sagen."

„Das liegt doch auf der Hand, nicht wahr?"

„Sie bluffen", sagte van Dyke. „Das liegt für *mich* auf der Hand. Sie wollen mich aus der Reserve locken, damit Sie überhaupt etwas gegen mich in der Hand haben."

„Der fingierte Anschlag auf Sie diente ebenso der Ablenkung wie der auf Mastertons Tauben. Es sollte natürlich so aussehen, als habe es jemand auf den Mann selbst abgesehen. Daher schlossen Sie die Kaminklappe, ehe Sie mit ihm und den anderen zum allabendlichen Nachtessen ins

Rules aufbrachen. Die Tauben erstickten. Kershaw dagegen erpresste Sie", sagte Swanson. „Er hatte zwar lediglich einen Mann mit schwarzem Vollbart aus der Requisite kommen sehen und anfangs angenommen, es habe sich um McKinley gehandelt, doch er kam Ihnen rasch auf die Schliche. Er hat es mir gegenüber erwähnt, obgleich ich es damals nicht verstand. Und er erzählte es auch Miss Abigail."

„Das sind nichts weiter als vage Andeutungen, Chief Inspector", sagte van Dyke, aber Swanson war das Flackern in seinem Blick nicht entgangen.

„Ganz wie Sie meinen. Eines jedoch ist sicher: Letztlich war es sein Tod, der uns auf Ihre Spur führte. Sie hätten ihn am Leben lassen sollen. Aber das konnten Sie nicht riskieren, habe ich recht?" Er hielt den Kopf schief und sah van Dyke abwartend an. Als der nichts erwiderte, sagte Swanson: „Haben Sie gewusst, dass er Sie beschattete? Nun, nicht wirklich natürlich, denn Kershaw glaubte ja, McKinley zu beschatten. Er folgte Ihnen eine ganze Weile. Und eines Tages müssen Sie ihn ganz von selbst an den Ort geführt haben, der Sie erpressbar machte. Das und der Kardinalfehler, den Sie eben abermals begangen haben, ließ Kershaw erkennen, dass McKinley längst tot war und Sie seine Rolle im Theater spielten."

Van Dyke trat einen Schritt zurück, ließ sogar das Stilett ein wenig sinken.

Aus seiner Reaktion schloss Swanson, dass der große Zauberkünstler bis zu diesem Moment nicht einmal geahnt hatte, wie viel Kershaw eigentlich wusste. Diese Erkenntnis musste ihn wie ein Schlag getroffen haben.

„Was war der Fehler?" Van Dyke sah Swanson wütend an. „Sagen Sie es mir."

„Erst möchte ich erfahren, was Sie mit Mary Rednell zu tun hatten. Warum besuchten Sie sie in Ihrer Verkleidung als McKinley? Es ist das Einzige, was ich noch nicht weiß."

„Weil sie meine Tochter ist", sagte van Dyke und seine Stimme bebte vor Traurigkeit und Wut. „Ruth verließ mich wegen Rednell und nahm Mary mit. Und dann verbrannte er sie ein paar Monate später bei lebendigem Leib. Ich schwöre Ihnen, ich hätte ihn schon damals umgebracht … doch er tauchte unter. Die ganze lange Zeit über war ich in dem Glauben, Mary sei tot. Können Sie sich vorstellen, wie ich mich fühlte, als ich herausfand, dass sie noch lebt?"

„Das kann ich", sagte Swanson. „Es tut mir sehr leid, was Sie durchmachen mussten. Doch ich verstehe nun, weshalb Sie das Mädchen besuchten. Rednell hat es nie getan. Doch das rechtfertigt die Morde nicht."

„Ach, nein?" Van Dyke klang wieder gefasster.

„Ehe ich Ihnen sage, was Sie verraten hat, nur noch eines: Wie schafften Sie es, Greenland und Sergeant Phelps zu überwältigen?", fragte Swanson. „Wenn Sie vorhatten, mir als McKinley die Morde zu gestehen und sich anschließend aus dem Staub zu machen, dann werden Sie sich den beiden nicht einfach so zu erkennen gegeben haben."

Van Dyke grinste. „Ich bezahlte einen Straßenjungen dafür, um neun Uhr einen Stein gegen das Fenster zu werfen, und behauptete, ich hätte McKinleys Gesicht gesehen. Sie hätten dabei sein sollen. Dieser Greenland rannte sofort los, um ihn zu suchen."

„Und Phelps?"

„Ihrem Sergeant tat ich etwas Rizinusöl in den Tee. Das

Zeug wirkt wahre Wunder. Selten habe ich jemanden so schnell auf der Toilette verschwinden sehen. Es grenzte fast an Zauberei."

Swanson atmete auf. Auch wenn er van Dyke nicht zugetraut hatte, einen unbescholtenen Polizisten zu töten, war er sich nicht gänzlich sicher gewesen.

„Nun, da Sie es wissen, bin ich an der Reihe, eine Antwort zu bekommen", sagte van Dyke freundlich. „Was habe ich falsch gemacht?"

„Nein." Swanson schüttelte den Kopf.

„Was soll das heißen – nein?"

„Ich sage es Ihnen nicht."

„Sie Teufel!" Er machte einen Satz auf Swanson zu und hielt ihm die Klinge ins Gesicht. „Mit einer Bewegung des Stiletts könnte ich Ihnen die Nase abschneiden."

„Und ich würde trotzdem nichts sagen."

Van Dyke knirschte mit den Zähnen. „Sie haben es versprochen!"

„An Versprechen, die ich Mördern gegeben habe, fühle ich mich grundsätzlich nicht gebunden", sagte Swanson. Diesmal war es an ihm zu lächeln.

Plötzlich tauchte lautlos eine Gestalt hinter van Dyke auf. In der Hand hielt sie eine Eisenstange.

„Greenland!", rief Swanson vor lauter Schreck und hätte sich im selben Moment am liebsten dafür die Zunge abgebissen.

„Das zieht bei mir nicht, Mr Swanson", sagte van Dyke. Er sah ihn unverwandt an und wiegte ungerührt seinen Kopf hin und her. „Sie mögen ja ein gewisses Talent für meinen Beruf haben, aber von Misdirection verstehen Sie nicht das Geringste." Er lachte. „Der Trick ist so alt wie nur was."

Frederick Greenland war jetzt ganz dicht hinter van Dyke. Doch Swanson sah, dass ihm noch die Entschlossenheit fehlte, einem anderen Menschen Schaden zuzufügen. „Stechen Sie zu", sagte er, hob das Kinn und schloss die Augen. „Ich bin bereit."

„Mit dem größten Vergnügen, Sir." Und damit trat der Illusionist vor und hielt Swanson die Klinge an die Kehle. „Wir sehen uns in der Höll…" Der Schlag traf ihn völlig unerwartet. Er sackte sofort in sich zusammen, als der Eisenknüppel unbarmherzig auf seinen Hinterkopf schlug. Und dann noch einmal. Und noch einmal.

Frederick stand da, am ganzen Leib zitternd, mit der schweren Eisenstange in beiden Händen. „Du liebe Güte, Swanson", sagte er leise. Erst jetzt schien er all das Blut zu bemerken, und die Eisenstange entglitt seinen Fingern und fiel klimpernd zu Boden. „Geht es Ihnen gut?"

„Es ging mir nie besser", sagte er mit einem schiefen Lächeln. Und er fing Frederick auf, als der die Augen verdrehte und ohnmächtig zu Boden sank.

Epilog

„Was haben Sie, Chief Inspector?", fragte Frederick, dem Swansons nachdenklicher Blick keineswegs entgangen war, als sie eine Stunde später bei vertraulich qualmenden Zigaretten und einem Glas Brandy im Salon des Adelphi zusammensaßen. „Machen Sie sich noch immer Sorgen um mich? Ich kann Sie beruhigen. Es war das Blut auf der Eisenstange. Normalerweise bin ich nicht so zartbesaitet."

„Das ist es nicht", sagte Swanson. „Ich mache mir Sorgen um einen gemeinsamen Freund."

„Um wen?"

„Wilde", sagte er. „Ich glaube, er ist drauf und dran, sich in Schwierigkeiten zu bringen."

„Um den brauchen Sie sich nun wirklich keine Sorgen zu machen." Frederick entkorkte den Dekanter und schenkte ihnen noch etwas Wein ein. „Der kommt ganz gut zurecht. Ich wünschte manchmal, ich hätte seine Unbeschwertheit."

Swanson nickte. „Allerdings fürchte ich, dass es genau diese Unbeschwertheit ist, die ihm über kurz oder lang zum Verhängnis werden wird."

Die Tür zum Salon flog auf und Pollock betrat den Raum. „Ist das wahr, Chief Inspector? Es war Hector van Dyke selbst? Du meine Güte!" Pollock schlug die Hände vor das Gesicht. „Da macht man sich die größten Sorgen um ihn und dann fällt er einem auch noch in den Rücken."

„Die Versicherung wird Ihnen den Ausfall sicherlich erstatten", sagte Swanson, tippte sich an den Hut und ging ohne ein weiteres Wort.

„Da ersäuft sich der Kerl beinahe selbst, um von sich abzulenken", sagte Sergeant Clarence Penwood, klapperte mit dem Teegeschirr und verteilte die Becher. „Wer hätte das gedacht?"

„Es war eine relativ sichere Sache für ihn", sagte Swanson. „Zumindest ein kalkulierbares Risiko. Er wusste durch einen Unfall in seiner Jugend davon, dass er zu den wenigen gehörte, die einen Stimmritzenkrampf bekommen. Bei denen also keine Flüssigkeit in die Lunge gelangt, wenn sie unter Wasser das Bewusstsein verlieren." Er hielt Penwood seinen Becher hin. „Das nutzte er aus."

„Aber warum hat er es getan?", fragte Phelps.

„Aus Rache." Swanson blies in seinen Tee und nahm einen Schluck. „Rednell hatte ihm nicht nur die Frau und die Tochter genommen, sondern ihrer aller Leben zerstört. Ich kann es ihm nicht mal verdenken. Wer weiß schon, was man selbst in solch einer Situation tun würde?"

„Aber es ist gegen das Gesetz, jemanden zu töten", sagte Sergeant Penwood und rückte seine Brille zurecht. „Man darf es einfach nicht tun."

„Was glauben Sie, Penwood, wird jetzt mit van Dyke geschehen?", fragte Swanson.

„Er wird die Todesstrafe bekommen", antwortete der Sergeant, als sei das eine ganz einfache Sache. „Und das zu Recht. Er hat zwei Menschen getötet."

„Edmund Rednell tötete van Dykes Frau und zerstörte das Leben seiner Tochter", sagte Swanson. „Und er wurde nicht vor Gericht gestellt und hingerichtet."

„Das kann man doch nicht vergleichen, Sir", meinte Phelps. Aber er klang unsicher.

„Ich weiß es ehrlich gesagt nicht." Swanson sah ihn nachdenklich an. „Wir müssen alle unsere Entscheidungen treffen. Denn wir haben nur dieses eine Leben, Phelps – wir müssen es beim ersten Versuch richtig machen."

Der Sergeant blickte sehr lange schweigend vor sich hin. Dann ließ er die Schultern hängen. „Das ist nicht einfach, Sir. Wer sagt einem denn, was richtig und was falsch ist?"

„Ihr Herz und Ihr Verstand, mein Junge." Swanson legte Phelps eine Hand auf den Rücken. „Keine Sorge, wenn Sie nur auf beides gleichermaßen achten, dürften Sie schon auf dem richtigen Weg sein." Er lächelte.

„Man hätte versuchen können, ihn daran zu hindern, diese Morde zu begehen", meinte Penwood.

„Dazu hätten wir sein Motiv kennen müssen. Und hätten wir eine Ahnung gehabt, dass van Dyke und Rednell sich aus früheren Zeiten kannten, wären wir ihm sehr viel schneller auf die Schliche gekommen." Swanson nippte an seinem Tee.

„Warum haben Sie nicht Evans gefragt?", meinte Sergeant Christie, der eben mit einem Stapel Papiere hereinkam.

„Das habe ich ja", sagte Swanson.

„Und weshalb hat er das mit van Dykes Ehefrau und Tochter nicht herausgefunden? Er ist doch sonst ein wandelndes Lexikon."

„Ganz einfach: Weil Hector van Dyke nicht auf der Liste mit Namen stand, die ich ihm zur Überprüfung gegeben hatte. Ich hielt den Mann ja für das Opfer, nicht den Täter. Wer hätte schon voraussehen können, dass er die Wasserfolter selbst manipuliert hatte?"

„Und was wird jetzt aus seiner Tochter?", fragte Peter Phelps. „Wer wird sich um sie kümmern?"

„Das wird sich finden", meinte Swanson. „Es wird für das Mädchen gesorgt werden, das kann ich versprechen."

Das Gerichtsverfahren gegen Hector van Dyke war ein kurzes und endete mit dem zu erwartenden Urteil. Man brachte ihn, dem üblichen Prozedere folgend, vom Gerichtssaal gleich wieder in das Gefängnis zurück, in dem er zuletzt untergebracht gewesen war, und hängte ihn um neun Uhr an einem kühlen Frühlingsmorgen gut vierzehn Tage später so lange am Hals auf, bis der Tod eintrat.

Zwei Stunden nach der Exekution, die James Billington, ein lieber Freund von ihm, vorgenommen hatte, stand Chief Inspector Donald Swanson im Hof des Pentonville Gefängnisses am offenen Grab des Delinquenten und sah zu, wie sie den ungelöschten Kalk über dem Leichnam des Großen van Dyke verstreuten, den Deckel auf den schmucklosen Sarg legten und ihn in die kalte Erde hinabließen. Ein Gefängniswärter mit aufgekrempelten Hemdsärmeln schaufelte eilig Erde in das Loch. Den Rest würden die Würmer erledigen.

Swanson wandte sich um, schritt über den Gefängnishof dem grauen Gebäude entgegen und versuchte, nicht an die letzten Wochen zu denken, sondern an den zweiwöchigen Urlaub, der ihm und Annie nun endlich vergönnt sein würde.

Später an diesem Tag stand er zu Hause in Kennington vor dem Spiegel im Flur und nahm die schwarze Fliege ab, die er am Morgen bei der Hinrichtung getragen hatte, als Annie von hinten an ihn herantrat. Sie umschlang seine Taille mit beiden Armen und schmiegte ihre Wange an seinen Rücken.

„Don?", fragte sie. „War es sehr schlimm?"

Statt einer Antwort drehte er sich zu ihr herum und

meinte: „Ich habe vierzehn Tage Urlaub, Annie. Was wollen wir damit machen?"

„Such du aus", sagte sie und strich ihm zärtlich über die Wange. „Ich habe offensichtlich kein glückliches Händchen dabei."

„Was hältst du von einer Woche in Schottland?"

„Bei deiner Familie?"

„Ja."

„Liebend gern, Don", sagte sie. „Nur nichts mehr mit Theater oder Zauberkünstlern."

Er nahm sie in den Arm und lächelte. „Wir könnten zusammen mit der ganzen Familie Tante Rosie in Thurso besuchen. Sie wohnt da oben ganz allein mit ihren Schafen. In einem todlangweiligen Kaff. Ich versichere dir, da passiert rein gar nichts."

„Ist das ein Versprechen?"

Er strich ihr eine widerspenstige Haarsträhne aus dem Gesicht und küsste sie. „Ja, Annie", sagte er. „Ja, das ist es."

Ohne dass die Öffentlichkeit etwas davon erfuhr, übernahm Donald Swansons Loge die Vormundschaft für Mary Rednell, die nach Vollendung des einundzwanzigsten Lebensjahres das immer noch beträchtliche Vermögen ihres verstorbenen leiblichen Vaters Hector van Dyke erbte.

Die Krankenschwester Edith Louisa Cavell ging 1907 als Oberin nach Brüssel, wo sie während des Ersten Weltkriegs britischen, französischen und belgischen Kriegsgefangenen zur Flucht in ihre jeweiligen Heimatländer verhalf. 1915 wurde sie dafür von den deutschen Besatzern verhaftet und trotz weltweiter Gnadengesuche am

12. Oktober desselben Jahres von einem Erschießungskommando hingerichtet.

Oscar Wilde wurde nach einem Verleumdungsprozess, den er selbst angestrengt hatte, noch im selben Jahr wegen gleichgeschlechtlicher Liebe vor Gericht gestellt und zu zwei Jahren schwerer Zwangsarbeit verurteilt. Aufrecht wie immer, ersuchte er auch diesmal nicht bei seinen Logenbrüdern um Hilfe.

Frederick verbrachte im Anschluss an diesen Fall einige unterhaltsame Tage im Hause Oscar Wildes, ehe er das ländliche Dorset verließ und nach London zurückreiste. Morton und Miss Magda, das Hausmädchen seiner Nachbarn aus Nummer 49, ließen es sich nicht nehmen, Frederick bei seiner Ankunft in Victoria Station gleich am Bahnsteig willkommen zu heißen. Es gab eine herzliche Begrüßungsszene. Die kleine Frau fiel Frederick mit solchem Enthusiasmus um den Hals, als wäre er nicht nur ein paar Tage, sondern mehrere Jahre fort gewesen. Allein sein Butler stand teilnahmslos daneben; eine Augenbraue skeptisch gewölbt und das Gesicht versteinert.

Was den jungen Ungarn anging, behielt Swanson recht. Erich Weiß wanderte noch im selben Jahr nach Amerika aus, sorgte wenig später unter seinem Künstlernamen Harry Houdini tatsächlich für Furore und stieg zu einem der begehrtesten Entfesselungskünstler der Welt auf. Tragischerweise starb er am 31. Oktober des Jahres 1926 in Detroit mit nur 52 Jahren an einer verschleppten Blinddarmentzündung.

John Neville Maskelyne, der 1905 den Magischen Zirkel von England mitbegründete, feierte noch viele weitere Erfolge als Illusionist. Er erfand nicht nur die schwebende Jungfrau und begründete eine ganze Dynastie von Zauberkünstlern, sondern ließ sich auch die erste Münztoilette der Welt patentieren. Er starb 1939 als reicher Mann in London und liegt auf dem Friedhof von Brompton begraben.

Fredericks Onkel Henry gab sich wieder seiner liebsten Passion hin – der Genealogie. Soweit man unterrichtet ist, hat er seine Ahnenreihe bis hinab in die Kerker des tiefsten Mittelalters verfolgt und findet nicht mehr heraus.

Nur Frederick Greenland selbst, und das ist leider die Wahrheit, hat sich durch nichts Besonderes hervorgetan.

Personen & Begriffe

George Pollock, aufbrausender Theaterintendant des Adelphi

Adam Kershaw, ein verliebter Bauchredner

Geoffrey, Kershaws eigensinnige Bauchrednerpuppe

Hector van Dyke, berühmter amerikanischer Illusionist und Zauberkünstler; gerät in Lebensgefahr

Edward McKinley, Illusionist und ehemaliger Sensationsdarsteller mit imposantem Bart und einem gefährlichen Geheimnis

John Neville Maskelyne, großspuriger Illusionist und Erfinder mit einer Neigung zum Verfolgungswahn; Mitbegründer des Magischen Zirkels von England

Brian Masterton, Taubenzauberer ohne Tauben und ein Meister der Karten- und Ballmanipulationen

Miss Abigail Black, rothaariges Mädchen für alles im Adelphi

Erich Weiß, genannt „Harry", ein Laufbursche mit Ambitionen

Mary Rednell, eine junge Frau mit tragischer Vergangenheit

Edith Louisa Cavell, eine Krankenschwester mit tragischer Zukunft

Chief Inspector Donald Sutherland Swanson, ein unbestechlicher und aufrechter Beamter der Metropolitan Police (Scotland Yard)

Annie Swanson, liebende Gattin und Mutter

Peter Phelps, Swansons Sergeant und einer der besten unter den Guten

Charles H. Stedman, Chef des noch jungen forensischen Teams der Londoner Kriminalpolizei

Constable Stewart Evans, ein wandelndes Kriminallexikon mit einem ausgeprägten Interesse an Jack the Ripper

Frederick Greenland, wohlhabender Lebemann aus Bloomsbury und manchmal undercover unterwegs

Onkel Henry Justice, Fredericks Onkel

Oscar Wilde, Ästhet, Dichter und gute Seele; versucht wiederholt, Frederick Greenlands Herz zu gewinnen

Des Weiteren ein Commissioner, zahlreiche Constables, zwei Feuerwehrleute, die Besitzer eines Zauberladens, ein Henker namens Billington, diverse Droschkenkutscher, ein Totengräber, bedeutungslose Statisten und ein raffinierter Mörder.

Manipulation: eine Sparte der Zauberkunst mit handlichen Gegenständen, bei der sich der Künstler auf die Geschicklichkeit seiner Hände verlässt, um bestimmte Effekte zu erzielen

Illusionist: Salon- und Bühnenmagier, der sich auf die Vorführung von bühnenwirksamen Tricks mittels großer Requisiten spezialisiert hat

Misdirection: Kunstfertigkeit des Zauberers, die Aufmerksamkeit des Zuschauers weg vom eigentlichen Trickgeschehen auf etwas völlig Belangloses zu lenken

Aufsitzereffekt: Trickgeschehen, bei dem der Zauberer dem Zuschauer das Gefühl gibt, das Geheimnis durchschaut zu haben. Am Ende muss der Zuschauer allerdings feststellen, vom Zauberer doch in die Irre geführt worden zu sein.

Pachisi: frühe Form des „Mensch ärgere dich nicht". Im 19. Jahrhundert vor allem in England sehr beliebt

Davenports & Co: ältester Zauberladen der Welt. Nach verschiedenen Angaben zwischen 1894 und 1898 gegründet

Mary Ann Evans: tatsächlicher Name der unter dem Männernamen George Eliot publizierenden viktorianischen Bestsellerautorin

Und hier ein kleiner Beweis dafür, dass Zauberei tatsächlich funktioniert:

Sie lesen dieses Buch im Jahre 2016. Geschrieben wurde es im Herbst und Winter, aber sehr wahrscheinlich ist gerade Frühling oder Sommer und die Sonne scheint warm auf Sie herunter – was haben Sie für ein Glück!

Bitte schreiben Sie jetzt Ihre Schuhgröße auf.

Toll gemacht! Danke.

Multiplizieren Sie diese Zahl bitte mit 2.

Zählen Sie jetzt 5 dazu und multiplizieren Sie das Ergebnis mit 50.

Nicht zu kompliziert, oder?

Zählen Sie nun die magische Jahreszahl 1266 hinzu, das Geburtsjahr von Merlin, dem Zauberer. Oder der 200. Jahrestag der Schlacht von Hastings. So weit verstanden? Großartig – Sie sind ein magisches Naturtalent!

Ziehen Sie nun Ihr eigenes Geburtsjahr vom Ergebnis ab, und Sie erhalten eine vierstellige Zahl.

Voila! Die letzten beiden Stellen geben Ihr Alter im Jahre 2016 an.

Das hätten wir geklärt, darum lassen Sie mich zum Abschluss noch zwei Dinge sagen: Wenn Sie dieses Buch von einem lieben Menschen geschenkt bekommen, es aus der Bücherei ausgeliehen oder sich selbst gekauft haben, so sage ich Ihnen schon jetzt ein großartiges Jahr voraus. Gesundheit, Liebe, Geld und Glück sind Ihnen gewiss!

Sollten Sie „Inspector Swanson und der Magische Zirkel" jedoch unglücklicherweise in einer gecrackten Version kostenlos aus dem Netz heruntergeladen haben, sieht es – fürchte ich – nicht ganz so gut für Sie aus. Sie wollen kostenlos, wofür andere bezahlen, und nehmen in Kauf, dass Verlag und Autor keinen Lohn für ihre Arbeit bekommen …

Ich kann Sie beruhigen; Ihnen werden nicht, wie in mittelalterlichen Zauberbüchern so häufig beschrieben, die Augäpfel im Schädel verdorren. Aber Sie werden in diesem Jahr feststellen, dass Sie selbst auch vieles umsonst tun müssen, die erhoffte Gehaltserhöhung nicht bekommen, öfter als sonst krank sind und Ihnen wegen unerwarteter Rechnungen (Reparaturen an Ihrem Auto, Haus oder Fahrrad) an allen Ecken und Enden das nötige Kleingeld fehlt. Und das alles nur, weil Sie selbst meinten, es sei okay, anderen etwas zu stehlen. Mal ehrlich – hat sich das gelohnt?

Also schnell hingehen und es wiedergutmachen. Kaufen Sie Ihrem Freund oder Ihrer Freundin, Ihren Eltern oder Ihren Geschwistern ein Buch. Nicht unbedingt dieses – irgendeins. Aber bezahlen Sie dafür!

Dann ist die gute Magie auch mit Ihnen …

Danksagung

Auch wenn der Autor am Ende die „Top Billings" bekommt, wie man im Theater sagt (und natürlich auch die Kritik einstecken muss), sind an einem Buch wie diesem unzählige Menschen beteiligt oder haben es durch ihr Zutun nachhaltig beeinflusst.

Wie Lloyd Osbourne und sein Onkel Robert Louis Stevenson schon in der Einleitung zu ihrem großartigen, gemeinsamen Werk *Die Falsche Kiste* bemerkten:

„Wie wenig weiß doch der Amateur, der gemütlich zu Hause sitzt, von den Mühen und Gefahren des Autors. Und wie wenig macht er sich die Stunden der Plackerei bewusst, wenn er lächelnd den Blick über die Seiten eines Romans schweifen lässt; das Aufsuchen der Fachleute, die Nachforschungen in der Bodleian Bibliothek, die Korrespondenz mit gelehrten und unleserlichen Deutschen – in einem Wort, das mächtige Gerüst, das erst aufgebaut und dann niedergerissen wird, nur um ihm im Zug für eine Stunde die Zeit zu vertreiben!"

Den an diesem Prozess beteiligten Menschen möchte ich herzlich danken.

Dem leider viel zu früh verstorbenen Olof Bacher alias Marvelli jr., der trotz seiner Krankheit bereit war, sich mit mir über die Schwierigkeiten und Anfeindungen zu unterhalten, die einem berühmten Zauberkünstler oftmals von seinen weniger erfolgreichen Kollegen entgegengebracht werden. Schade, dass es ihm nach seinem schweren Unfall nicht mehr vergönnt war, seine Autobiografie *Von ganz oben nach ganz unten und wieder zurück* noch fertigzustellen. Meinem Freund Reinhard „Rinotti" Hübscher, der ebenso göttlich kocht, wie er zaubert, Letzteres aber leider an den Nagel gehängt hat. Vielen Dank für die vielen tollen Abende in deinem Zauberkeller und die lustigen Telefonate! Den Zaubergeräteherstellern Herbert von der Linden und Joachim Hummel, die oftmals die Wichtel des Weihnachtsmanns spielten und dadurch so manches Weihnachtsfest noch zauberhafter machten. Ich danke Stewart, Rosie, Nevill, Adam und Neil für wertvolle Informationen und Kontakte. Und meinem Bruder René, der mich mit dem nötigen Hintergrundwissen versorgte. Alles, was an diesem Buch über die Zauberei gesagt wird und stimmt, verdanke ich ihm – die Fehler gehen sämtlich auf meine Kappe.

Und natürlich danke ich meinem Lektor Andreas Barth, der Fehlerjägerin Birgit Rentz und meiner mehr als geduldigen Verlegerin Sandra Thoms.

Und zu guter Letzt verneige ich mich dankbar vor meiner Familie. Andrea, Felix und Merlin – was wäre ich bloß ohne eure Liebe und Unterstützung?

R.C.M.

Die Baker-Street-Bibliothek

Romane aus den Anfängen der modernen Kriminalistik

Verfügte Sherlock Holmes
in seinem Haus in der
Baker Street 221b
über eine literarische Bibliothek?
Wir wissen es nicht.
Aber wir stellen uns gern vor,
dass er die Bücher dieser Reihe
gelesen hätte:

Geschichten rund um skurrile Morde,
bizarre Motive und
eigenwillige Ermittler,
die allesamt in einer Zeit spielen,
in der die Verbrechensermittlung
noch in den Kinderschuhen
steckte.

www.bakerstreetbibliothek.de